關於我轉生變成史萊姆這檔事 2

Regarding Reincarnated to Slime

Kadokawa Fantastic Novels

他眼裡映照出一抹身影，是終日愁眉苦臉的王。
王很掛念飢餓的子民，卻束手無策，一直為此苦惱，那身影是如此孤獨。

大地枯竭，農作物無法收成，這裡發生嚴重饑荒。
就在離國界不遠處，那裡遍布豐饒的諸國。
不過，他們無法前往那些樂土。因為那是魔王的領地。
越過那條界限就等同向魔王高舉反旗。
用不著等到餓死，在那之前就會慘遭滅族吧。
他們居住的土地被三方領地及森林圍繞。
這些領土由三位魔王治理，不是他們這些低等魔物可以染指的。
如此一來，路只剩一條。
越過邊界後稍走一陣子，那裡有片茂密的森林。
王會想去那裡尋求活路是再當然不過的事。

肚子好餓──
什麼都好，我想吃東西──

同胞們相繼發出破碎的吶喊，一個接一個地倒下。
然而，他們的數量卻不減反增，甚至增加好幾倍。

這是因為求生本能受到刺激，才會生下比以往更多的孩子。
人口暴增讓事態更加惡化。
再也看不到王的笑容。
王還將自己的糧食分給年幼孩童。
但他再怎麼給，那些孩子依然會在之後死去。
一看就知道他們已經如此虛弱，瘦得像皮包骨，喪失活下去的力量……
就這樣，王觸犯了禁忌。
結果，他將自己的血肉分予殘存之子。
有人能夠出面阻止他嗎……剝奪那渺茫的希望。
王只是想讓自己的孩子活下去。

無法對王的犧牲做出勸諫，此行為罪不可赦。
再怎麼吃都無法滿足。
於是，同樣的夢夜夜造訪。
夢見王淒慘的模樣，以及懵懂無知的嬰孩正貪食那些腸子的景象。
拜託誰來救救我們。
——救我們脫離這看不見出口的餓鬼地獄。
心懷無從實現的悲願，新的一天再度運轉。

目錄 — 森林騷動篇

第一章 騷動揭幕 9
第二章 進化與職業 55
第三章 使者與會議 111
第四章 失序 181
第五章 激鬥 221
第六章 絕對吞食者 289
第七章 朱拉森林大同盟 345
終章 安歇之所 383

第一章

騷動揭幕

Regarding Reincarnated to Slime

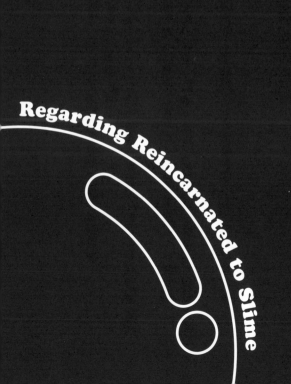

蘭加怒意盎然地發出咆哮。而彷彿在嘲笑他一般，頂著黑髮、藍髮的大鬼族（食人魔）縱身跳動。

一秒後，衝擊波在地面上打出窟窿，大量的砂土朝空中灑去。

這是蘭加放出的震聲砲，裡頭蘊含魔力。威力強到足以將小鬼族（哥布林）一擊粉碎，但被人避開就無用武之地了。

雖然被避開，蘭加卻非常冷靜。自豪的攻擊遭人閃避也不慌不忙，他輕輕地蹬地，一躍而起。

蘭加的主要目的是阻止黑髮、藍髮食人魔聯手攻擊。接著，黑髮食人魔為了迴避蘭加的震聲砲跳起——蘭加則朝他一口氣猛衝過去。

找他下手的理由很簡單。在蘭加看來，黑髮食人魔較弱。只要癱瘓其中一方，他們就無法聯手。

蘭加的目的已經達成一半。

不過，前提是對手只有兩個。

在蘭加跳起的瞬間，前方突然出現一面焰牆。

這跟咒術師的〈精靈魔法〉類似，但屬於不同派系。它歸屬於人稱妖術的〈幻覺魔法〉類。

食人魔既然能學會這種魔法，這就表示他們是高階種族。並非依賴蠻力、靠本能求生，而是擁有跟人類同等的學習智慧。

如今擋住蘭加去路的是幻覺魔法——幻焰障壁。

這個魔法的攻擊力不高，卻能阻擋敵人的攻擊一次。不僅如此，還能在來勢洶洶的敵人面前造牆，阻絕對方的視線。這魔法可以幫忙爭取時間。

事實上，蘭加亦追丟目標物。這下他只能暫時先回到地面上。

眼前敵人對蘭加來說很棘手。

敵人採迂迴戰術，絕不正面迎敵。自豪的「超嗅覺」也因開戰時中了幻覺魔法——昏眠香，就此遭到癱瘓。所幸魔法原有效果昏睡沒在他身上發作。

至於共同奮鬥的夥伴們，大家都對這魔法毫無招架之力，紛紛陷入昏睡。

成功熬過幻覺魔法的就只有警備隊長利格魯、副隊長哥布達。

外出狩獵的部隊發送緊急聯絡，十幾名人鬼族（滾刀哥布林）因而趕赴現場，結果全都跟搭檔嵐牙狼一起陷入昏睡。

蘭加不悅地瞪著火焰障壁的另一側。

他在看打倒夥伴的妖術師——一名桃髮的雌性食人魔。

敵人有六隻。

還是住在朱拉大森林裡的高階種族「食人魔（大鬼族）」。

他們的戰鬥力不容小覷。

目前蘭加在對付的黑髮、藍髮食人魔亦同。

還有利格魯負責的紫髮女食人魔。

跟哥布達對決的白髮老食人魔。

最棘手的是能讓戰鬥局勢有利於己方，具有魔法技能的桃髮女食人魔，她也頗具實力。

再加上站在桃髮食人魔身旁，一雙眼正睥睨戰場的紅髮食人魔，他同樣是個強者。

全都是些不容輕忽的傢伙。

證據就是他們聯手發動攻擊——沒智商的魔物絕對想不到這招——互助合作對抗蘭加等人。

即使保守估計，他們都在B級以上，擁有一定程度的實力。利格魯跟哥布達應該無法撐太久。

要是主子利姆路大人在就好了——

蘭加想到這裡不免自嘲。仰仗主人這種事簡直可惡透頂。

接著，像要抹去這身軟弱，他帶著不屈不撓的決心發出咆吼。

●

村莊恢復和平。

雖然遇上焰之巨人作亂，滾刀哥布林們還是處之泰然。

最讓我吃驚的莫過於任命為哥布林王的利格魯德，他展現了超乎想像的領導能力。

當我在照顧靜小姐時，村莊的建設工作也在他帶領下重新步上軌道。

還跟凱金和矮人三兄弟、四名哥布林君主相處愉快，讓他們各司其職，很有效率地指導村民工作。

要說我做了什麼嘛，其實就只有當大家的諮詢師。

食材調度由警備隊長利格魯兼任。

服裝製作交由矮人三兄弟的長男葛洛姆包辦。

道具製作有矮人三兄弟的次男多爾德坐鎮。

建設工作則讓矮人三兄弟的三男米魯得獨挑大梁。

大家各自領導不同領域的工作。

凱金負責總攬生產事宜，而哥布林君主之一的莉莉娜則管理這些產品。

生產大臣凱金。管理大臣莉莉娜——工作分配大致如上。

其他三名哥布林君主——魯格魯德、雷格魯德、羅格魯德分別擔任司法、立法、行政首長，協助利格魯德進行統治工作。話雖如此，冠上立法之類的稱呼是有點誇張，只是把我隨口說的話統整起來，就這類簡單工作啦。

魔物們會追隨強者，所以大夥兒並沒有出現爭端，目前看來沒什麼問題。

多虧這些機制落實，建立嶄新國度的工作才得以順利進行。

接下來，既然都能變成人形了，總不能一直圍毛皮吧。

我立刻要他們幫我縫衣服。

史萊姆的身體很方便，卻有一個缺點。這缺點跟裝備有關。除了特殊的魔法裝備以外，我都無法穿戴。

沒差，我感覺不出冷熱，對我來說是沒什麼大礙，但防禦層面挺讓人擔心。

史萊姆的身體很優秀，不過，依然會被尖銳物體刺穿。森林裡有什麼東西不得而知，可能會被樹葉、樹枝割傷。毒素跟黴菌也有入侵身體的風險，必須小心對應。我目前正希望能弄到足以抵擋突襲，又可以讓我穿的裝備。

一直都沒弄到合適的魔法裝備，原本想說只好放棄這個念頭了，但現在的我已經可以變成人類姿態了，情況大不相同。

矮人們最近好像利用哥布林獵來的魔物素材製作許多東西。

總之，先叫他們幫我準備一套童裝吧。打定主意後，我出去找葛洛姆。

一座小木屋不知在什麼時候冒出來的，裡頭就是製作衣服的工房。

小屋內，葛洛姆正在對哥布莉娜們下指令，要她們製作衣服。

「唷，葛洛姆。能不能幫我做衣服？」

「咦，少爺。您在說什麼啊。衣服要怎麼穿？您沒辦法穿戴裝備吧？」

「呵呵呵。呵哈哈，哈——哈哈哈！別小看我喔！若你認為我永遠都會當隻史萊姆，那可就大錯特錯了！喝——！」

「發、發生什麼事了？少爺的身體愈變愈大……好像也沒那麼大。這是——小孩子？」

「嘖，反應不怎麼樣……算了沒關係。我也可以變成大人啦，但這樣比較輕鬆。就拜託你先幫我做這身體能穿的衣服吧。」

「沒、沒問題。讓我測一下尺寸。喂，哈露娜。過來幫少爺量一下身體！」

其中一名女性製衣師——哈露娜開始替我量尺寸。

我當然沒穿衣服，但並不覺得可恥。因為我變成小孩子，又沒有性別。

「哎呀！利姆路大人，您變得好可愛。」

哈露娜說著就雙頰泛紅，興高采烈地替我量尺寸。

可愛？我個人是覺得很可愛沒錯，原來從哥布林的審美觀來看也很可愛啊。

魔物跟人一樣，有所謂的審美觀，這才讓我吃驚就是。

哥布林的祖先似乎是妖精，所以審美觀才會跟人類接近吧。

量完尺寸就沒其他前置作業了。聽說幾天內就會做好，那就來確認之前獲得的新能力好了。

*

要放心測試技能，找無人的地方最合適。在帳篷裡能試的東西有限，沒辦法測試威力較高的能力。

我跟利格魯德說接下來要外出，下令任何人通通不准跟來，接著就往別的地方去。

我離開村莊中心，朝封印的洞窟前進。

這裡是跟維爾德拉相遇的地方。

那裡有廣闊的地底空間，異常堅固又不會有人來。洞窟裡的魔物都很怕維爾德拉，不會往地底空間去。

我抵達目的地，二話不說展開測試。

這次吃掉靜小姐獲得的能力有獨有技「異變者」、追加技「操焰術」。她的精神與這些能力同在。

此外，我還獲得焰之巨人的「分身術」、「焰化」、「範圍結界」。我之前用「分身術」來確認自己的樣貌，用起來沒什麼障礙。

要從哪個開始試？「分身術」試過了，來看看焰之巨人有多少能耐吧。

首先要試「焰化」。

令人遺憾的是，這招沒辦法在史萊姆狀態下發動。某些技能也像這樣，因個別原因無法使用，那這招用不起來的原因又是什麼？

《答。焰之巨人是精靈，精神生命體。「焰化」是將自己的身體轉換成魔素，再釋放出來，實體無法發動這股力量。》

唔唔？也就是說，因為我有肉體，才沒辦法用那招？既然這樣，用黑霧造出的魔體應該就能發動「焰化」……

快來試試看。

我擬態成焰之巨人，發動「焰化」。結果發動得非常順利。只不過，由我本體形成的核心依然沒發生變化。

果然沒錯，要變成魔體才能使用。以此類推，是否用焰之巨人的樣子發動就不是必要條件。想著想著，我擬態成大人，著手進行「焰化」。結果只有手腳前端變成火焰。

看樣子我料得沒錯。雖然本體部分無法發動，擬製的魔體卻能變成火焰。溫度跟焰之巨人不相上下，近高溫一千兩百度。甚至能將「焰化」集中在某個部分，讓溫度更加飆升，光這樣似乎就能當威力強大的攻擊手段。

可是，這個「焰化」能力不在結界內使用，能量就會過度消耗，魔素一下就乾了。調整起來不容易，得花時間練習。

幸虧我同時獲得追加技「操焰術」，應該能解決上述問題。

精靈之所以只能在物質界待一小段時間，肯定是魔素消耗量太大的關係。

而我具備本體，還能用「操焰術」進行調節。若練習得當，威力方面應該也能收放自如。

接下來要試的是「範圍結界」。

這個技能會將火焰熱度封在結界裡，大概是要用來防止熱量流失吧。正如我剛才推測的，要讓精靈現身於物質界必須防止魔素流失，這能力正是為此而生的吧。

還有另一個特徵，那就是它擁有物理性強度。為了要將對象物封閉在結界裡，必須具備相當強度才行。

所以我想，應該可以將「範圍結界」當成防護罩使用吧。

我開始思索要怎麼用它。

可指定範圍為最大直徑一百公尺的半球體。地表下不受效果影響。

最小範圍可縮到只蓋住我身體的程度。效果跟大範圍一樣。只不過，根據大小不同，魔素消耗量也會跟著減少。

後來我學會在某種程度上自由操縱，讓它如一層薄皮般罩在身上。

對了，在這個狀態下「焰化」，似乎能抑止魔素流失。美中不足的是，熱度無法傳到「範圍結界」外，喪失原有用意。

熱量流失形同能量耗損，會不會是魔素消耗的主因？

《答。「焰化」為了維持熱量會持續消耗魔素，以產生熱能。由於魔素已變換成熱量，熱量的流失就等同魔素流失。》

原來如此，我有點眉目了。將製出的火焰關住就不需要另造火焰，能量也得以留存。聽起來物理法則跟原生世界不太一樣，是因為這裡存有「魔素」這種魔法物質吧。

有辦法將火焰徹底封住嗎？在無氧環境下燃燒沒問題？一想下去就沒完沒了，還是別深究好了。

總而言之，現在最重要的不是「焰化」，而是用來防禦的「範圍結界」。

我決定將最小範圍的「範圍結界」稱作「結界」。

就不知道它的強度如何？

我有個最適合用來測試的能力。沒錯，就是「分身術」。

以前我怕亂試會害本體受傷，所以很多實驗都試不了，自從有了「分身術」後這些問題都解決了。

因為「分身」跟自己的能耐不相上下。

只是有限制存在。獨有技唯本體能用。

雖然待在本體身邊，分身一樣能用，但去到我這個本體的視線範圍外，分身就完全不能使用獨有技了。

「捕食者」似乎跟史萊姆的本能掛在一起，多少還是能用。

在範圍一公里內，分身能按我的意思行動，離開這個範圍後，分身僅能執行簡單的命令。話雖如此，分身跟我的視覺同步，還能用「思念網」更改命令。這能力特別適合用在偵察工作上。

總之，那些跟本次實驗無關。單就調查強度的層面來看，分身條件跟本尊一樣。

我叫出分身，展開「結界」。

並朝那個「結界」射出「水刀」。

「水刀」以驚人的氣勢射出，在分身面前爆散。它被「結界」擋下了。

果然沒錯，結界有相當程度的強度。

此外，我很好奇張開「結界」的狀態下能否發射「水刀」，所以就實地操演看看。

在這種情況下發射水刀出乎意料地簡單。我在手部末端弄出迷你發射孔，試著射出「水刀」，「結界」

則包在它外頭一併射出。拿「泡泡分層」來形容大概會比較好懂吧。在「結界」包覆下，射程距離跟威力都提昇了，算是令人驚喜的誤判。

接下來，我依序測試「毒噴霧」跟「麻痺噴霧」。

結果得知的是結界出現損傷時會消耗魔素。

「麻痺噴霧」沒有造成損傷，所以分身身上的魔素沒有消耗跡象，但被「毒噴霧」噴到則一口氣消耗大量魔素，魔素歸零，結界也跟著毀壞。

反過來說，一開始讓分身持有大量魔素，就能抵擋攻擊。

我在分身身上配置大量魔素，再度讓分身展開結界。

而實驗結果顯示，即使在「毒噴霧」攻擊中，分身也能成功長時間抵擋了。

發動者是我的話，應該能擋更久，講白點，「毒噴霧」這類攻擊根本傷不了我。這下我弄到一個不錯的防禦方法了。

再來是今天最後的實驗，在「範圍結界」發動時進行「焰化」……

結果相當駭人。

不愧是A級以上的能力。

在「焰化爆獄陣」結界裡，焰化攻擊皆會以上千度高溫燒灼結界內生物。由於被封在有限空間裡，「焰化」的威力更進一步提昇。

空氣燃燒殆盡，結界裡變成無氧狀態。用不著等到無氧狀態，在那之前稍一呼吸就會讓肺部整個燒爛，用肺呼吸的生物根本不可能在這裡頭存活。

我不需要用肺呼吸，身上還有「熱變動抗性」，待在裡頭不成問題，一般生物進到這裡面肯定沒命。

我之所以能戰勝焰之巨人，全是因為一物剋一物，想到這裡不免讓人鬆了一口氣。

這技能的威力太高，真要使用起來沒那麼容易，我把它列為今後的檢討事項。

順便提一下，可能是跟焰之巨人同化的關係，靜小姐身上有「火焰攻擊無效」抗性。多虧這招幫忙，她才能在火焰攻擊、超高溫攻擊中安然無恙。

我的「熱變動抗性」還能對抗冰寒，「火焰攻擊無效」則無。不過，它對高溫的耐性似乎更強。就我個人推測，在「抗性」系統技裡，「無效」應該是很高端的技能。光「熱變動抗性」的性能就很作弊了，「火焰攻擊無效」肯定更厲害。

實驗結果意外充實。

在帳篷裡根本無法做這些實驗。瞬間就會將周圍的東西燒光。

我帶著滿足的心情回到村子裡。儘管睡眠不是必須，還是得讓魔素恢復才行。這種時候休息就對了。我可不想進入休眠模式，凡事過猶不及。反正時間很多，就慢慢來吧。

＊

隔天我跑去找葛洛姆，到他那邊試衣服。

目前尚在試作階段，衣服還沒完全作好，不過，哈露娜已經替我準備量產的衣服、防具，所以我就來這兒穿穿看。

「哎呀！這身衣服好適合您，利姆路大人。」

總覺得她把我當紙娃娃換衣服，但看哈露娜等人高興成這樣，還是忍忍吧。

她拿來一些裝備，裡頭有適合我穿的尺寸，所以我就穿了。

外觀上跟村裡的滾刀哥布林專用行頭一樣，穿起來卻意外舒服。不愧是葛洛姆親手製作。

「做得很棒呢。動起來不會卡卡的，又很堅固。」

「哈哈哈，聽您這麼說真讓我開心。敬請期待專為少爺量身訂作的成品。」

我這麼一誇，葛洛姆就開心地應了這句話。看樣子很值得期待。我給他牙狼王死後留下的毛皮，性能上可以掛保證。

帶著對成品出爐的期待，我離開葛洛姆的工房。好久沒穿衣服了，所以我沒變回史萊姆，選擇繼續維持孩童樣貌。

還以為會被大家當成可疑分子，結果遇到我的人全都退開、在一旁行禮。

照這個樣子看來，就算我的外表是小孩子，他們也能看穿我的真面目。

內心還在納悶，巡視中的利格魯德就竄進視線裡。

「唷，利格魯德。事情還順利嗎？」

「還真巧，這不是利姆路大人嗎。事情很順利喔！全都託利姆路大人的福。」

我這麼一問，利格魯德滿臉笑容地回應。

果然沒錯，變成小孩子還是認得出來。

「我現在不是史萊姆，你還認得出我？」

「哈哈哈，這當然。利姆路大人散發高貴的氣息，我怎麼可能認錯呢。」

以上是利格魯德的回答。

這次不是因為我身上散發妖氣的關係，而是他能看穿我的氣。大家都跟利格魯德一樣，或許和命名有關。

算了，理由是什麼都好。只要他們不會將我跟可疑分子搞混，一切就沒問題了。

解決一件令人在意的事後，我決定繼續昨天未完的工作，開始朝洞窟移動。並吩咐利格魯德，沒什麼特別要緊的事別來叫我。

一方面是想續行昨天的實驗，一方面也預計在今天測試幾項看似強力的技能。為了不讓其他人遭受波及，防止大家靠近是最妥當的作法。

「遵命！那麼，今天也不需要為您準備餐點嗎？」

聽到這句話，我反射性看向利格魯德。

對喔，我居然忘了這件事！

「等等，從今天開始我也跟你們一起吃飯。」

好不容易學會擬人化術，就該來享用美食啊！

「什麼！那今天開個宴會吧？我會轉告莉莉娜，要她準備豐盛的大餐！」

利格魯德露出開心的表情。雖然看起來滿嚴肅的，但他應該在笑吧。

我也很高興。說肚子餓是不會餓啦，不過很久沒吃飯了，感覺超期待。

一離開村子，我就遇到利格魯和哥布達。

「嗨，今天好像要辦宴會，你們記得抓好吃的獵物給莉莉娜喔。現在的我也可以享用美食了，一定要大快朵頤！」

「噢，是利姆路大人。真的要開宴會啊？那我就來抓些頂級牛鹿吧！」

聽到這番話，利格魯開心地答腔。

牛鹿？我記得是像牛又像鹿的魔獸吧，聽說味道挺不賴的。

讓人躍躍欲試。

「話說回來，利姆路大人怎麼改變形體了？」

「呵呵呵，你眼睛挺利的嘛，哥布達老弟。雖然當史萊姆很爽啦，但變成這種人型姿態也滿讚的喔。感官會比史萊姆來得靈敏。特別是多了味覺，感覺很棒。還有，變成人的樣貌也方便跟你們接觸。」

老實說，除了味覺，其他部分都可以在史萊姆狀態下重現，但我原本是人，換上人樣更習慣、更有親切感。要說哪種狀態較舒適，其實是當史萊姆比較好啦。

當我左思右想時，哥布達似乎曲解我的話了，開口道出很白痴的意見。

「原來是這樣啊！我也很想跟利姆路大人互摸……硬要說的話，您身材前凸後翹會更好！」

「白痴喔！我說的接觸不是那種親密接觸啦！」

我說著就賞這白痴後迴旋踢。身體活動自如，右腳漂亮地踢中哥布達的胸口。

他被踢得痛不欲生。可是，笨蛋就得用這種方法治。

「萬分抱歉，利姆路大人。我會好好教訓哥布達。」

「無妨，沒什麼大不了。那個以後再說，獵物的事就拜託你了。」

「這是當然。最近有很多魔獸從森林深處跑到這兒來，獵物應有盡有。敬請期待。」

「為什麼會從森林深處跑出來？」

「這種情況偶爾會發生，好比環境出現變化時，魔獸就會進行遷徙。應該沒什麼大礙，我們會加強警力的。」

我突然有點擔心。應該沒事啦，不過凡事都有萬一。

這時我決定召喚蘭加，要他跟利格魯等人同行。就算遇到突發狀況，有蘭加在肯定能應付。

因應我的召喚，蘭加從影子裡現身。

我已經學會召喚蘭加的技巧。哥布達能叫出夥伴，我卻做不到，個人自尊無法接受。所以我暗中找時間練習。

「您叫我嗎，利姆路大人？」

「你來啦，蘭加。你跟利格魯他們一起去森林吧。應該不會有什麼狀況啦，假如有事，再麻煩你幫利格魯他們。」

「遵命。屬下定會完成任務，利姆路大人。」

被我命令似乎很開心，尾巴跟那嚴肅的神情相反，正大動作搖晃。

目前蘭加還是一般大小——說是這樣說，其實也將近兩公尺——基於上述原因，風壓並不足以揚起沙塵。以前被我罵的事似乎有放在心上，他已經做了修正。

「路上小心，蘭加。利格魯也是，有什麼事記得跟我聯絡。」

「哈哈哈。別擔心，不會有事的，利姆路大人。就別掛念了，您只管期待獵物！」

利格魯笑著回應。

說得也是，或許我過於杞人憂天也說不定。如今的蘭加已超越B^+。搞不好還有A^-呢。在朱拉大森林裡算高階物種，肯定沒問題。

看樣子是我太期待今天的烤肉大餐，不小心想太多。

「那就期待你們的表現嘍。我會待在洞窟裡，有事再跟我聯繫。」

我朝利格魯點點頭，先是跟他們道別，接著就離開現場。

去洞窟的路上一直心情雀躍。

今天可以吃到久違的烤肉。雖然滾刀哥布林（人鬼族）的手藝不怎麼讓人期待，但烤個肉、山菜應該不成問題吧。到時可能只用鹽調味，不過那也是沒辦法的事。

等等喔？之前一直沒有味覺，所以我從來沒注意這件事，他們真的有調味嗎？有用點鹽巴嗎？保險起見，我還是去找個岩鹽，自食其力準備一下吧。

我利用「大賢者」的「解析鑑定」搜尋含鹽岩石。接著再用「捕食者」捕食，留下鹽分，其他東西剔除。

用起來好方便。

害我順便自嘲一下——這能力拿來用在這種地方不會太浪費嗎？

別擔心，沒問題。有什麼資源可用，全都拿來用就對了。

搞定，已獲得目標物「鹽」……啊，我來這裡真正的目的是要驗證能力。一不小心就被吃飯美夢成真的事沖昏頭，搞錯方向了。

我收收心，朝昨天造訪過的地下空間走去。

＊

今天我打算來試追加技「操焰術」。

這技能說穿了就是操縱火焰的能力。

我試著將體溫、四周圍的熱度聚集到手掌上，再讓它們集中於指尖的某一個點。靠這技能搞不好能自由操縱營火的火。

不過，性能僅止如此。畢竟是追加技，似乎沒多大性能。

沒辦法用指尖點火，從手掌生火。

或許能將凝聚於指尖的熱度射出，就像熱線砲一樣，但結果令人大失所望。

更別說像靜小姐一樣，來個大爆炸什麼的。那大概是她融合技能跟魔法後生出的獨門招式吧。

嗯？跟魔法……融合…………？

我突然想到昨天的「焰化」。

昨天曾「擬態」成大人，讓魔體部分「焰化」。不過，花一個晚上的時間思考後，我打算不找魔體，而是改讓魔素「焰化」。

精靈是精神生命體，能將自己的身體轉換成能量波動，這就是「焰化」。可是話又說回來，其實不需要乖乖照表操課嘛。

舉個例好了，放出魔素、讓它轉變成魔體，再讓這個魔體焰化……

弄出火焰後以「操焰術」操作……

《答。獨有技「捕食者」的「擬態」、「焰化」、追加技「操焰術」皆能透過「異變者」整合。要實行嗎？

YES／NO》

嘿嘿。果然可行。當然要選YES。

題外話，我原本打算之後再試獨有技「異變者」，沒想到它有意想不到的效果，真讓人吃驚。技能名稱乍聽之下很像在罵誰怪人（註：異變者的日文跟變態同音），所以我一開始對它沒什麼好印象，這麼看來還藏了神奇的強大性能。

《警告。「焰化」、追加技「操焰術」及「操水術」因整合消失。獲得新技能「黑焰」、追加技「分子操作」。此外，「熱變動抗性」進化為「熱變動無效」。「火焰攻擊無效」隨之消失。》

在我的命令下，「大賢者」將能力整合。最後意外獲得更簡單扼要的新能力。唯一的誤判是追加技「操水術」跟著消失，不過有了追加技「分子操作」，應該能起到相同功效吧。

事不宜遲，馬上來檢驗新能力。

「黑焰」，這個能力透過我灌注魔力、念力，會讓身體爆出火焰。跳過先造魔體再讓魔體轉換成火焰的步驟，直接生成火焰。

還能收放魔力來調節溫度。

其他像是抓住敵人的頭放火啦，這類危險行徑八成也在可行範圍內。

讓火焰集中到手掌上，還能當火砲發射。類似用魔力將魔素集中，再行燃燒。燃燒後比照「水刀」的操縱要訣，將魔素射出。

經過實地測試，火砲一碰到要打的岩石，岩石就燒起來了。

岩石表面出現燒融現象，想必高溫程度不亞於「焰化」，大概有一千五百度吧。哎呀，這下學會不得了的攻擊手段了。

這技能會按我的魔力多寡提昇溫度，還能讓它擴散出去，作為爆炸系攻擊。今後要針對它進行重點練習，以備不時之需。

至於我為什麼能不花心思就怡然自得地操縱火焰，這都要歸功於「分子操作」。

我能藉由操縱魔素來操縱分子，再讓分子摩擦生熱。用來操縱的力量是魔力，操縱對象是魔素，怪不得我提昇魔力，溫度就會跟著上升。

「分子操作」得來不費工夫，性能卻高得可怕。

針對這個能力，「大賢者」試圖做出一連串超乎我理解範疇的冗長說明，被我拒絕了。反正聽了也不懂，只是浪費時間而已，它懂就好。

我比較在意另一件事，那就是連大氣裡的分子都能操縱。

「黑焰」能讓魔素幻化成火焰，具備超高溫特性。既然它都能藉分子摩擦生熱了，應該也能循相同原理生電吧？

對了，例如——讓「黑色閃電」跟「分子操作」連結……

《答。「黑色閃電」能與追加技「分子操作」連結。要連結嗎？　ＹＥＳ／ＮＯ》

果然可行。這裡選擇ＹＥＳ。緊接著，我獲得新的技能「黑雷」。

多虧這招「黑雷」，不擬態成黑嵐星狼就不能用的「黑色閃電」隨時隨地都能用了。還附贈新功能，可以在一定範圍內調整威力。

黑嵐星狼的兩根角似乎主宰威力調節、範圍指定，「黑雷」則不需要靠角就能自由操縱雷電。

目前我的食指跟中指之間正出現藍白色電光。小白讓人麻痺的微弱電流，大至足以燒毀一切的巨雷全都包辦。跟「黑焰」一樣，改變魔力強弱、魔素量就能自行調整火力。

說老實話，我覺得「分子操作」這技能很萬能。單獨使用不怎樣，跟其他能力併用就變超強大。

——不，要說誰最厲害，非生出這技能的獨有技「大賢者」莫屬，再加上靜小姐留下的獨有技「異變者」幫忙整合……

對了，這「異變者」究竟是怎樣的能力呢？

《答。獨有技「異變者」的效果如下——》

據「大賢者」說明，「異變者」的能力大約可分成兩種。

整合：讓相異對象合而為一，產生異變。

分離：分離對象物持有的多種性質，使其個體化，變成別的東西。（分離對象非實體時，將有消滅的風險。）

以上就是它的性能。

靜小姐之所以能變成魔人，似乎是拜這個獨有技的效果之賜。精靈跟人原本是完全不同的個體，卻因此化整為一。是焰之巨人先試著支配靜小姐，還是靜小姐為了防止自己被焰之巨人支配，這個「異變者」才因應而生？

無論原因為何，現在都無從考究了。唯一可以確定的是，這個能力比想像中還要好用。

「整合」功能可以用在技能上，這我剛才已經體驗過了。也就是說它可以整合各種能力。搞不好魔法也適用，能讓「火」與「風」合體，催生「爆風」，或是讓魔法效果跟武器融合，製出注入魔力就能發動的魔法武器。

憑良心講，這個「異變者」跟我的技能實在很合。

史萊姆的身體明明不會流汗，我卻有種冷汗直流的感覺。

剛才只是小試一下，結果就弄到「分子操作」跟「黑焰」，還多了「黑雷」可用。

我身上還有一大堆捕食魔物弄來的能力，今後一定要多弄些新技能。

搞不好還能讓敵人身上的技能消失喔？

《答。視狀況而定。唯須注意一點，刻在靈魂裡的能力無法消滅、分離。》

聽起來也不是那麼萬能。

不過，狀況容許就可行是吧。當然了，要先把敵人的技能摸透才行。

不過咧，這個能力的本質並非解離，而是整合才對。

我今後打算從更多魔物身上奪取能力，這下又多了事後的整合樂趣。

一切都拜獨有技「大賢者」之賜，不過話又說回來，獨有技「捕食者」、「異變者」的相容性還真高。

哎呀不得了，靜小姐留下的「異變者」——名字雖然很那個，卻是強大的能力。

最後我還試了「熱變動無效」技能。

所謂的熱變動，就是對冷熱皆具有高度耐性吧。「熱變動抗性」足以承受焰之巨人的超高溫肆虐，「熱變動無效」就像它的進階版，似乎能讓多數攻擊無效化。說是這樣說啦，直接朝太陽衝過去還是會融化吧。

烤肉還在等我，所以我打算提早收工，但跟生命危險有直接關係的防禦力還是得掌握一下。

畢竟我可不想在緊要關頭煩惱，讓「大賢者」傻眼也很遜。

我比照昨天的手法，擠出大量魔素製造「分身體」。

當然，是用史萊姆姿態。

畢竟對怎麼看都像美少女的全裸「分身」進攻挺讓人猶豫。等這招用習慣，應該能複製裝備，直接做出有穿裝備的分身，但問題不是有穿衣服就好。

史萊姆看起來也很可愛，要對它下手多少有些心痛，但我還是狠下心進行實驗。

「結界」可以防「水刀」，昨天已經試過了。

這次我要用「黑焰」攻擊看看。先注入相同的魔素量發動技能，再讓「黑焰」跟「結界」互相對抗，結果「結界」徹底阻絕熱能，毫髮無傷。怪不得能密封焰之巨人的超高溫攻擊「焰化爆獄陣」。不僅如此，連水冰大魔槍這類冰寒技能都能擋，看樣子加熱、冷卻都不是它的對手。

《答。「熱變動無效」跟「範圍結界」連結，因此熱攻擊無效。》

原來如此，跟我想得一樣。

既然靜小姐都有「火焰攻擊無效」了，焰之巨人當然也有。這樣才能制住那股熱量吧。這招似乎針對封鎖高溫特化。再跟我的「熱變動抗性」整合，才同時兼具耐冷功能。

我試著解除連結放「黑焰」看看，「結界」瞬間遭到破壞。不過，我的「分身」安然無恙。

由此可證，「熱變動無效」不僅能套用在結界上，還能用於分身的身體。

攻擊連帶釋出餘波衝擊，那些也在「物理攻擊抗性」下獲得某種程度的抵銷。

有各種抗性跟「結界」加持，防禦上似乎很讓人放心。在那之前，得將所有抗性跟「結界」連結才行。

《宣告。「範圍結界」與各大抗性整合完畢。要發動「多重結界」嗎？　ＹＥＳ／ＮＯ》

這樣聽來，沒辦法將多重抗性整合在一層「結界」上。不過，個別發動似乎不成問題。

我二話不說地選了ＹＥＳ。剛選下去的瞬間，連一層薄皮都不到的無色透明皮膜出現，將我的身體包覆住。

應該是將複數「結界」疊在一起的「多重結界」吧，連用「魔力感知」都很難看出這層皮膜。消耗的魔素量並不多。展開多重結界後，用來維持它的魔素量少到讓人無感。我恢復魔素的速度還比較快。

今天也獲得不錯的成果。

是否能組合手上的能力，藉此獲得新能力呢——諸如此類，要研究的東西還多著。不過，目前有這些成果就夠了。

攻擊、防禦手段增加讓我很滿意，我就此離開地底空間。

*

我毫不猶豫地走在通往地面的洞窟道路上，同時思考如何壓抑妖氣。

我的身體會散發微量魔素，就跟妖氣沒兩樣。

刻意控制還能提防，不過，有時會在無意識的情況下散出。此外，吃了焰之巨人後，我的魔素量大幅增加，要隱藏妖氣變得更難了。

剛才還遇到蜈蚣怪，但牠只偷看我一眼就逃走了。

其他住在洞窟裡的魔物也不例外，一看到我就逃之夭夭。

還以為我開始有些派頭了，事實上，十之八九是身上的妖氣使然。

我展開「多重結界」，妖氣大多得以隱藏，卻還是有少部分外漏。也不是什麼外漏啦，不如說是「多重結界」本身會釋出力量。雖然是這樣沒錯，但不用「多重結界」會漏出更多妖氣，我只好用了。

要是能想辦法處理這個問題，就不用擔心我是魔物的事漏陷……

這時我突然想到一件事，接著就從懷裡取出某樣東西。

那是一張美麗的面具。

是靜小姐的遺物——「抗魔面具」。我透過「捕食者」吃下毀壞的面具碎片，讓面具重生。

這面具搞不好能用來阻擋妖氣？

這面具其實是魔法道具。上頭帶有「魔力抵抗」、「毒中和」、「呼吸輔助」、「五感增強」四種效果。應該是很稀有的面具。

我猜靜小姐役使大量火焰催生爆裂魔法還能呼吸，全都多虧這張面具。就算四周都沒氧氣，有「呼吸輔助」在就沒問題。我不需要呼吸，所以這效果對我來說沒什麼意義。

要重現肺部是做得出來啦，但我沒在用肺呼吸，沒那個必要。不過話又說回來，戴上面具或許能隱瞞我沒在呼吸的事。目前還用不著隱瞞，未來遇到人類就很好用了。

再看看其他效果，「毒中和」、「五感增強」似乎都不錯用。對冒險者來說應該是不可或缺的魔法，但我不需要。

被我列為必備項目的就只有「魔力抵抗」。這功能除了能對抗敵方魔法外，還能隱藏自身魔力。

我戴上面具試試。神奇的事發生了，有種平靜的感覺。

戴起來很自然。此外，一戴上面具，顯露在外的妖氣就藏得一乾二淨。

很好。今後都在外人面前戴面具吧。

又一項問題獲得解決，讓我很滿足。

不僅如此，回去還有烤肉等我。

我興奮地朝地面去。

……………………

…………
……

可以吃到久違的烤肉——然而，我想得太美好了。

一離開洞窟，我就發現有人在戰鬥。

魔素的流動讓大氣為之震顫。

雖然烤肉在呼喚我，這情況還是不能置之不理。

我放棄投入烤肉的懷抱，開始朝魔素奔騰的方向疾馳而去。

只見——

該處正上演一場激戰。

＊

抵達戰場後，慘叫聲立刻傳進耳裡。

是哥布達。

他正在跟一隻白髮老食人魔對打，但對手太強了。照理說老化應該會讓那個食人魔體力不支、動作遲鈍才對，他的下盤動作和運刀方式不像個門外漢。

反之哥布達就是個徹頭徹尾的門外漢。讓人不忍要誇他居然能活到現在。

他大動作迴避，想辦法跟敵人周旋。不過，任他有天大的好運氣，在如此懸殊的實力差距下遲早都會用盡。

白髮老食人魔眨眼間逼近哥布達，哥布達被他擊中，胸口遭對方砍開一個大口。這一切就在我面前上演。

「呀——好痛！我、我會死。這樣下去肯定會死翹翹！」

哥布達在地上打滾，嘴裡大聲哀嚎。

還能吵成這樣代表沒什麼大礙吧。就我看來，剛才那記攻擊並沒有殺哥布達的意思。

白髮老食人魔發現我靠近，打算先癱瘓哥布達，就只是這樣而已。

「你冷靜點，傷口很淺。」

「啊，這不是利姆路大人嗎？您是擔心我才來的吧？」

「嗯，算是吧。看你還生龍活虎的，應該不需要回復藥了。」

「等等，我要！對不起我不該開玩笑啦！」

他真的很有精神。大概是憑野性本能自行滾開，藉此降低傷害吧。

聽他在那吵吵鬧鬧實在很煩，所以我就拿回復藥往哥布達身上倒。一個就很夠用了。

在我治療哥布達時，白髮老食人魔一直按兵不動。他在觀察我。這傢伙是狠角色。

周圍倒了許多滾刀哥布林（人鬼族）戰士跟嵐牙狼。大家的小命似乎沒丟，要毫髮無傷地壓制這麼多人可不是件容易的事。恐怕是利用魔法做的。

遠處有一名紫髮女食人魔正在跟利格魯作戰。

這邊也不妙。

如鐵塊的鐵製棍棒——鐵棍隨女食人魔的手部動作揮舞，看來她一身怪力，打到利格魯的劍節節歪曲。他的木盾已遭破壞，早晚會身負致命傷。

蘭加一看到我就衝到我身旁。

「利姆路大人，萬分抱歉。有屬下隨行還讓場面如此難看——」

蘭加正要跟我謝罪，我卻半途制止他。這並不是蘭加的錯，是對手太強了。

他們是住在朱拉大森林裡的高階種族——「食人魔（大鬼族）」。

食人魔強得可以，滾刀哥布林（人鬼族）根本不是他們的對手。

「大家別打了。」

我冷靜地朝利格魯等人下令。

利格魯這才發現我，立刻放下手裡的劍。紫髮女食人魔並沒有進一步攻擊利格魯的意思，而是興味盎然地盯著我看。

她身軀龐大、肌肉發達，比例卻很均勻。按隆起的胸部來看，應該是女的沒錯。讓人意外的是，她的長相比想像中還要來得標緻。

我又朝蘭加下令，要他帶回筋疲力竭的利格魯。

食人魔們持續對我保持警戒，可能因為這樣才沒出手干預。

「利、利姆路大人……對、對不起……」

利格魯的身體滿目瘡痍，整個人上氣不接下氣。要對付那個紫髮女食人魔，以利格魯遊走在B級邊緣的實力來看肯定沒勝算。

「放心吧。接下來交給我，你慢慢休息。」

說完，我也給利格魯回復藥。他身上的傷並不嚴重，應該很快就能恢復。

「蘭加，倒在四周的傢伙怎麼了？」

「是，他們──」

照蘭加的說明聽來，他們似乎中了魔法。好像是昏睡魔法，他們無力抵抗就睡著了，沒什麼大礙。

幸好不是會造成混亂的魔法。

要是他們陷入混亂再來個自相殘殺，事情就糟了。

話雖如此，魔法還是很麻煩……

這下出現棘手的敵人了。

我靜下心觀察對手。

敵人共有六隻。

他們顛覆我對食人魔（大鬼族）的既定印象，是很不可思議的一群。

外觀好似落魄武士，不過，衣服都穿得很到位。我還以為鬼會是赤裸上半身，腰間綁著虎皮的樣子，實際上根本相差十萬八千里。

體格健壯的部分如我所想，他們體格都很好。但全都穿著衣服著實令我吃驚。

雖說是魔物，但食人魔們竟然都有穿裝備？換句話說，他們有智慧。還會使用魔法，可以說比人類集團更危險。

拿同一等級的魔物相比，智慧有無將讓威脅性變得天差地別。

再加上對手還是高階種族。

尋常狀態下就已經是超越B級的魔物了，他們還穿裝備又攜手合作，連蘭加都有被殺的風險。

他們拿的武器也很令人在意。

連哥布林都在跟矮人交易，食人魔能弄到武器也沒什麼好奇怪。可是，武器是刀的話，情況又另當別論。這是因為，矮人們做的武器都是以斬擊為主的西洋劍。

跟哥布達對峙的白髮老食人魔拿了某種武器，怎麼看都像日本刀。

他的身手相當熟練，肯定是劍術高手。

擁有食人魔的力量、人類的技術，再加上會使用魔法。用關節想也知道，他們很危險。

桃色頭髮的女食人魔似乎就是魔法師，她穿的衣服比其他人都要來得華麗。

仔細一看，她有著非常可人的端整臉龐。舉手投足凜然生姿，很有氣質的食人魔。

在這群食人魔中鶴立雞群，應該可以稱之為鬼姬吧。

不過，紅髮食人魔比她更危險。

「這隻魔物看起來好邪惡！大家小心！」

我正在觀察這群食人魔，桃髮女食人魔就突然開口大喊。

她臉上帶著畏懼的緊張神色。

視線不偏不倚落在我身上，八成在說我吧……

「喂喂喂，暫停一下。居然說我是邪惡魔物？」

「想混淆視聽嗎？還能役使那些邪惡的傢伙，一般人哪有這種能耐。你披上人皮，壓抑妖氣，耍些三腳貓功夫！以為這樣就能騙過我們的眼睛！」

「別想逃過公主殿下的法眼，快現出真面目！」

「幕後黑手主動出擊，正合我意。對方人手不多，我們有勝算。」

被稱作公主殿下的桃髮女食人魔開口，厲聲打斷我的話。此話一出正好形成引爆點，黑髮跟白髮食人魔紛紛異口同聲搭腔。看樣子他們不打算聽我解釋。

後來我又花了點時間澄清，說一切都是誤會，但他們還是聽不進去。

不管我怎麼說，他們都堅信我非善類，雙方的話完全沒交集。

最後——

「夠了。既然他不打算說實話，我們就用武力逼他開口。一定要他說出跟襲擊我族的邪惡豬怪是什麼關係！」

紅髮食人魔怒氣騰騰地大叫。

雖然我根本不知道他在說什麼，但看樣子，戰鬥是無法避免了。

既然對方執意要打，我只好奉陪。光我一個人，要逃出這裡易如反掌，但周圍還有滾刀哥布林跟嵐牙狼睡得不省人事。

我可沒無情到丟下這些傢伙逃走。

「利姆路大人，這下該怎麼辦？」

蘭加開口問話。

利格魯和哥布達才剛治好傷口，大概沒辦法幫太多的忙。如今能上戰場的就只有我跟蘭加。

我要蘭加對付會使用魔法的桃髮女食人魔。

「你去對付那個桃髮女食人魔。事情好像不單純，得跟他們談談才行。為了跟他們談話，你絕不能殺掉她喔！她會用魔法滿棘手的，你只要絆住她就行了。剩下那幾隻我來料理。」

「可是，要利姆路大人對付五隻食人魔……」

「沒問題。我不會輸。」

聽我這麼說，食人魔們紛紛顯露殺氣。不過，應該沒什麼大不了的。

「──屬下領命！」

蘭加遵照我的命令，開始高速奔跑。食人魔們不打算讓他得逞，在下一刻散開。

我則在思考要怎麼對付這群食人魔。

認為自己有勝算的事並非誇大其辭。根據剛才的實驗結果顯示，我已經變得很強大了。再說焰之巨人都超過A級了，我吃掉焰之巨人應該也會變成A級才對。

反之，我曾聽利格魯德說過，食人魔頂多只有B～B^+。眼前的食人魔們似乎是高階種，或許有到A^-、實力不容小覷……但我依然不認為他們有焰之巨人強。

要殺他們是很簡單，不過，兩派人馬間似乎存在誤會。

若他們展現明確的敵對行為，那又是另外一回事，但食人魔們並沒有殺我的同伴。他們對我有誤解，才不願意聽我說話，先讓他們冷靜下來，到時就能好好溝通了吧。

食人魔們為了攔截蘭加紛紛散開，我瞄準其中一隻黑髮食人魔，迅速接近他。

身體相當輕巧，隨我的意思自由自在行動。雖然我剛變成人型，卻沒有動作不協調的感覺。

視線高度的落差也不成問題。這是因為我的視野能藉「魔力感知」排除一切死角。

黑髮食人魔發現我靠近後一臉震驚，雙眼大張地迎敵。

不過，這動作來得太遲。

「你也睡一下吧！」

話聲剛落，我的左手掌就朝黑髮食人魔襲去。

手上出現小小的洞。朝黑髮食人魔吃驚的臉龐噴出霧氣。

這是從魔物蜈蚣怪身上搜刮來的「麻痺噴霧」。
之前還在想說身體可以自由活動時或許能用這招，結果果然真的可行。
——那就是只擬態我所捕食的魔物的必要部分這種絕招。

《宣告。獨有技「捕食者」的擬態與獨有技「異變者」的整合分離的合成能力匯集，獲得追加技「萬能變化」。》

成功的瞬間，我還獲得意想不到的能力。
獨有技「異變者」有整合、分離能力，所以我就想，是否能讓各魔物的特徵小部分重現？
這次就拿到實戰中測試，結果比想像中還讚。
因為獲得這能力的關係，我似乎能順利變身成各式各樣的魔物。
方便的還不只這些，我可以任意選擇魔物的身體部位，同時重現複數魔物的外在特徵。
以黑狼、黑蛇為藍本變身後，出來的樣子很像合成獸，不過，我還能拿人當變身基底。
這能力最大的特徵在於不限任何能力，都可以自由自在操縱。
也就是說，我的攻擊手段大幅增加。

黑髮食人魔全身上下都遭噴霧侵襲，開始出現抽搐現象。
接著就僵硬地倒向地面，完全無法動彈。
不愧是B⁺蜈蚣怪的能力，威力滿強的。

不過，食人魔也不是泛泛之輩。

我剛打倒黑髮食人魔，另外兩隻食人魔就同時朝我撲來。

紫髮女食人魔揮動如鐵塊的棍棒，朝我步步進逼。藍髮食人魔則藏在她的陰影下，打算朝我發動突襲。

兩人合作無間、動作熟練，但我擁有「魔力感知」，一舉一動全都被我看得清清楚楚。維爾德拉之前曾經說過，會這招就能防範敵人偷襲，看樣子他說得沒錯。

紫髮女食人魔那張端整的臉龐生著狹長鳳眼，正狠盯著我看。我看準這隻女食人魔要揮出棍棒的瞬間，左手手指射出「黏鋼絲」將之層層綁住。

「黏鋼絲」擁有相當程度的柔軟性，足以遏止焰之巨人的怪力，又因獨有技「異變者」的整合，變得更強韌。女食人魔有如被黏絲捕獲的蓑蟲，再怎麼奮力掙扎也逃不出這黏絲牢籠。平常的練習成果總算派上用場。

當我忙著老王賣瓜自賣自誇時，一把刀從腳邊的死角逼入。藍髮食人魔瞄準我的心臟，操著筆直的刀刃刺來。

然而，我並沒有驚慌失措。因為我早就用「魔力感知」讀到這一刀了，也知道該怎麼應付。我拿右手當盾，擋下刺來的直刀。

金屬撞上堅硬物體的鈍音響起，藍髮食人魔的刀應聲斷裂。他吃驚地瞪大雙眼，我趁機發動追擊。抬起覆滿鱗片的右手，直接送他一記正拳。我發動甲殼蜥蜴的「肉體裝甲」，讓它從拳頭包至手臂。拳頭如鋼鐵般硬化，三兩下就破壞藍髮食人魔的胸甲。我的拳頭毫髮無傷，一舉癱瘓藍髮食人魔。

此外，「多重結界」還跟「物理攻擊抗性」連結，一切的物理攻擊都傷不了我，通用技「肉體裝甲」

因此變得可有可無。沒差，就當是以防萬一好了。

好啦，已經成功癱瘓三隻食人魔。

接下來就只剩蘭加對付的桃髮女食人魔、一臉傲然的紅髮食人魔，還有謹慎地佇立於某處的蒼老白髮食人魔。

「這下你們知道我有多少實力了吧？願意聽我說話了嗎？」

「閉嘴。我更加確定了，你就是災難的根源。操縱那些邪惡豬怪毀滅我族故里的，肯定就是你的伙伴吧？區區豬頭族（半獸人），我們怎麼會輸。一定是你們這些魔人在暗中搞鬼！」

嗯？你們這些魔人？暗中搞鬼？看樣子他完全搞錯了。

這樣聽來，之前說的豬怪應該是指半獸人吧。我記得當初利格魯德他們來求我幫忙時，曾說半獸人之類的在爭奪森林霸權，老是起些小衝突……

「等等，你誤會了——」

正當我要解開紅髮食人魔對我的誤解時，背後突然有種感覺浮現，讓我的身體一陣發涼。

往那看去，白髮食人魔已經不見了。原來剛才頻頻找我講話是想轉移我的注意力！

我趕緊轉身，用右手接下自背後竄出的砍擊。沒想到他騙過「魔力感知」，眨眼間晃到我背後，著實讓我大吃一驚。不過，獨有技「大賢者」的「思考加速」讓知覺速度提高千倍。儘管白髮食人魔以迅雷不及掩耳的速度出刀，我還是在千鈞一髮之際及時應變。

不過——

我的右手好像怪怪的。在「痛覺無效」的作用下，並沒有疼痛的感覺，但手被斷得乾乾淨淨。

這白髮食人魔，老歸老卻擁有超凡身手。一下就破除我的「多重結界」跟「肉體裝甲」。

「唔唔，老夫也老得變遲鈍了呢……原本還打算砍下你的頭……」

還說自己老得變遲鈍，開什麼玩笑。這具蒼老身軀的體態明明遠遜於剛才的藍髮、紫髮食人魔，動作卻比他們快上許多，絲毫不拖泥帶水。

先前被他的外表騙了，這傢伙非常危險。

我抓住剛才被他砍斷的手，暫時拉開距離。

「利姆路大人！」

「我沒事，你別分心！」

蘭加見狀慌得要朝我衝來，但我扯開嗓門制止他。這是因為我知道散發殺氣的白髮食人魔很危險，蘭加根本不是他的對手。

蘭加有瞬間迷惘，最後還是決定相信我。他依令行事，回去牽制桃髮女食人魔。

「下次可不會砍偏。」

白髮食人魔收刀入鞘，再度進入拔刀姿態。

現在不能因為他老就看扁他。這個白髮老食人魔是該盡全力打倒的敵人。

敵方似乎就在等我專心對付白髮食人魔，才聽到「受死吧，我要替同胞報仇！」，身側就有一把大刀砍來。

「哈！你失去一隻手就算玩完了吧！你確實很強沒錯，但你打算一個人對我們全部，那份傲慢就是你失敗的主因。」

紅髮食人魔說得一針見血，持續朝我發動攻擊。

這傢伙的移動方式也很獨特，速度瞬間就超越我能捕捉的極限。朝我砍來的大刀無半點破綻、迷惘，筆直刺向我的要害。

他認為我是威脅，早已捨棄將我活捉的天真想法。

對方的高手級合作非常棘手。我因為自己的身體機能優越就掉以輕心，其實在戰鬥方面還是個新手。頂多只經歷過義務教育的武術課程。

他們居然認真起來對付我這種菜鳥，以高手來說心胸還真狹窄。不過，是我先說自己有勝算，對他們煽風點火的。說起來算我自作自受，怨不得別人。

總之，看現在要裝高手嚇唬他們還是用其他方法都好，得想辦法度過難關。我跟他們拉開一大段距離，邊迴避邊思考。

單手對付兩名高手滿吃力的。所以我發動獨有技「捕食者」吃掉剛撿回的手。先前受傷時，我曾靠「史萊姆」的固有技「自動再生」、獨有技「捕食者」的輔助效果修復身體。這次是失去部分肢幹，希望能補得回來……

《宣告。獨有技「捕食者」的擬態、「史萊姆」固有技「融解」、「吸收」、「自動再生」經獨有技「異變者」整合，獲得追加技「超速再生」。整合後，「史萊姆」的固有技「融解」、「吸收」、「自動再生」消失。》

在我的意念驅使下，新的能力——追加技「超速再生」因應而生。雖然為了生出這個能力使史萊姆固有技消失，但沒問題。反正那些技能我都沒在用。全都用獨有技「捕食者」替代，完全不礙事。

我發動追加技「超速再生」，試圖讓右手再生。緊接著，剛才吃進去的右手開始分解，轉眼間被我的本體吸收。

吸收完畢後，我的右手瞬間重生。以前的回復力根本無法相比，這再生速度有夠驚人。還真的是「超速再生」。

對喔，現在不是驚訝的時候。機會難得，一定要好好賣弄一下。

「咯咯咯。哈————哈哈哈哈哈！只砍掉我一隻手就想贏我？真令人失望。不過，我的確小看你們了。稍微認真點打吧。」

說完，我將面具摘下，把它收入懷裡。

看到我的手瞬間恢復而相當困惑的食人魔們，一看到取下面具的我就渾身僵硬。由於我解放妖氣的關係，頭髮跟著向上飛舞。

他們八成在我身上嗅到危險因子。

「怪物，我要火力全開收拾你！燒成灰燼吧，鬼王妖焰！」

紅髮食人魔拿疑似是絕招的火焰攻擊招呼過來。這火焰漩渦應該有一千幾百多度，不，搞不好兩千度有，那些火將我的身體徹底包圍。

然而——

「沒用的。這點程度的火傷不了我。」

若攻擊對象不是我，早就在第一時間被這高溫燒成灰燼了吧。可是，我有「熱變動無效」技能護身，燒起來根本不痛不癢。

發現自己的必殺大絕招不管用，紅髮食人魔初次顯露懼色。不過，他立刻用強韌的意志壓抑那股怯弱，用充滿決心的眼神盯著我看。看樣子他還沒放棄。這敵人很有骨氣，我實在不想殺他，個人是希望他快點認輸。

現在出手是絕佳時機。

食人魔們對我心生警戒，紛紛按兵不動，正好可以放個大絕招挫挫他們的銳氣。倘若不小心失敗，他們還是不願聽我說話，到時就只能遺憾地選擇殺光他們。

拜託你們看完這招認輸吧，我在心裡默念，準備做出最後的賭注。

「好了，讓你們見識真正的火焰。」

話聲未落，我的左手就爆出「黑焰」。

雖然這樣演很狗血啦，但要讓對手害怕只能這麼做了。

「哥、哥哥……那、那個火焰……並不是像哥哥用的那類幻妖術！」

蘭加負責對付的桃髮女食人魔一看到這「黑焰」就面露懼色。

看樣子我嚇到她了。原來紅髮食人魔是將妖氣變成火焰，用的是妖術啊。我的火焰出自魔物能力，並非靠技術生成的東西，怪不得她會嚇到。

也就是說，讓他們看「黑雷」的話……

「呵呵呵呵，沒錯。不過，我要讓你們見識比火焰更有趣的東西。」

我放完這句話，改讓右手噴出「黑雷」。

要把他們嚇得屁滾尿流，讓他們聽我說話才行。

這次用不著客氣，但把魔素用乾就糗大了。

我調整魔力，只放出三成威力，注入魔素釋放「黑雷」。

接著——

「仔細看好了，這就是我真正的實力！」

我放聲大叫，朝應該能炸成的大岩石射出「黑雷」。

聲音遲了一會兒才回傳。

大岩石瞬間蒸發，連點炭灰都不剩。威力跟之前的測試結果不相上下，搞不好還更高。

這招太危險了！

炸成這樣……哪是放水後的威力啊。我這次灌的魔素比之前測試時更少耶。

真搞不懂。

我明明將魔素控制在三成，會不會是連射好幾發……

《答。跟「黑色閃電」相比，「黑雷」的使用效率更——》

我又沒拜託它講，「大賢者」卻擅自講解起來。聽起來，由於範圍縮小，命中率提昇好幾倍，威力也跟著上升。當然，隨著範圍縮小，使用的魔素量也大幅減少。魔素消耗量比之前更少，威力卻提昇了，理由全出在這兒。

是說，這個「黑雷」——可能是特殊技能。「黑焰」也一樣，別隨便亂用比較好。

用得我膽戰心驚啊。

還好沒拿自己的身體來試，我打心底這麼認為。面對這等威力，「多重結界」也不一定撐得住。

好啦，來看看食人魔們如何反應吧？

「……太厲害了。可悲，我們的實力遠不如你。但我好歹是強大種族——食人魔的未來領袖，我也有我的尊嚴。沒辦法替含恨死去的同胞報仇，算什麼領袖。就算不如你，我也要報一箭之仇！」

「……少主，老夫願追隨您！」

造成反效果了。

紅髮、白髮食人魔換上悲壯的眼神，一臉豁出去的表情。八成已經下了必死決心，打算跟我同歸於盡吧。

雖然我沒有殺他們的意思，但如今他們下定決心，不取他們性命壓制實在有難度。

沒辦法了……

是有誤解沒錯，不過，放他們逃跑很有可能變成麻煩因子。對不住了，要恨就恨自己會錯意吧——這念頭剛閃過腦海，楚楚可憐的鬼姬就開口喚道：「請等一等！」

鬼姬——桃髮女食人魔——她來到兄長的紅髮食人魔的面前站定，張開雙手開口制止他。

「哥哥，請您靜下心思考。這魔人有如此強大的力量，卻不直接進攻，而是讓豬怪們攻擊我們的村落，太奇怪了。他一個人就能殺我們全部。我能肯定他異於常人，但他應該跟襲擊村落的敵軍無關……」

「什麼！不過，聽妳這麼一講……」

紅髮食人魔被桃髮女食人魔說動，困惑地朝我看去。

「我一開始不就說了嗎，這一切都是誤會！現在願意聽我說了吧？」

岩石蒸發的位置冒出陣陣蒸氣。看看那慘狀，更為桃髮女食人魔的話增添強大說服力。

紅髮食人魔再度看看我跟桃髮女食人魔，接著總算在我面前單膝跪地。

「多有得罪。我被逼急了，才誤會你。望你接受我的道歉。」

他承認自己會錯意，還主動跟我道歉。

這下誤會總算解開了，暫時可以放心。

「沒關係啦，在這講話不方便，我們先回村裡吧。你們一起來，我請你們吃飯。」

紅髮食人魔聽到我的話後點點頭，桃髮女食人魔、白髮食人魔也陸續同意。

就這樣，莫名其妙開打的戰役終於劃下休止符。

*

桃髮女食人魔似乎解除昏睡魔法了，滾刀哥布林們紛紛甦醒過來。

剛才吵成那樣都沒醒，可見這睡眠魔法的威力有多強大。

我也解開紫髮女食人魔身上的「黏鋼絲」，替昏死的藍髮食人魔上回復藥。

至於遭受麻痺的黑髮食人魔就不知該怎麼辦了，幸虧獨有技「異變者」能輕易分離麻痺效果，問題因此解決。

原本得用魔法解決，不然就是藥物治療。剛才我沒多想就用了「麻痺噴霧」，之後可得先找出解決方法再用這類技能。

我在心裡暗自反省。

大家都沒什麼大礙，所以我們就一起回村了。

剛才出門前，那些傢伙曾說要辦個宴會，果不其然，這天的飲食相當豪華。

不愧是利格魯德，在宴會準備上一點也不馬虎。
我是不會餓啦，但畢竟從大清早就期待到現在。
而且做了一堆運動，再加上能享受睽違已久的味覺體驗，心裡期待得很。
如此這般，我一口咬下剛烤好的肉。
好好吃！
感動到快流淚了。
之前還很擔心調味問題，沒想到他們隨興擠了幾種果汁當沾醬。看樣子進化成滾刀哥布林後，味覺也跟著發達了。他們正從錯誤中學習，努力嘗試各種搭配。
這好像是名叫牛鹿的魔獸？沒沾醬直接烤就很好吃了，不過，多了各式各樣的果汁加持，吃起來又是另一種風味。
果汁正好除去肉的腥味，吃起來特別美味。
負責管理食材庫存的哥布林君主莉莉娜、掌廚人哈露娜對我做出如上說明。
我在兩人催促下狂吃肉，好久沒這樣吃了，真開心。
此外，我還給她們之前弄到的鹽巴，兩人高興得都快飛上天了。她們靠著吸收知識得知有這種東西，但鹽太高級了，弄不到只好死心。的確，哥布林光要活下來都很吃力了，用來增添風味的調味料更是連想都不用想。
他們似乎一直靠獵物的血肉補給鹽分，沒多餘心思管求生外的事。我不忘叮嚀她們，鹽分攝取過量不是件好事。
就不知道魔物攝取過多鹽分是否會罹患高血壓。

對了，萬萬沒想到桃髮女食人魔會在某方面派上用場。

她對各種藥草、香草瞭若指掌，替我們準備能去除肉腥味的野草。

「希望幫這點小忙能為我們的無禮道歉。」

說著，她就自告奮勇，率先幫忙處理食材。

不愧是高階種族，剛進化的滾刀哥布林根本比不上她，手腳相當俐落。

雖然另一隻女性食人魔——紫髮女食人魔跟其他食人魔一樣，都顧著吃東西……

或許他們的民情風俗並不強制女主內，看誰會煮就讓誰煮吧。沒差，只要好吃誰煮都行啦。

基本上，我族的女性陣就只會烤跟煮，所以三兩下就跟桃髮女食人魔打成一片。我想她們會努力學習，期許自己今後也能煮出像樣的東西吧。這是正面影響。

就這樣，在我期待的烤肉加持下，一場盛大的宴會順利進行，宴會盛況空前，大夥兒徹夜暢飲。

第二章

進化與職業

Regarding Reincarnated to Slime

跟大鬼族（食人魔）相遇後，隔天他們就冷靜下來，願意好好談談。

談話地點則是棟小木屋，就建在先前燒毀的廣場上。

矮人三兄弟的三男米魯得很厲害，將我畫在木板上的設計圖重現。

我以前曾在建設公司上班，稍微畫一下還是沒問題的。我用黑炭在木板上作畫，寫下尺寸等詳細資料，再交給米魯得。能辦到這些，全都多虧行動自如的身體跟獨有技「大賢者」。我利用矮人們帶來的製圖道具，畫出比電腦繪圖還要精細的設計圖。

不僅是這些簡略的小木屋，連高樓大廈都不成問題，沒三兩下就能用手畫出設計圖。

米魯得看著這些設計圖也不免讚嘆，說畫得很好懂。看樣子跟這個世界的設計圖畫法相比，我的畫法更平易近人。

那當然，我的原生世界被譏為都市叢林，這裡的建築物跟高樓大廈擺在一起根本小兒科。

矮人王國是有不少宏偉的建築物，但技術面依然有待加強。哪天有機會，在這個世界裡建超高摩天樓應該也挺有趣的。

哎呀，我離題了。

行走時不忘確認內部裝潢是否達到要求，我帶食人魔們來到接待所。

食人魔們安分地跟著我。在他們看來似乎很新奇，大夥兒頻頻朝室內張望。不過，這裡又還沒大肆鋪裝，才剛建不久，應該沒什麼好看的吧。

接待室準備了一張大桌子，好幾張木製椅子繞著桌子排開。

利格魯德跟另外四名哥布林君主已在此集合。此外，凱金亦擔任矮人代表現身此處。包括我在內，總共有十三人。

問我為什麼叫利格魯德等人前來？

這是因為，我認為食人魔們接下來要談的話十分重要。

假如朱拉大森林真的發生異變，我們可不能置身事外。

如此重要的事情，就我一人承擔又很頭痛。

我再怎樣都要貫徹「垂簾聽政」方針。

哈露娜替大家備茶，順便端到這裡來。

她靈巧地結束上茶工作，接著就行一個禮，再退出接待室。雖然尚嫌生澀，但她已經學會某種程度的禮節。這是一大進步。

我靜靜地喝起茶來。味道苦澀，卻不難喝。

一直以來我都不計較味道，但好不容易得到垂涎已久的味覺，就開始對味道挑三揀四了。

喝起來酷似抹茶的苦，正好潤潤我的舌頭。

還有那股熱度。雖然我擁有熱無效技能，卻喝得出熱度。

真有趣。

食人魔們也開始喝茶。

我等他們冷靜下來才開始問話。

問說你們怎麼會到這兒來？對方則答：「為了重振我族，才會逃到這裡。」

他們說要重振我族，看樣子事情不單純。這下肯定說來話長。

能殲滅食人魔，那股勢力肯定是種威脅。

食人魔這種魔物，光單一個體就超越B級。昨天的戰鬥已經證明這點。

眼前這幾個又特別厲害。

他們是森林的霸主。據說是森林裡最高端的魔物……

總之，先聽聽他們怎麼說吧。

＊

食人魔的話歸納如下——

戰爭來臨。食人魔的部落慘敗。

簡單來講就是這樣。

當我在這個村子裡對付焰之巨人時，食人魔們似乎也遭戰火波及。

究竟是誰膽敢攻打森林的高端種族食人魔？還打贏他們……

其他人聽到這些，似乎也很震驚。

大夥兒的表情一口氣凝重起來。

「他們突然跑來攻擊我們的村子。戰力堅強……那些傢伙——他們是可惡的豬，豬頭族(半獸人)！」

紅髮食人魔怒不可遏地咆哮。襲擊食人魔村落的是半獸人軍隊。

魔物跟人類不同，沒有預下戰帖的習慣。所以，突襲他人並沒有錯。

話雖如此，半獸人跑去襲擊食人魔是很奇怪的事。

理由很簡單，種族強度讓雙方實力懸殊。

半獸人的等級是Ｄ。比小鬼族（哥布林）強，卻不是老鳥冒險者的對手。

相對的，食人魔則超過Ｂ級。一般情況下，還沒打就知道誰輸誰贏了。

但這些弱者卻跑去侵略強者的村落，還凱旋而歸……

食人魔又進一步說明。

他們的聚落比所謂的村莊還大一些，幾支部族聚集在那裡共同生活。

也就是由Ｂ級魔物構成、數量三百左右的戰鬥集團。

這可是足以匹敵小國騎士團的戰力。實力相當於三千名Ｂ－程度的騎士。

平時就會由各部族交互進行戰鬥訓練，性好戰鬥，甚至會跑去介入其他種族的紛爭，當當打手。

往日也曾有一族食人魔在魔王挑起的戰爭裡打頭陣，於歷史上活躍過。而眼前的這些食人魔似乎就是他們的子孫。

簡單來說，食人魔們在當類似傭兵的工作討生活。

話說這個世界裡的食人魔，跟我一直以來認知的奇幻設定徹底背道而馳。

算了，先別管這個。

問題在於比他們低階的種族——半獸人竟襲擊這支戰鬥部族。

大家全都一副不敢置信的模樣。

除了這些倖存者，村裡其他食人魔都被殺了。

趁部落長率領戰士團牽制半獸人部隊時，紅髮食人魔帶著妹妹逃脫。

我想得果然沒錯，桃髮女食人魔是公主。

她還是凝聚食人魔族向心力的巫女，被擺在第一優先。

「要是我擁有更強的力量……」

紅髮食人魔無力地沉吟。

他最後見到的景象是——部落長被身穿黑色鎧甲的豬頭兵殺掉。

那隻豬頭兵很巨大，渾身散發異樣的妖氣。

除了他還有另一個傢伙。

那人帶著露骨的凶殘妖氣，臉覆憤怒的小丑面具。

「那傢伙肯定是魔人，還是哥哥打不過的高階魔人。」

桃髮女食人魔如此斷言。

「老夫等人之所以誤會，全是見過那傢伙的關係。才會誤以為你是他的同夥……」

什、什麼？看到這麼可愛的我，居然忍心跟那種東西混為一談。

有必要說成那樣嗎，太過分了！這念頭閃過腦海，但仔細想想，我跟他們對戰時是戴著面具沒錯。

那個魔人也戴了小丑面具，怪不得他們會產生誤解。

我記得有智慧的魔物統稱魔人。那這樣食人魔不也是魔人了。連這些食人魔都斷言對方是高階魔人，可見敵人有多強。

魔物多了智慧就很難對付，看食人魔就能明白其中奧妙。他們跟人類一樣，會用魔法、耍弄武器。

擁有優於人類的身體機能，再搭上發揮這些長處的裝備，區區人類要對付他們肯定不容易。

至於高階魔人，那更是災厄等級。實力至少有A吧，這猜測大概八九不離十。還真是跑出了難纏的傢伙啊。

順便補充一下，哥布林是亞人，就算進化成人鬼族（滾刀哥布林）亦不在魔人之列。

食人魔們繼續把話說下去。

還有另外三個傢伙，他們的實力都跟那隻黑鎧豬頭兵不相上下。

食人魔村的精銳全被這四個敵人殺得片甲不留。半獸人大軍趁這個空檔大舉殺進，蹂躪聚落。

軍隊人數上看數千。食人魔們並未精確計算，只是推敲個大概，話雖如此，那數量依然驚人。

半獸人軍全穿著人類用的全副鋼鎧，整座森林放眼望去盡是鎧甲雄兵。若他們的話屬實，肯定有外力替半獸人撐腰。

半獸人也是亞人，跟哥布林同屬下級魔物。這種低階魔物不可能弄到那麼多高價裝備。

除此之外，朱拉大森林還有其他的強力魔物棲息。竟能躲過他們的法眼進行侵略行動，怎麼想都有古怪。

半獸人肯定是跟某些國家或人類國度聯手，這樣才說得通。

讓人不安的是，他們的目的尚不明。

發動這種大規模侵略行動，總不可能只為了打倒食人魔吧。還是他們打算統治這座朱拉大森林？

「不——或許是『魔王』的旗下勢力在幫他們。」

此時凱金說出這麼一句話。

魔王？靜小姐的臉在我腦海中閃過，遺言隨之復甦。

魔王雷昂——他是我要打倒的敵人。

是有這個可能，但現在的我應該打不贏魔王……

基本上，魔王應該不會對這座森林出手才對。

這座森林外坐落著廣大的魔大陸。

那是片肥沃的大地，由為數龐大的戰爭奴隸及魔像從事生產工作。

因此，魔大陸上的魔帝國物產豐饒，魔王等人對人類並沒有興趣。

戰爭奴隸經世代交替後，如今已跟一般居民沒什麼差別。不曉得人類國度是怎麼看待他們的，但就朱拉大森林的魔物來看，魔族帝國算是一片祥和。

因此，要說誰想搶奪領土，人類還比較有可能。

但有哪個魔王想隨自己高興挑起戰爭或藉爭鬥來打發時間也不無可能。

朱拉大森林的守護者「暴風龍」維爾德拉消失，亦降低對這些魔王的牽制力。

原來如此，照這個走向來看，朱拉大森林得更進一步鞏固防衛網了。

總之，目前只知道半獸人大軍在侵略森林。

＊

好了，接下來該怎麼辦……

我決定問問大家有什麼看法。

「我認為半獸人打算稱霸這座森林。」

見我用眼神示意後，利格魯德代表我方做出回應。

他不忘窺探我的反應。

要戰？要逃？還是吸收他們？

食人魔們似乎也心知肚明，依我的回答內容而定，將有可能再度跟我方敵對。

緊張感瞬間升高。但我不以為意。

「別急，再喝杯茶吧。」

說完，我命人再替大夥兒斟茶。

大家紛紛喝起茶來，緊張的氣氛也隨之緩和。

接下來——

「那麼，你們今後有什麼打算？」

我朝食人魔們如此提問。

「打算是指？」

「沒什麼，就今後的方針。為了重振部族，你們要逃亡嗎，還是找個地方隱居？我個人覺得，一直逃也不是辦法啦。」

「我們早就知道了。所以要藉機養精蓄銳，來日再戰！」

「正是。必須替主子報仇！」

「我也有此意！雖然目前的實力不夠，但絕不能放過那些豬！」

「「「我等定將追隨少主與公主！」」」

食人魔們毫不猶豫地答道。

嗯，原來他們早就做好覺悟了。

回想當初對抗我時，那一雙雙眼睛看上去清澈無瑕。

明知去了也是死路一條……不過，我不討厭這種想法。

身處絕境，他們依然擁有不殺滾刀哥布林的器量。

對他們見死不救總覺得渾身不對勁。

「你們要不要當我的部下？」

「什麼？這話什麼意思……」

「什麼意思，就字面上的意思啊。你們靠當傭兵維生，替我效命也不成問題吧？既然你們的工作是替老闆奮戰，那我就僱用你們吧。」

「這——」

「你們想累積實力，接受我的提議不是更有利嗎？雖然我能支付的報酬就只是保障你們不愁吃穿啦。」

「可是這樣一來，這座村子也會被我們的報仇行動牽扯進去……」

「這方面大可放心。我們無條件追隨利姆路大人。只要是利姆路大人下的決定，大家都不會有意見。」

「再說，我們肯定會遭殃啊！有支龐大的半獸人軍隊正四處作亂，鄰近地區原本就有可能受戰火波及了。」

「沒錯。先前蜥蜴人族的偵察員曾跟我村接觸。當時還不知道他所為何事，恐怕對方早已嗅出端倪了。既然如此，這裡也可能淪為戰場。我們彼此聯手會更有利。」
利格魯德、凱金，還有其他哥布林君主，大家全都表示贊同。
嗯。光靠哥布林，戰鬥力根本不夠。假如半獸人即將進攻，戰力自然是愈多愈好。
「若你們願意替我賣命，我會實現你們的願望喔！」
「什麼意思？」
「很簡單。你們來當我的部下，要是有什麼萬一，我發誓會跟你們並肩作戰。我不會拋棄同伴。若你們願意讓我僱用，我就幫你們的忙。」
「原來如此，我們幫忙守護這座村子，村子也成為我們的避風港。聽起來不賴。不如說，這提議求之不得。以這個村子為據點，就能集結用來對抗半獸人軍的戰力……」
「對，反正戰火都快燒到這來了。就順便吧。」
「契約期間是否能以打倒半獸人軍的主謀為限？」
「當然。料理半獸人後，你們就自由了。想幫忙我們建立王國也好，要去旅行也行。如何？」
聽我這麼一問，紅髮食人魔稍事思考一陣。
大概是信賴紅髮食人魔吧，其他食人魔們全都不發一語。
紅髮食人魔先是閉上眼睛，接著又睜眼。
「好。我們願意投效！」
他接受我的提議，願意當我的部下幫助我們。
太好了。
這樣對我們來說也有好處。

＊

食人魔們順利加入我方，真是萬幸。

我想說他們以傭兵為業，應該不排斥當別人的部下才對，看樣子猜對了。要對付數以千計的半獸人大軍，我們也得增添人力。

目前尚不清楚敵人有多少實力，準備自然是愈充分愈好。

說是締結契約啦，但他們都宣誓效忠我了，從今天開始，他們就是我的同伴。

這樣一來，不先取個名字來叫會很麻煩。

「好！我來幫你們取名字吧。」

「什麼？這是要幹嘛……？」

「幹嘛……就取名啊，取名。沒名字很不方便吧？」

「不，我們可以跟他人溝通，並不會不方便啊……」

「呵呵，人類確實會取名字，但魔物不需要那種東西呢。」

「笨蛋。可以溝通就不用取名，那是你家的事，跟我沒關係。我是覺得叫你們不方便才取的。」

「不，可是……」

「請您稍等！取名會伴隨很大的危險性，這次還是替高端種族——」

紅髮食人魔顯得不知所措，桃髮女食人魔則開口勸阻。

危險不就那個嗎？魔素用太多會睡著。只要沒像之前那樣，一次取一堆名字就沒問題吧。

「沒關係沒關係。沒問題啦！」

我把桃髮女食人魔的話當耳邊風，立刻構思名字。

食人魔們似乎無所適從，但我裝做沒看到。

接著，我開始按往例取名。

這次要來點不一樣的。

望著食人魔們的髮色瞧，名字就不費吹灰之力迸現。

紅髮食人魔叫「紅丸」。

聽起來很像年輕武士的名字，跟他的精悍氣質相配。

公主叫「朱菜」。

她生著桃色秀髮，擁有豐富的野草知識。我覺得肯定很搭。

白髮老食人魔叫「白老」。

他給人的感覺很像老臣，用老字稱呼也很符合外表。

藍髮食人魔叫「蒼影」好了。

之前那潛行於影子裡的攻擊很危險。換成別人肯定有生命危機。

紫髮女食人魔就叫「紫苑」吧。

看她綁在腦後的髮束毛毛燥燥，令人聯想到花朵。

黑髮食人魔叫「黑兵衛」。

他人看起來既粗獷又討喜，讓人頗有好感。

我替他們各自取名。

自認取得一級棒的我沾沾自喜。這些名字不費吹灰之力就跑出來了，可見是上天的安排。
這時自我感覺良好的我突然一陣虛脫襲來。
咦？這感覺是——
當我會意過來，一切都太遲了。
我進入休眠狀態。
不過是被六個人吸取魔素，怎麼會這樣……？
心裡正在納悶，我的身體就變回史萊姆了。身體失去自主權，人型徹底解除。
「咦，史萊姆？」
「不會吧！你是史萊姆嗎？」
聽大夥兒你一言我一句，卻沒辦法回嘴。
食人魔們紛紛發出驚呼，但他們也逃不過此劫。
跟我一樣，似乎突然覺得疲憊，一個接一個地倒下。
究竟發生什麼事了？
要解開這個疑問，只能先等魔素恢復再說。

＊

事隔一晚。
這次的休眠狀況比先前都要來得慘烈。雖然還保有意識，卻處於半夢半醒狀態。

記憶也變得模模糊糊，好像有什麼軟軟的東西擠在我身上，好聞的味道包圍著我，讓我整個人輕飄飄的，似乎還有人溫柔地撫摸我，但我沒辦法確認這一切是真是假。

大概是我想太多了吧。

「紫苑，妳要把利姆路大人抱在懷裡多久啊？差不多該換人了吧！」

「朱菜小姐，您說這什麼話？哪來的換班啊。利姆路大人由我照顧，請朱菜小姐去歇息吧。」

「紫苑！作人要有分寸。我都說我要顧了！」

隱約聽到這類吵鬧聲，肯定是我聽錯了。

當下兩人似乎還對我的身體東拉西扯，百分之百一定是我會錯意。

就當是幻覺吧。

好啦，來看看究竟發生什麼事了？

一覺醒來，目睹在我面前待命的六個傢伙，答案立刻浮上檯面。

等在最前排的是一名美男子，他留了一頭如熊熊烈焰的火紅髮絲。

眼眸和頭髮一樣是紅色的，對方正用堅定的眼神盯著我看。

這傢伙是誰？腦內浮現問號之餘，我仔細端詳他，這才發現他是被食人魔們稱作少主的食人魔——紅丸。

頭上長出兩根漆黑的角，散發比黑曜石還要美麗的光芒，從鮮紅色髮絲間刺出。

原本是跟象牙神似的粗角，如今卻如幾經打磨的藝術品般纖細而美麗。

之前的他是個大塊頭，現在則變成一百八十公分左右，體型也變得精實。

不過他體內蘊含的魔素量不可同日而語。
雖不及焰之巨人，卻感覺得到相當的力量。
搞不好突破A級也說不定。
沒想到取個名字就進化成這樣……
我發自內心吶喊。

接下來——
一名美少女躲在紅丸身側。
是朱菜吧。
她本來就長得很可愛、惹人憐惜，進化後更驚人。
現在是怎樣？哪來的公主大人？
不不不，已經超越公主大人了！
淡桃色長髮微捲，在背後綁成一束。
兩支角宛如白瓷。肌膚似雪，粉唇勝櫻。
紅色雙眸泛著水光，正目不轉睛地凝望我。
哪來的天仙美少女！連二次元人物都遜掉了。
身材看起來很嬌小，大概一百五十公分吧？散發一種讓人很想保護她的氣質。

蒼老食人魔白老則有返老還童跡象。

原先的他老到隨時掛掉也不奇怪，現在卻看起來只逼近壯年。

看起來下盤有力，衰退的肌力似乎也找回大半了吧？這副模樣著實讓人不敢輕忽。

白髮黑眼依然維持不變，不過眼神變得更犀利了。

留長的髮束起，額頭兩側各長著小小的角。

看起來很像武士，現在跟他打可沒把握能贏。

再來看另外一名女性紫苑。

她似乎仔細洗過頭髮，還用梳子整理，腦後那些毛燥的頭髮飄逸了許多，變得筆直滑順。散發紫色光芒的髮絲很美，綁成馬尾很搭。

從正面看去，她額上那支媲美黑曜石的角正好將頭髮一分為二，髮量左右對稱。

紫色的眸子直勾勾地望著我。

肌膚雪白，唇瓣豔紅。她好像還化了淡妝，狂野氣息少了，變成一個美人胚子。

身高應該有一百七十公分吧。

體型如模特兒般修長，唯獨某個部位正拚命展現自我。我就是沒辦法讓視線從那裡移開，大概是前世當男人的本能作祟吧。現在的我是史萊姆狀態，幸好沒被她看出我的眼睛在瞄哪兒。

感覺很適合穿套裝。希望她來當我的祕書。

我打心底這麼認為。

蒼影跟紅丸年紀相當。

肌膚略為黝黑，生著藍黑色髮絲。
純白的單角自額頭中心向外延伸。
蔚藍的眼眸寄宿強烈意志，跟淺黑色肌膚很相配。
他跟紅丸是不同類型的美男子，兩人身高相近。
是說紅丸也好，蒼影也罷，都是超級大帥哥。一個代表火，另一個象徵水，一動一靜，散發截然不同的美感。
帥成這樣無懈可擊真讓人討厭，腦內會不禁浮現如上想法也實在沒辦法。

黑兵衛是壯年人。
講好聽點是熟男，難聽點就是鬍渣大叔了。
在一群俊男美女食人魔中，就只有他格格不入。
黑髮黑眼配上褐色肌膚。
額頭兩側長了兩支白角，樣子有點抱歉。
這平凡的外表反倒最有親切感。
看了那兩個美形男後，黑兵衛的路人臉更令人放心。
年紀感覺也和我差不多，感覺讓人想跟他打好關係。
他們六個差不多就這樣。
不僅是外表產生改變。

紅丸他們從大鬼族（食人魔）進化成鬼人族。

就跟哥布林進化成高階種族滾刀哥布林一樣，食人魔們也進化成鬼人族。

塊頭變小，力量卻增加許多。

大夥兒全都來到Ａ級以上。

我還以為是自己看錯了，他們真的都超越Ａ級。

怪不得魔素一口氣見底。

看來替高階魔物取名時，會被吸走相應的魔素。

魔物的進化跟魔素使用量成正比——我獲得這寶貴的實驗數據了。

若稍有不慎，我可能會因為魔素乾涸而死得很難看也說不定。畢竟剛剛魔素還乾到害我整個人半夢半醒。

今後取名得要小心拿捏比較安全。

對這六名鬼人的變化讚嘆之餘，我在心裡稍事反省。

不過呢，哪天遭他們背叛就慘了……

還在擔心這件事，紅丸就開口發話：

「利姆路大人，我們有個請求！請您讓我等盡忠！」

彷彿在嘲笑我的擔心一般，天外飛來這麼一句話。

「嗯？你們太誇張了啦。是來我這當傭兵沒錯，但用不著宣誓忠誠也沒關係喔！」

「不，這可不行。希望大人您能收我等當家臣！」

什麼！之前才說替族人報仇後，看他們要怎樣都可以，一行人卻選擇當我的家臣。聽說是他們討論後決定的，大家意見一致。

「「「請您收我等當家臣！」」」

紅丸等人說著說著，就在我面前不約而同地跪下。

我想不出拒絕的理由。

真的只要提供食衣住，他們就滿足了嗎？儘管內心害怕不安，我還是選擇相信他們，畢竟是他們主動提的。

就這樣，我得到新的夥伴。

——這夥人有點強過頭了，讓我怕怕的，但這祕密實在無法跟其他人提起。

＊

我重新端詳他們，大夥兒的樣貌都出現天翻地覆的轉變。

整體的身體尺寸縮小，穿在身上的衣服有點鬆鬆的。不過，他們還是靠穿搭蒙混過去。

真的，人帥就是贏家。

黑兵衛似乎認為自己蒙混不了吧，老早就跑去跟凱金借衣服來穿。看起來很適合他。若是沒角，搞不好會跟矮人搞混。

就只有白老的身形沒變，穿之前的服裝依然合身。

最危險的是紫苑。那對豐滿胸部都快從尺寸過大的衣服間春光外洩了。

這樣不行！得盡快想想辦法。

看樣子得拜託葛洛姆，要他張羅衣服才行。

我悄悄地盯紫苑的胸看，心裡盤算。

不只是紫苑，蒼影的胸甲也很破爛。

……嗯，雖然是我弄壞的啦。

藉這個機會正好。我決定替進化成鬼人的紅丸一行人張羅新衣服和裝備。

我都答應他們說要包辦食衣住了，穿著傷痕累累的裝備，有突發狀況會很頭大吧。

我帶大夥兒去葛洛姆那裡。

「噢，少爺。這幾位就是最近加入我們的食人魔嗎？看起來不像食人魔呢……真的是食人魔？」

葛洛姆好像很忙，但看到我依舊笑臉迎人地搭話。接著又看到跟在我後頭的紅丸等人，立刻吃驚地瞪大雙眼。

視線牢牢地釘在紫苑的胸部上。

「是啊。我替他們取名後，他們就脫離食人魔行列了。進化成鬼人這種種族。」

「您說鬼人！這不是食人魔中難得出一個的高階種族嗎……」

「是喔？總之他們進化了，那些就不重要啦。別管那個了，我希望你幫他們準備衣服跟防具。」

「喔、嗯。我知道了。」

葛洛姆似乎還有疑慮，但他沒多說什麼，直接帶紅丸等人前往內側的房間。是要幫他們量尺寸，製作專屬服飾吧。

白老已經有自己的衣服了，黑兵衛昨天跟凱金借衣服，凱金還順便給他幾套換洗衣物。看起來很像工作服，不過，他本人似乎這樣就滿足了。

對了，紅丸等人的衣服看起來很日式，這是為什麼呢？

「你們的武器滿奇怪的呢？」

我好奇地問了，結果白老這麼回答——

約莫四百年前，一群身穿鎧甲的武士來到食人魔村。他們似乎在森林裡遇難，渾身是傷，模樣落魄。

食人魔在那個時候就已經是武裝集團了，比現在的部族更接近魔物。不過，他們不會對弱者出手。居於森林食物鏈頂點的食人魔們不愁沒飯吃，所以他們就對前來村裡的武士們多加照顧。

武士們為了致謝，將戰鬥技巧授予食人魔，還把裝備送給他們。

其中一名武士知道如何造刀，幾經失敗後，刀亦得以量產。

「其中一名武士就是老夫的祖父。老夫這身功夫全得自祖父真傳。」

「俺會武士們的鍛造技巧。」

白老活很久，早在之前就承祖父親傳。

至於黑兵衛，他則繼承家裡代代相傳的鍛造技術。

「這麼聽來，你們會自己鍛造武器了？」

「老夫專攻劍術，刀的保養技術則視為禮儀來學習。而黑兵衛負責替大家調度武器。」

「大家的刀都是俺鍛的。俺不擅長戰鬥，卻很會製刀。」

居然有這種事！沒想到隊伍裡有專門打刀的人。的確，黑兵衛的身手不敵其他人。不過，他卻有意想不到的專長。

四百年前那批鎧甲武士很有可能來自異世界，不過，如今已無法證明他們打哪兒來的。重要的是技術有流傳下來。

「那這樣好了，黑兵衛今後就當專門打造武器的『刀匠』。」

「利姆路大人，包在俺身上！俺會努力的。」

黑兵衛爽快地應允。興沖沖地跑去跟凱金合作。

他昨天才跟凱金照過面，所以很快就搞定了。

黑兵衛跟凱金似乎志趣相投，沒三兩下就展開新武器的製作研討會。

接著還開始做些奇怪的研究。

不曉得是否出自這層原因，黑兵衛在那之後獲得獨有技「研究者」。

跟我的獨有技「捕食者」很像。能力是「萬物解析」、「空間收納」、「物質變換」，針對製作面特化。「空間收納」跟我的「胃袋」是類似技能，「物質變換」則能處理「空間收納」後的物質。例如可以大量吸收鐵屑，讓它變成鐵塊。似乎也能像我的「捕食者」一樣複製。

感覺是收集黑兵衛會用到的必備能力，獨有技「研究者」或許就是這麼來的。

其他還獲得「操焰術」、「熱變動抗性」。

雖然我在他身上只花了相當於B級進化的魔素量，但從戰鬥的角度來看，他也滿強的啊？

不過呢，他本人只想當個「刀匠」，用生命淬煉武器就是了。

話說，這樣一來滾刀哥布林的裝備就有量產的眉目了。

在量產他們的裝備前，希望他先幫我、紅丸等人造刀。

我給黑兵衛大量的「魔鋼塊」，麻煩他製造武器。

「俺一定會打出厲害的刀！」

黑兵衛自信滿滿地打包票，聽得我倍感期待。

*

紅丸跟蒼影的尺寸量完了，穿著毛皮做的衣服離開房間。

帥哥穿什麼都好看。羨慕死我了。

「咦？朱菜跟紫苑呢？」

「唔……嗯。這個嘛……」

紅丸支支吾吾地說明。

毛皮做的衣服似乎無法滿足朱菜跟紫苑。的確，朱菜之前的衣服很豪華，素材看起來也很高級。

她說毛皮穿起來不舒服，正在親手改良。

「朱菜小姐素有織姬美名，很擅長縫紉。」

蒼影如此回應，替紅丸的說明做補充。

話說朱菜跟紫苑之前穿的服飾，都是用相當於絹的素材加工製成。

據說來自棲息在食人魔村附近的魔物——地獄蛾，趁其幼蟲造繭後採集絲線，再織入衣服裡。這種絲蘊含高濃度魔素，擁有高強的防禦力。

我看過用麻當素材的衣服。哥布林穿的破爛服裝就是麻類製成。

麻的種類跟原生世界不同，嚴格來說還是有差，但基本上都可以歸類到麻布。

這裡還長了很多酷似棉花的花，朱菜應該有辦法加工。

用綿麻量產日常服飾也是個不錯的點子。

還有絹。既然絹有防禦力，就拿來做戰鬥服吧。

葛洛姆會準備防具，我希望能弄到穿在下面打底的衣服。

我找帶著紅丸等人出來的葛洛姆商談此事。

「原來如此，您希望用紡織品當衣服嗎……」

「對。想問問能不能用絹做衣服。」

「您說絹？」

葛洛姆大吃一驚，害我跟著嚇到。

在矮人王國裡，紡織品似乎是很高級的東西。

麻跟綿做的衣服到處都有，絹卻很少在市面上流通。別說是作法不明了，就連弄到原料都很困難。

「那麼，素材的收集就由在下處理吧。」

蒼影自告奮勇當素材收集者。

地獄蛾灑的鱗粉會導致幻覺，是很凶殘的B級魔物，但在變態過程中會疏於防範。他打算找到成蟲前的繭，將繭帶回。

運送繭的工作就交給哥布林騎兵隊。蒼影知道地點在哪裡，一起跟去會比較保險。

取回繭後，我希望在幼蟲狀態下捉住他們，在鎮上設個養蛾的設施。村民都沒養過蠶，大概得多加摸索。

衣服修改完畢後，朱菜跟紫苑離開製衣處。

我把葛洛姆和看起來很閒的多爾德叫來，向他們介紹朱菜。

「哎呀！這樣我就能幫上利姆路大人的忙了！」

我跟她說明、請她幫忙後，朱菜笑容滿面，欣喜地答應了。能幫上我的忙似乎讓她很開心。

朱菜今後將負責製作和服之類的高級衣物或纖維系的衣物。

葛洛姆則用絹製品作戰鬥時穿的衣物。

多爾德替布匹或紡織品染色。

他們各司其職，講好該做哪部分。這樣一來，似乎有機會生產穿起來舒服的衣服。

這時我突然想到一件事，心想「黏鋼絲」或許能派上用場，就拿黏鋼絲給他們。上頭有我的個人特性——「熱變動無效」效果，可以抵擋多數的火焰攻擊。這樣至少能降低衣物的易燃性。

「謝謝您，利姆路大人！我一定會做出很棒的衣服，請您拭目以待。」

朱菜拿出十足的幹勁。

拜託你們了！我跟朱菜等人這麼說，結果朱菜紅著臉回：「包在我身上，利姆路大人！」好可愛。我拜託她似乎讓她非常欣喜。

她是食人魔的公主，興趣是裁縫。這興趣正好能用在工作上，所以她幹勁十足。

矮人兄弟也很高興能跟可愛的公主一起製衣。

算我求你們了，可別對她出手……

那孩子跟外表不同，背地裡可是強得嚇人喔。

那兩個傢伙膽敢摸她的屁股，八成會被虐到無緣見明天的太陽吧。

這兩人有點好色，所以我很擔心。

不過，是因為我已經沒性慾了，才有餘力操這種心。
如果還有性慾的話，我就沒空在這擔心別人，而是得擔心自己吧。
因為她超可愛。
不愧是鬼姬。
要追她可得賭上性命吧。

我玩心大起，畫了好幾張圖。
這裡沒有紙，所以我就用木片跟木炭作畫。
身體一如既往地活動自如，助我成功畫出心中所想。
這些設計類似前世的西裝和套裝。
男用、女用各數套，照紅丸等人的外在印象描繪。
他們都是俊男美女，一定很適合穿這種衣服。
特別是紫苑。
紫苑凜然生姿，應該也很適合穿男用西裝。
「看起來好有趣。務必讓我縫製看看。」
紫苑的衣服就這麼定了。
我還拜託她幫我做日常服飾，也就是看起來像甚平（註：一種和服的家居服）的衣物。
雖然我希望有運動服穿，但拉鍊應該滿難做的。我透過「思念網」傳達素材、舒適度等詳細資訊，期待她之後能做出來。

我又提了一些要求，大夥兒才留下朱菜離開。

●

朱拉大森林中央有座湖，名叫西斯湖。
這座西斯湖周邊有廣大的濕地。
那裡是蜥蜴人的地盤。
湖周圍有無以計數的洞窟。那些洞窟變成天然迷宮，迷惑踏入洞窟的人。
迷宮深處有個地底大洞，那裡是蜥蜴人的根據地。
蜥蜴人坐擁地利之便，成為湖畔地區的支配者。
然而，他們卻在那天接獲噩耗，足以左右一族未來的重大轉折因此揭開序幕。

線人來報，說半獸人大軍開始朝西斯湖進軍，首領聽了不慌不忙地宣告。
「快做迎敵準備！不過是幾隻豬，定要痛宰他們！」
這話說得意氣風發。
首領自信滿滿。不過，他的自信並非空穴來風。
在他下令備戰的同時，亦命人收集半獸人大軍的準確情報。
必須先掌握敵人數量。
蜥蜴人是凶殘的肉食魔物，單一隻就有C+等級。

戰士長更相當於B⁻，族群中亦不乏B級個體。

蜥蜴人兵團共有一萬人馬。

他們的族人半數都加入成為戰士，才會有這種數量，戰鬥力相當強大。

一般而言，世間小國的騎士全副武裝是C⁺等級。按各國的人口比例來看，軍隊占的人數再多也不及總人口百分之五，非戰時更只有百分之一，這是很普遍的現象。

這一萬蜥蜴人大軍具備他們特有的團結性，隨隨便便都超過人口不過百萬的小國戰力。

再加上這次的戰場還對己方有利。

首領深信他們不會輸。

不過，有件事令他耿耿於懷。

半獸人平常好欺負弱者，不會去招惹比自己強大的種族。

蜥蜴人族並非弱者。該說他們是強大的種族才對。

去惹哥布林還說得過去，為何他們不怕蜥蜴人？

這疑問成了小小的不安種子，扎在首領的心坎上。

他為人豪爽，也有慎重的一面。正因首領同時兼具豪情與城府，才能統率蜥蜴人族。

首領心中的忐忑以最糟的形式成真。

「半獸人大軍共計二十萬人！」

地底大洞窟裡聚集了首領及其親信——各部族的族長，偵查部隊的報告著實令人震驚。

蜥蜴人族戰士氣喘呼呼地捎來這份情報，讓現場氣氛為之凍結。

「什麼，這怎麼可能！」

其中一名戰士長開口大喊。

首領似乎也這麼認為，若身旁沒其他人在，他肯定會喊出一樣的話吧。不過，首領不能顯露驚慌之色。他有責保持鎮定，率領整支蜥蜴人部族。

雖然很想否認這件事的真實性，事情卻不容許他這麼做。如果是事實，他就必須接受，並擬定對策。

「這話是真的？」

「我敢用這條命保證，都是真的！」

聽首領如此提問，戰士開口回應。

「退下去歇息吧。」

首領昂然地點頭，體恤這名日夜奔走的戰士，下旨命他歇息。

眼見首領跟平常沒什麼兩樣，戰士似乎放心了，還因此鬆懈下來。他當場昏厥過去。這副模樣活脫脫是在證明剛才的報告屬實。

（竟然有二十萬？真不敢置信……）

用眼角餘光捕捉該名戰士被同袍架出去的身影，首領不得不重新審視當前事態。

的確，半獸人性慾旺盛、繁殖能力高。但他不認為這有辦法造就二十萬大軍。

（有這麼多張嘴吃飯，他們要如何填飽。）

軍隊人數來到這種等級，調派糧食就成了一大苦差事。再說搬運這些糧食須相應勞力，下級魔物半獸人有如一盤散沙，不可能乖乖照辦。

「那些豬個個我行我素，恣意妄為，究竟是什麼讓他們團結起來的？」

其中一名親信如此沉吟。

沒錯。就是這點讓人想不透，首領心想。

若沒有統御高手站出來，把半獸人馴得服服貼貼，根本不可能統籌二十萬大軍。不過，就算單一個體再怎麼有力，頂多也只能管理千名兵士。

半獸人是D級魔物，智商比人類還低。這種族短視近利，不懂得互助合作，是愚蠢的種族。

就連蜥蜴人首領要統率二萬名族人都煞費苦心。協調性高的蜥蜴人族管起來都這麼累了，要統整二十萬大軍簡直是天方夜譚。

「該不會是族裡突然出了幾名優秀人才，他們攜手管理吧？」

首領不經意地自言自語道。

「不可能……要能指揮族人，必須是『特殊個體』。從沒聽過這種人一次出好幾個……」

「正是。像首領這樣的特殊人才，半獸人要生多位……恐怕不可能。」

其他的親信聽了，全都輕輕搖頭，否定特殊人才叢生一事。

首領頗有同感地點頭，在心裡推敲。

（的確很讓人匪夷所思。不過，在這否認又能如何。假設報告屬實，半獸人又是怎麼動員二十萬大軍的？）

若他這樣的特殊個體有好幾個，那些傢伙有辦法志同道合、通力合作嗎？要讓前所未有的大規模統率成真，必須有人出面管理這群優秀的特殊個體，避免他們起衝突。

真有如此富領袖特質的統帥個體現身，肯定不是低等的半獸人。那可是前所未有的威脅。

（不，我們採取行動時，應以該統帥個體現身為前提。究竟半獸人裡是否有這種人才——）

該不會……！

一個念頭閃過腦海，令首領愕然。

他希望這不是真的。

能使喚二十萬大軍。也就是傳說中相隔數百年才會出現的……

「該不會是豬頭帝（半獸人王）降世……！」

首領的呢喃很輕。

然而不可思議的是，那聲音居然響亮到浸透整座鬧哄哄的議場。

知道首領想說什麼的人全都陷入沉默，地底大洞窟隨之換上沉默面紗。

「半獸人王……」

「不，雖有這傳說……」

「但萬一發生了——」

正因他們是首領的親信、代表蜥蜴人族各部族的部長，更加無法否認這可能性。

如果是傳說中的半獸人王，要統率二十萬大軍並非不可能。

愈想愈覺得肯定是這樣沒錯。

「假如……假如半獸人王真的誕生，就能說明半獸人大軍為何能聽命行事……」

「不過，他們的目的是什麼？」

「目的並不重要！問題在於我們能否打贏他們！」

會場再度陷入騷動，親信們開始唇槍舌劍地激辯。

（問題在於是否能贏嗎……）

倘若在平原上對戰，人數居於劣勢的蜥蜴人族肯定不敵吧。可是，濕地地區就跟他們的後院沒兩樣。只要布下陷阱，慎重行事的話，我方還是有相當勝算。

——不，應該說以前行得通。

敵軍只是一群半獸人，要對付他們有的是方法。不過半獸人王一誕生，我方的勝機就岌岌可危。敵軍人馬遠勝我方，得個別擊破，趁士氣高漲時壓制對手。首領認為我族占盡地利，這方法或許可行，但拿來對付半獸人王就不是辦法了。

這是因為——半獸人王連族人的恐懼都能吞噬，是貨真價實的怪物。用尋常戰術迎戰半獸人王，必定以失敗收場。

為了贏得勝利，必須備妥跟他硬碰硬的戰力。但我方兵力根本不夠。

首領開始絞盡腦汁。

該怎麼做才能化險為夷？

若半獸人王的出現只是杞人憂天，那就太好了。可是，應該在決戰前做好萬全準備才對。

去找援軍吧。

打定主意後，首領叫來一名部下。

他的「名字」叫戈畢爾。

這號人物將為眼前騷動點燃新的火種。

就連心思縝密的蜥蜴人族首領也沒料到事情會如此發展。

哥布林族長們面色鐵青地互看，正在召開集會。

人數比以前更少了。

這也難怪，因為有些人早已逃跑。

——在前所未見、撼動朱拉大森林的危機迫使下……

一切的開端始於牙狼族侵襲。

當時，許多哥布林對命名戰士所屬的村莊見死不救。

而被他們拋下的同胞漂亮地戰勝牙狼族。

有救世主降臨在那個村莊裡。

他身懷讓人意想不到的強大力量，出手保護自己的同胞。

不僅度過危機，還馴服牙狼族，成功復興村落。

當時在集會裡主張不應拋下同伴，該協力抗戰的村民全都跑去加入他們。

哥布林是卑微的存在，不群聚在一起互相幫忙就無法生存。因此，當初捨棄同胞的哥布林無法在這個節骨眼上開口要求他們收留，無法做出這麼不要臉的事情來。

不，老實說他們很想開口要求。剛才就有人這麼主張。

但現在過去加入他們，只會遭受奴隸般的待遇吧。一想到這裡，大夥兒就拿不定主意。

幸好那個村莊的救世主並不打算侵吞周邊村落。

如此一來，只要繼續安分守己地過生活，應該就能像之前那樣度日。

然而，現實是殘酷的。

某天，數名全副武裝的半獸人騎兵突然來到村子裡。

「我是豬頭騎士團（Orc knights）的騎士！今日在此宣布，這裡將由偉大的半獸人王管轄。就賜你們這些雜碎一個活命機會吧。在這幾天裡盡力收集食物，送到我們的大本營。乖乖照辦就放你們活命，過來當我們的奴隸。不過，反抗者殺無赦。我們不接受敵兵投降。想清楚再做決定。咯哈哈哈哈！」

自顧自地放完話後，半獸人騎士們便哈哈大笑地揚長而去。

哥布林族敢怒不敢言。他們已經親眼目睹那駭人的力量。

單一隻半獸人騎士就能把他們的村莊滅了。

來人還不只一隻，哥布林根本沒勝算。

半獸人原本是D級魔物。雖說比哥布林還強，但單槍匹馬就有如此強大的力量著實詭異。

一股不尋常的力量正在朱拉大森林裡蠢動——大夥兒全都對此深信不疑。

剛才的光景不只造訪這個村子，可能這一帶的村子都難逃魔爪。

族長們在集會上接獲報告，說各村都面臨相同窘境時，他們變得更加絕望。

這時他們才知道自己已經無路可逃了。

半獸人的目的是希望哥布林準備兵糧吧。為了省去徵收的功夫，才要哥布林運糧過去。若非如此，哥布林村早就慘遭蹂躪，被燒個精光了。

對方嘴巴上說會放他們活路，但將村裡的糧食全數上繳，哥布林一樣難逃死神召喚。

要被敵人殺，還是死於飢餓。差別只在死路一條或賭僥倖存活的可能性。
然而，就算哥布林族總動員對抗敵人，等在前方的依然是滅族之路。
能參戰的哥布林加起來不到一萬。
某些待在偏僻地區的同胞並未參加族長會議，也不知道該怎麼聯絡他們。
已經無計可施了。

就在那時，村裡收到一個讓情勢大翻盤的消息。
蜥蜴人使者來到哥布林村。
這不正是一線希望？族長們為了抓住救命稻草，前去迎接蜥蜴人族使者——自稱戰士長戈畢爾的男人。
眼見「命名」戰士長到來，族長們興奮不已。
他等同拯救哥布林族脫離苦海的救世主。
救世主這麼說了。
「對我宣誓忠誠。只要這麼做，你們的未來將一片光明！」
族長們決定相信他的話。
這群弱者無依無靠，走投無路才會鑄下大錯。
與其當蜥蜴人族的部下，還不如去投靠同胞，某些哥布林如此主張。不過，少數服從多數，最後他們一同追隨戈畢爾。
他們並不知道這個決斷會改變哥布林族往後的命運……

蜥蜴人族的戰士長戈畢爾帶著百名直屬部下離開濕地。因為他身負來自首領的特派任務。
不過，戈畢爾卻覺得不是滋味。
他是「命名魔物」，受不了無名首領趾高氣昂地使喚自己。
就算他是自己的親生父親……

我是萬中選一的——這是戈畢爾的驕傲，自信的根源。
沒錯，戈畢爾是萬中選一的。
他在濕地裡遇到一名魔族，對方還賜他「名字」。
「你是可造之材。總有一天會成為我的左右手。我改日再來看你！」
說著，魔族就替他取名為戈畢爾。
那些情景依然歷歷在目。
他一直記得魔族喀爾謬德的事。
戈畢爾認為賜自己名字的喀爾謬德才是真主子。
（就算是自家父親，一輩子都被無名魔物使喚還是讓人無法接受！為了喀爾謬德大人，我必須統治蜥蜴人族！）
戈畢爾有自己的一套想法。他自問「這樣下去好嗎？」，答案是「不」。

會這麼想是因為他希望嚴父、偉大的蜥蜴人族首領認同自己，但戈畢爾並未察覺。
戈畢爾的自尊膨脹，進而刺激他的支配慾。
（好了，下一步該怎麼走……）
首領暗中命令他去哥布林村奔走，找他們幫忙。
還嚴厲囑咐，說稍微威脅一下可以，但別引他們反感。
太溫吞了，戈畢爾心想。用權力支配這些低賤的哥布林不就好了。
他對自己的能耐過於自信，以為一切都能如他所願。
（沒錯！軟弱的首領害怕那些低級半獸人，蜥蜴人哪需要這樣的領袖。這是我統治蜥蜴人族的大好機會！）
戈畢爾想藉這個機會統治同胞。
然而，要精悍、團結一心的蜥蜴人反叛並非易事。首領的勢力遍及全族，願意謀反的人肯定不多。
該怎麼辦？
乾脆利用這個機會好了，準備能隨自己意思起舞的士兵。
低賤的哥布林拿來當肉盾還算有點價值。把他們聚集起來，雖是雜碎依然有相當數量。人多力量大，聚集個一萬隻總能派上用場。
「我是蜥蜴人族最強的戰士，有我的力量撐場，半獸人根本不足為懼。我要趁這個機會逼父親引退！」
「那麼，戈畢爾大人。接下來就是您的天下了？」
「嗯？呵哈哈哈哈哈。沒錯！」
「噢噢！我等永遠追隨戈畢爾大人！」

聽到部下們的發言，戈畢爾滿足地點點頭。

戈畢爾滿腦子都是未來自己當上偉大的蜥蜴人族領導者，成為新的首領。夢想那個時刻到來，到時他就會獲得父親的認可了。

為了實現這點，他必須慎重行事。

慎重、小心翼翼地尋找機會，等待時機成熟。

首先要增強戰力。

戈畢爾就此前往哥布林村。

將哥布林逐一納入自己的旗下。

剛才跟半獸人接觸過的哥布林還將戈畢爾捧成救世主。

此舉更助長戈畢爾的氣燄，讓事態往出乎意料的方向發展。

（果然，我註定要當英雄！）

戈畢爾如此確信，行動也更加膽大妄為。

用以滿足戈畢爾勃發的野心，滿足野心催生的飢渴……

●

數日後。

紅丸等人成為我們的新夥伴，我很擔心他們跟大家是否處得來，看樣子我多慮了。

對滾刀哥布林來說，食人魔原本就比他們高級。原本便已有接受的充分理由。最主要的原因是食人魔不會欺負弱小，對哥布林來說是值得崇拜的對象。

黑兵衛負責造刀。

朱菜製衣。

蒼影去找地獄蛾的繭。

大家各司其職，與哥布林相處融洽。

紅丸跟白老為了修行跑去我講的地底空間。去確認進化後有多少能耐，也算是浩大工程啦。

紫苑告訴我這些，跟我一起巡視尚在建設的城鎮。

說得更正確點，應該是我被紫苑抱在豐滿的胸口上巡視才對。

紫苑自稱是我的祕書。我想不到理由拒絕，就這樣讓她代替蘭加當我的腳。

雖然可以變成人型，但我還是覺得當史萊姆比較快活。

絕非有不純動機，例如胸部觸感很好之類的。

雖是說建設中的城鎮，實際範圍早就超越村落了。為今後做打算，我們積極開發占地。

話雖如此，排水系統、地下設施都尚未完工，要蓋地表上的東西還要等好一陣子吧。米魯得幹勁十足，想必將來會有很漂亮的城鎮，我很期待。

雖說是暫定，城鎮裡規劃了一個建築物密集的區塊。

是工業區塊。

收集來的材料都收在倉庫裡保管，製造武器、防具和衣物的小木屋在倉庫旁鱗次櫛比地排開。

黑兵衛一直窩在工房裡，跟凱金大笑著，似乎在做什麼東西。進去打擾他們不是很恰當，還是等他們完工出山吧。

如此這般，我改去朱菜在的工房。

「哎呀，利姆路大人！」

一看到我，朱菜的臉就盈滿笑意。

接著眼明手快地從紫苑手中搶走我抱起，溫柔地撫摸我，並說明工房內的工作情況。

她似乎工作得很開心，真是太好了。

我跟朱菜小聊一陣子，確認她工作上一切順利。

聽起來沒什麼問題。等蒼影把素材帶回，她就要開始造絹了。

麻布跟棉花已開始進入製作階段。

工作進度快得嚇死人。

「能做這個工作也是多虧利姆路大人啊！」

說著，朱菜一臉欣喜地坦言。

沒想到朱菜獲得相當於我解析能力特化的獨有技「解析者」。似乎繼承獨有技「大賢者」的「思考加速」、「解析鑑定」、「詠唱排除」、「森羅萬象」。只不過，鑑定能力特別發達，就算少了我的「捕食」功能，也能靠「魔力感知」完成解析。

她得到很方便的能力。

有這個能力加持，各種試驗就能在短時間內結束。

不過，似乎是獲得獨有技的關係，她的魔素量大幅減少。看起來似乎掉回B⁺。但還是比進化前厲害，所以不成問題。

「利姆路大人。朱菜小姐有工作在身，一直打擾她不太好，我們走吧。」
我跟朱菜聊到一個段落時，紫苑開口道。她就好像我真正的祕書，替我決定行程。
「哦？妳會好好照顧利姆路大人吧？」
「當然！我會負責照顧利姆路大人，您別擔心。」
紫苑說完就拆散我跟朱菜。
「呵呵。要我照顧利姆路大人也行喔！」
「不，朱菜小姐。不勞您費心。我會細心照顧的！」
我怎麼好像看到幻覺了，朱菜跟紫苑之間似乎有火花飛散。
肯定是錯覺吧。
是說我並不需要別人照顧。
一個人生活慣了，周邊大小事大多能自行料理。
就是這麼一回事，偷偷溜走吧。
我是這麼想啦……
「利姆路大人！您認為紫苑跟我，誰比較適合留在您身邊服侍您？」
——逃脫失敗。
「這、這個嘛。朱菜不是要織絹嗎？等妳空閒時再拜託妳可好？」
到底是要拜託什麼？我也不知道。
「我知道了！您決定拜託我嘍！」
朱菜擅自做出註解，朝我綻放欣喜的笑容。

嗯，對啦。就當是這樣吧。

「沒錯。拜託妳了！」

我的話讓她笑著點頭。真可愛。

「包在我身上！我是利姆路大人的巫女，會永遠服侍您。」

「巫女？」

「是的。您剛才不是認可我當敬奉利姆路大人的『巫女姬』嗎？」

咦！我什麼時候認可的？說是這樣說，總覺得照實脫口會很慘。

「是、是這樣啊。那妳今後就當我的『巫女姬』好好努力吧！」

「是！我會努力的。」

朱菜臉上又冒出如花綻放的笑容。

可愛是正義。看朱菜這麼可愛，不管她做什麼都不會計較了。

「那麼，利姆路大人就先交給我吧！」

美好的氣氛瞬間破滅，紫苑介入我跟朱菜之間，不由分說地抱起我。

「——麻煩妳了。」

「沒問題，交給我照顧吧！」

朱菜露出僵硬的笑容，紫苑答話的表情則莫名占上風。

看樣子兩人達成共識了。

剛才有一瞬間，這一帶的溫度驟降好幾度，是我多心了吧。

這世上有許多事情歸類為多心會更好。

接著，我去看紅丸等人的情況。

獲得新能力後，確認有多少能耐是基本功，我想知道他們獲得什麼樣的能力。

我來到地底空間，只見紅丸跟白老正在用劍比劃。

不知為何，紅丸拿的木刀散發白光。紅丸朝白老出刀，一道白色斬擊隨即飛出。但斬擊穿過白老的身體，將後方岩石劈斷。緊接著，白老出現在紅丸背後，用木刀敲打他的脖子。

勝負已定。

……呃，這個……他、他們原本是食人魔對吧？那些動作行雲流水，讓我差點將這段話脫口而出。

是說，剛才的白光哪來的……

木刀的斬擊怎能砍斷岩石？這樣用木刀不就沒意義了……

「這不是利姆路大人嗎？這裡真是個安靜的好地方。」

「您來啦，利姆路大人。讓您見笑了。」

發現我來訪，白老、紅丸紛紛跟我打招呼。

「嗯，聽說你們在修行，所以就來看看。狀況如何？」

「身體已經穩定下來了。白老回復年輕，又找回當年的實力。」

「呵呵呵。正如紅丸少爺所說，老夫衰老的身體開始充滿力量。」

「我好不容易變強了，現在又居下風。論力量應該是我贏才對……」

紅丸擺出苦瓜臉，小聲發著牢騷。的確，單看魔素的話，紅丸比白老更有力。

「少主——不，紅丸少爺太過依賴力量了。應該像老夫這樣，傾聽劍的聲音，跟劍一心同體……在您學會這些技巧前，都沒機會打倒老夫。」

確實，白老可是在還沒進化前就能繞到我背後的高手。還騙過我的「魔力感知」，切斷由「多重結界」、「肉體裝甲」保護的右手，這些都還讓我記憶猶新。我實在很不想面對這件事，但現在他進化後應該比我強吧。

「這麼說來，你曾經把我的右手砍飛過。說老實話，當時急死我了。」

「哈哈哈哈哈，瞧您說得。您的手瞬間再生，急的是老夫才對。」

不，也不完全是這樣啦……嗯。說得是有幾分道理，但我打到一半才獲得「超速再生」。算了，這方面還是保密不談比較妥當。

「你能銷聲匿跡真的很厲害，是怎麼辦到的？」

「這是一種叫〈氣鬥法〉的武術。也就是運用妖氣的鬥術，跟魔法分屬不同的技術體系。」

據白老說明，當時他似乎是仰賴叫〈氣鬥法〉的獨鬥技巧。

凝聚體內的魔素，將之轉變為鬥氣。是用來強化身體的「技藝」。自動流瀉的氣息是妖氣，用於戰鬥的則是鬥氣……

關於這點，高階魔物會自然而然散發強力妖氣，很難斷言妖氣強還是鬥氣強。

其他還有用於瞬間移動的「瞬動法」，讓對手無從察覺的「隱形法」等等，有各式各樣的術。

用來強化武器和拳頭的「氣操法」似乎是初階術式。

剛才的白光就是這個。似乎還能直接擊發。

這種跟魔法類似的東西稱之為「技藝」。不須經過詠唱，直接發動就行了。

後天學得的技術統稱為「技藝」。若有智慧，魔物要學肯定不是問題……

像朱菜就用過〈幻覺魔法〉，或許該假設高階魔物都會用魔法或技藝。有這種人當夥伴固然棒，若是敵人就頭大了。

若冒險者遇到會使魔法或技藝的高階魔物，那不就……

至今應該有不少冒險者遇害。

我替那些冒險者默哀。

不過話說回來，〈氣鬥法〉挺讓人感興趣的。特別是「魔力感知」不會對它起反應這點。像「隱形法」之類的技藝我也想學。拜人化之賜，我獲得視力，但失去眼睛就無法適時反應。

「隱形法」能透過絕音、絕味、絕溫、絕氣四階段來隱藏氣息。

到達絕氣境界後，將能在收斂魔素的狀態下行動。

我一定要學。

「白老爺是我們的師範。還是家臣裡最強的劍士。」

紫苑跟我這麼說，我能理解。

「那麼，白老。我也想學〈氣鬥法〉，也希望一起鍛鍊滾刀歌布林。你能當我們的『師範』嗎？」

「呵呵呵。您打算折騰我這個老骨頭嗎？老夫樂於從命。為了利姆路大人，老夫願鞭策這身老骨頭，為您賣命！」

白老在地上跪下，接受我的指派。

接著——

「利姆路大人，您要在這建立一個王國對吧？聽說利姆路大人將會當王，利格魯德先生擔任宰相。我不擅長政治方面的事，軍事倒有涉獵。請您也分派工作給我做吧。」

紅丸開口請求。

「是可以啦……捨棄鬼人族長的身分沒問題嗎？」

「事到如今您在說什麼呢。我已經是您的部屬。大家都宣誓對您效忠。既是宣誓對您效忠的家臣，我族成員就該聽命於您。」

怎麼辦？他是認真的，超認真。

記得幾天前，我才答應要收紅丸一行人當家臣，沒想到他們覺悟得這麼徹底……

反倒是我看待得不夠認真。

「好。你要盡力輔佐我。」

必須回應紅丸的決心。懷著這念頭，我也認真起來。

做好跟紅丸等人同進退的覺悟。

「居然偷跑，太狡猾了！利姆路大人，他們都有頭銜，我也要！」

唔喔，嚇死人。

把我抱在懷裡的紫苑鬧彆扭似的開口。

真拿這傢伙沒轍。大概是不想被大家排擠在外吧。紅丸自然不在話下，也隨便給紫苑一個頭銜吧。

我從紫苑手中跳出，落到地面上。

同時變化成人。剛變身完就從「胃袋」裡吐出衣服穿好。其實我事前針對這方面做過祕密特訓。

紅丸、紫苑似乎對我的變化感到驚訝，但還是默默地跪下。

「那麼，紅丸，我任命你為『大將軍』。負責統籌我國的軍事區塊，今後就拜託你了。」

「遵命！作戰的事包在我身上。」

「紫苑，妳當我的護衛，職名『武官』。頭銜雖然是武官，實際上卻形同我的祕書，好好加油吧。」

「多謝厚愛！我會日益精進，助利姆路大人一臂之力！」

紅丸、紫苑，再來是白老。

三人從我手中接過職稱，看起來萬分感激。

他們似乎很開心。黑兵衛之前看起來也很高興，應該早點任命才對。之後也賜朱菜跟蒼影頭銜吧。

才剛想到這兒，紅丸身邊就突然出現一道人影。

是蒼影。

乍看之下很像從紅丸的影子裡冒出，這是蒼影進化後獲得的追加技「影瞬」。

「影瞬」的原理究竟是什麼呢？我是知道這能力可以透過影子做極短程移動啦……

我變身成黑嵐星狼後也有這個能力，要用是沒問題，但我從來沒試過。感覺是比想像中還要方便的功能。

好用的能力太多了，實驗速度完全追不上。得快點把這招練會才行。

蒼影不知不覺間已經會用「影瞬」了。

簡直就是生來收集情報的能力。

蒼影的視線落在我身上，跪在我面前說「有要事稟報！」。

「說、說吧。」

「剛才順利回收地獄蛾的繭，歸途中看見一批蜥蜴人。蜥蜴人來到離濕地那麼遠的地方很不尋常，故火速跟您回報。」

蒼影神情淡漠地向我報告。呼吸不急不徐，但他肯定馬力全開地趕來這裡。

因為我的「熱源感應」已經探測到蒼影的體溫略為上升。

「蜥蜴人？這就怪了……」

紅丸也換上不得其解的表情，開始陷入沉思。

先是半獸人，現在又多了蜥蜴人……

似乎有種風雨欲來的感覺。

「蒼影。我命你負責諜報工作。從今天開始你就當我的『密探』，負責收集情報。」

「求之不得。據說我族的祖先是忍者。我將以利姆路大人的『密探』身分全力執行任務。」

沉靜中不失堅定。

蒼影看著我的眼發表宣言。

就這樣，紅丸等人已徹底融入我們這個大家族。

還成為我忠實的部下。

他們進化成鬼人族，或稱「鬼」的高端種族，流在體內的古老血脈復甦，喚醒超乎常人的能力。

剛進化時差不多落在A級邊緣，如今獲得能力，狀態也趨於安定，每個人的等級又出現變動。變歸變，都是往好的方向增強。

特別是賦予他們職業後，魔素量更依個人資質確立。產生的變化跟賦予滾刀哥布林職業時一樣。

總體來說，戰鬥中身體機能退居其次，特殊能力優劣與否往往扮演更重要的角色。

我之所以能戰勝焰之巨人，也是出於能力的優劣。

他們將來會獲得什麼樣的特殊能力，我個人對這方面很感興趣。

朱菜的職業是趕鴨子上架逼來的，不過這樣也好。她原本就是巫女，當巫女姬挺自然的。朱菜似乎也對此很滿意，所以我們就拍板定案。

如此這般——

紅丸是「大將軍」。

朱菜是「巫女姬」。

白老是「師範」。

蒼影是「密探」。

紫苑是「武官」。

黑兵衛是「刀匠」。

大家就此在我麾下各司其職。

●

戈畢爾順利勸服各哥布林村來為自己效力。

連展示力量都不用，哥布林們就對自己言聽計從了。

到底是弱小的部族。要是他們膽敢不從，戈畢爾就會毫不猶豫地訴諸暴力，逼哥布林就範。

他早就將首領的話拋到腦後。

戈畢爾召集各村戰士，要他們將倉庫裡所有的糧食都運來。

接著組織用以滿足私慾的軍隊。

共有七千隻魔物。

裝備破爛的皮甲、半毀的石槍等。

如此戰力頗令人擔心，但目前有這些就夠了。

沒有戰意的傢伙早已逃之夭夭。

「族長們！這附近還有其他村落嗎？」

聽戈畢爾這麼一問，族長們面面相覷。

其中一人誠惶誠恐地回答。

「不……應該稱不上村，是有一個聚落。」

「聚落？」

哥布林說起話來吞吞吐吐，讓戈畢爾不快。

（這是怎麼一回事？小小集落還敢提出來充數？）

追問之下，哥布林族長開始道出詭譎事態。

他們似乎是騎著牙狼的哥布林集團。

聽來令人納悶。

牙狼族是很強的魔物，好集體行動。又稱平原支配者，擁有相當戰力，連蜥蜴人族都無法靠近平原半步。

那些高階種族居然會聽命於哥布林，太匪夷所思了。

哥布林族長還說出更奇怪的事。

那些哥布林追隨一隻史萊姆。

開什麼玩笑。戈畢爾心想。

史萊姆不是最低賤的魔物嗎！哥布林會追隨那種雜碎還說得過去，牙狼族怎麼可能任他使喚。

得去確認一下。

應該有什麼隱情。處理得當，或許能將牙狼族納為己用。

這樣一來，平原地帶也會變成他的勢力範圍。

戈畢爾在自身慾望驅使下展開行動。

族長們告訴他的地點連個村莊都沒有。

這件事惹毛戈畢爾，但他忍住了。為了收服牙狼族，多少得忍耐一下。

脫離首領的掌握後，戈畢爾就不想壓抑自己的慾望。

儘管如此，他還是為了大局忍耐。

對現在的他來說，首領只是妨礙自己成立軍團的阻礙。

能在這節骨眼上收服牙狼族，其他蜥蜴人肯定會認同他當新首領。

強大的平原支配者跟濕地王者聯手，下賤的豬再多也不足為懼！

戈畢爾對此深信不疑。

他要平定半獸人，成為朱拉大森林的支配者。

（這樣一來，我就能在喀爾謬德大人麾下大顯身手了。）

放眼那一刻，這些忍耐都不算苦。

戈畢爾已經讓軍隊的主要部隊前往西斯湖，要他們在那兒待機。

食糧不夠充裕，必須盡快採取行動。沒多餘時間浪費。
部下們前來報告，說發現目標移動的痕跡，戈畢爾隨即下令。
包括他在內，共有十名精銳出動。
他們乘著移動用的騎乘蜥蜴奔走，直指目的地。
在毫無警覺心的情況下靠近該處。
牙狼族明明是危險的魔物，卻服從哥布林。應該是族群裡的吊車尾。
（就由我來鍛鍊他們，讓他們找回應有的強悍！）
戈畢爾打著如意算盤。
他根本連想都想像不到。不知道前方有什麼在等他……
光顧著為敬愛的喀爾謬德效力的夢想……

第三章

使者與會議

Regarding Reincarnated to Slime

紅丸等人正式成為我的家臣，時隔數日。

他們打包票可不是信口開河，果然跟利格魯德這些滾刀哥布林相處融洽。

朱菜用蒼影拿回的素材成功製出絹絲。還用那些絹製布，大受女性眷族歡迎。

跟哥布林時代穿的麻衣相比，這些衣服簡直有著天壤之別，怪不得會受歡迎。

莉莉娜率領一批女性成員——哈露娜帶頭向朱菜拜師學藝，跟她學製衣技術。也因為這樣，朱菜變成製衣工房的工頭。

她跟防具工房的葛洛姆也相處得宜，會討論製衣心得，催生更棒的作品。

看樣子做給我們穿的正式服裝、日常服指日可待，我很期待後續發展。

黑兵衛不遑多讓，一樣當上武器工房的工頭。

他跟凱金相互切磋技術，將技術全都學起來。

凱金年紀也大了，體力大不如前，打算專心從事生產管理。話雖如此，他的技術知識依然不容小覷。是說製作的體力活交由黑兵衛包辦，自己則用心鑽研最有興趣的研究工作，這才是他真正的想法吧。

證據就是他仍埋首設計滾刀哥布林專用的騎乘武器，似乎在跟黑兵衛討論些什麼，兩人相談甚歡。希望他們今後也能繼續同心協力。

蒼影帶了數名滾刀哥布林，在城鎮周邊構築警戒網。

他們在上頭動了手腳，有人接近就會響起警報聲。

同時著手收集情報。陸續將情報回傳給我。能實現這點，全歸功於追加技「分身術」。

蒼影能同時做出六隻「分身」。還利用「思念網」讓他們互相連結。移動範圍並未受到限制，他放分身去世界各地收集情報。

我是任命蒼影為「密探」沒錯，但他也太熱中了吧。

對了，這些「分身」跟本體有同等的戰鬥力。不同點在於體力值很低，魔素量八成不夠行使妖術。不過，技能面就不受影響，似乎能行使追加技「影瞬」跟「黏鋼絲」。

簡直是萬能。

蒼影身上的技能似乎承襲自我，但他能徹底發揮技能的特性。原來在性能相同的情況下，使用人不同就有這麼大的差異啊……

不，不是我太遜，是蒼影很天才才對。

事實上，在拜託蒼影之前，我已經放出斥候了。

收集情報是基本功，既然豬頭族（半獸人）跟蜥蜴人都開始蠢動了，我們就不能輕忽、自以為戰火不會燒到這裡。不過，對當探子還是門外漢的滾刀哥布林來說，要他們在遠處掌握集團動向已經是極限了。

過於靠近可能會遭人發現，很容易被抓，就算成功逃過一劫，也會讓對方心生警戒。雖然滿讓人著急的，但我還是要他們千萬別逞強。

不過，交給蒼影辦果然是正確的選擇。反正那些只是「分身」，就算被發現也沒關係，只要讓分身消失就好。

能用「思念網」更有加分效果。這個世界沒有手機，情報的傳輸速度卻比前世快。

真有趣。

「要我過去偵察看看嗎，利姆路大人？」

我想起蒼影當時說話的模樣有多麼冷靜沉著。

「能麻煩你出任務嗎？」

跟我問話的時間幾乎不相上下——

「是，交給我吧。」

蒼影的身影在那瞬間消失無蹤。

可以說是「影瞬」的最佳範本。

蒼影這個男人給人冷靜的印象，不會勉強行事。很適合這種偵察工作，任命他當「密探」果然是正確選擇。

紅丸正在跟利格魯德等人討論城鎮的警備體制。

我設立新的軍事部門，並交由紅丸管理。話雖如此，該部門目前的成員就只有白老。

利格魯他們這些警備部隊成員兼任糧食調度及資源開採工作。因此，要徵他們來軍事部門沒那麼簡單。

看樣子得重新將人員編排一次，募集志願人士。

紅丸似乎在跟利格魯德談這個。

「我想選有潛力的人組織一個專門作戰的團隊，可以嗎？」

「沒問題，交給你處理吧。組好再來跟我報備。」

紅丸過來徵求我的許可，我也同意了。我是很想說「全」都交給你處理啦，但這樣太不負責任了。為大小事下決定是我的工作。

目前這裡還是魔物聚集的城鎮，之後應該會慢慢演變成國家規模。

一切都有賴紅丸等人協助。

今後也要繼續麻煩他們了。

再來是白老。

這名略顯老態的鬼正拿著木刀站在我面前。

毫無疑問的，白老是劍術高手。

不是普通的強。

明明是個老爺爺，氣魄卻與眾不同。

我想說既然都能變人了，就順便學個劍術，沒想到這想法大錯特錯。

一開始是想說運氣好可以弄個技藝來用用，結果我太過天真。

中學時代曾在課堂上學習劍道，之後就沒練了，這還是我第一次拿木刀。怎麼可能簡簡單單就上手。

我擁有「知覺千倍速」能力。應該有辦法應付吧！我這想法拿到白老身上根本不管用。

這是因為白老也獲得「思考加速」，我打一開始就沒有優勢可言。

結果就被眼前這隻鬼教訓，整個人吃盡苦頭……

我之前的技能得來全不費工夫，才出現大頭症。

技藝跟技能不同，須歷經努力、修行才能學會。想不費吹灰之力獲得，天底下可沒這麼好的事。

我原本以為魔法也是技藝的一種，沒想到它歸屬別的系列。水冰大魔槍只要吸收解析就能弄到手的說……

在這發牢騷也沒用。

若能解析技藝，或許能學成，但要實現這點難如登天。沒捷徑可抄，只能一步一腳地苦練，還是放棄走旁門左道吧。

喔對，現在不是考察的時候。

「擬態」成大人的模樣會讓反應速度變慢。因此，我變化成可以盡全力對應的孩童樣貌，再握住木刀。接著發動「魔力感知」，讓意識擴往四面八方。除了「熱源感應」外，還發動「超嗅覺」。

再來只剩聲音……

《問。要改良「超音波」，進化成追加技「音波感知」嗎？　YES／NO》

不愧是「大賢者」。回應我的願望了。

我毫不猶豫地選了YES。這樣一來，魔素的動向、熱度、氣味、聲音資訊全都能收集起來。沒人能逃出我的感應範圍。

我自信滿滿地跟白老對峙，白老也從容地握住木刀。

接著，剎那間——白老消失了，我完全無法感應到他。

接著腦門就被人給劈了。

對方漂亮地用一刀定勝負。

我不覺得痛，也沒有受傷。白老並未使力，當然沒事。

不過，就算是這樣……

致勝原因不是速度，而是技術使然。我們的身手相差懸殊。

「剛才那是？」

「呵呵呵。剛才那招是隱形法的奧義『朧』。能讓自身存在變得稀薄，薄到連魔素都能穿透。利姆路大人總有一天會學成的。」

白老面露喜色地解說。光聽我就覺得自己學不會。

他說要學會這招至少得花百年以上的時光，我怎麼可能學得會。

我隨便找個話搪塞，白老則點頭稱是。

「是啊。我總有一天要學會。」

雖然有點心痛，但這也是沒辦法的事。跟技能不同，要練成技藝可不能得過且過地練功。

論能力，我應該比他優秀。卻傷不了白老分毫。

不是我自誇，我真的束手無策。

用焰化爆獄陣或許能贏，但重點不是這個。

這才叫真正的劍士。

眼前老者是個沒沒無名的大鬼族（食人魔），低調地磨練自身劍技。

怪不得是家臣團隊裡最強的。

不愧是白老，強得令人甘拜下風。

他應該還沒發揮真本事，變年輕後更棘手了。

如果生對時代，或許會變成遠近馳名的「劍聖」。

我在心裡如此想著。

「那麼，我們再來練一次——」

正當白老露出和藹老爺爺特有的溫穩笑容，催促我繼續苦練時——

大大的鐘聲響起。

這是蒼影安排的警報系統，似乎起反應了。

太好了。我真的好慶幸。

我自認打不過白老，正想收工呢。

我倆結束修行，跑去找利格魯德。

利格魯德一看到我就跑過來。

「出大事了，利姆路大人。蜥蜴人族使者來訪！」

他語氣焦急地稟報。

是說利格魯德老是慌慌張張的呢。經常看到他跑來跑去。

先不管這個……他剛才說蜥蜴人？

之前就有預感，認為麻煩事總有一天會找上門，終究還是來了。

只是先來的並非半獸人，是蜥蜴人啊。

沒關係，誰來都一樣，對策依然不變。先聽聽對方怎麼說。

＊

我們為了迎接使者來到城鎮入口。

使者還沒出現。

有人先來探過，但他已經走了。還特地留下趾高氣昂的命令，要我們「全村出迎！」。害我聽了很想回「你算老幾」，不過，對方是騎了巨蜥——騎乘蜥蜴的戰士，利格魯德等人似乎對他的態度見怪不怪。

既是蜥蜴人，又是由騎士構成的部隊，要毀滅哥布林村易如反掌。村民集體出迎自然不在話下。

這樣的騎士先來探路，可見即將來訪的使者來頭不小。

得審慎對應才行。

我、利格魯德、紅丸、白老，共四人來到城陣入口集合。

我還交代大家要慎重其事地接待。

「切記要有禮貌。」

「遵命。」

利格魯德如此回應，大夥兒亦點點頭。

「咦？紫苑跑哪去了？」

聽我說要慎重，紅丸這才想起紫苑的事，開口詢問。

「她啊，好像一大早就跑去打掃我的房間——」

「您、您說什麼！」

我替紅丸解惑後，不知為何，白老一臉吃驚樣。

「怎麼了？替我打掃很讓人意外嗎？」

「不、不會……沒什麼……」

「也是……啦……紫苑都有所成長了，應該沒問題……」

兩人說起話來支支吾吾。

我有點不安了。

這份不安成真。

我們幾個在城鎮入口處等待，紫苑端茶過來。

看樣子她努力執行祕書工作。想到這兒，我打算開口對紫苑讚賞個幾句。

——不過，我一看到那杯茶就呆掉。

這是……茶嗎……？

很像海草的怪草從茶杯裡滿出。這肯定不是給人喝的。

究竟是怎麼一回事……誰來說明一下！為了尋求解答，我偷偷瞥向利格魯德，結果他眼珠子一轉，立刻看向別的地方。

這傢伙搞什麼鬼。

紅丸則拚命閉上眼睛，完全不打算看我。

白老更阻隔氣息，跟空氣同化。

他們幾個……根本知情吧！

紫苑完全沒發現我在猶疑，還抬眼偷看我，好像希望我誇獎她。

等等，這樣要我怎麼誇妳？

本能一直警鈴大作，看樣子只能狠下心喝了……

為什麼現在的我偏偏是人樣！假如還在史萊姆狀態，至少能想辦法蒙混過去。

用獨有技「捕食者」隔離，好歹能度過難關……

現在才知道後悔已經太遲了。

我下定決心，打算伸手過去拿茶杯。

就在那時──

「啊，是茶啊！我正好口渴了！」

說完，剛巡視回來的哥布達就拿起茶杯，將茶一飲而盡。

喔耶──────！

幹得好！我打從心底為他喝采！

紫苑在我眼前換上可怕的表情，但哥布達完全沒發現。不，是他目前的狀態根本沒餘力管那個。

咳呼！一聲，哥布達口吐白沫地倒地。

還持續出現危險的抽搐症狀。

好險。一個不小心，變成那副慘狀的可能就是我了。

紫苑露出疑惑的表情，頭微微歪了過去。

漂亮的臉配上俏皮動作，這種反差是很萌啦，但我不會上當。

今後要禁止這傢伙插手跟食物有關的工作。

「對了，紫苑。今後妳要為其他人煮食物、調飲品前，得先經過紅丸同意！」

我先下通牒。

這時紅丸突然睜大雙眼，朝我看過來。

不干我的事。由你負責監督，就交給你了——我用眼神如此示意。

紫苑、紅丸紛紛露出垂頭喪氣的模樣。

等災情傳出就太遲了。

——不對，已經傳出哥布達這個災情了。但他應該不會有事才對。感謝他這次當我的替死鬼。

希望今後紅丸能好好努力，盡量將犧牲壓到最低。

＊

自從警報作響後，時間已經過去將近一小時。

蜥蜴人使者們來訪，將地面踩得隆隆作響。

我變回史萊姆，被紫苑抱在懷裡。

雖然她說「這麼做是為了以防萬一！」但我覺得沒被紫苑抱反而更安全。

算了，既然紫苑興沖沖、硬要當我的護衛，我還是別潑她冷水比較好。

她似乎想替泡茶失敗的事雪恥。

話說回來，不知打掃工作是否順利？不，現在先別管那個。我甩去在腦中一閃而逝的不安，注意力放到來訪的使者身上。

那是為數十人左右的集團，其中一個蜥蜴人態度傲慢地離開騎乘蜥蜴。

他是頭頭嗎？

「前來迎接，辛苦你們了！這就賜你們替我效命的機會。那可是一種光榮！」

對方一開口就說出很瞎的話。

未經磋商、自顧自地宣告，聽得我啞口無言。

半個字都擠不出來。

這白痴在說什麼啊？納悶的人似乎不是只有我而已，紅丸等人也不曉得該做何反應。

「恕我冒昧，您突然要我們加入，實在——」

「哼。你們應該也聽說了吧？那些半獸人也打算進攻這裡。只有我能拯救你們這些弱小雜碎呢！」

利格魯德代表大家回應，該名蜥蜴人則大剌剌地打斷他的話。

看樣子那傢伙一開始就認定我們會加入他的陣營。

的確，假如半獸人要攻過來，加入蜥蜴人不失為一種選擇。

我還在等蒼影的調查報告，不過，在半獸人帶來的威脅解除前，這段期間是可以攜手合作。

但……

「對了，聽說這裡有人馴服牙狼族。我讓他當幹部。把他帶過來！」

唔——嗯，這個嘛……

攜手作戰確實有好處沒錯。

可是，合作對象是笨蛋又該如何是好？

拿破崙好像說過「敵人厲害並不可怕，可怕的是夥伴無能」？我認同這個說法，沒用的夥伴只會扯後腿。

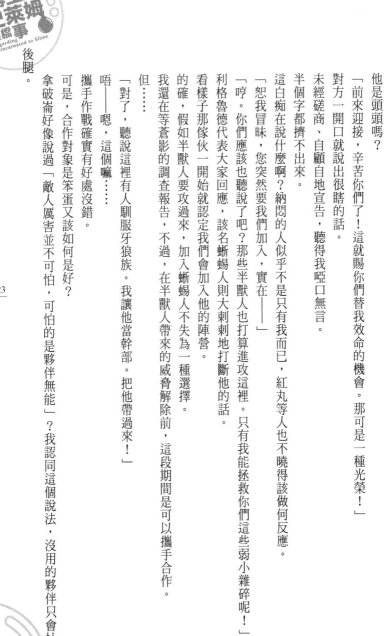

特別是面臨「戰場」這種特殊環境，外加上級長官腦殘……
光想就讓人冷汗直流。
我偷偷觀察利格魯德。他嘴開開，整個人已經呆掉。
紅丸則搔搔頭，對我使眼色，就像在問：「我可以把這傢伙宰掉嗎？」
答案當然是ＮＯ就是了。
到底該怎麼回應才好。跟剛才的紫苑事件相比，現在的我更頭大了。
白老盤起雙手，雙眼緊閉。
都沒什麼聲音，該不會睡著了吧？
此外，紫苑正抱著我，她氣到手部使力——
喂！我的身體都被妳捏到走樣了。
發現我慌得掙扎，紫苑才想起我還在懷裡，開始放緩力道。
她流著冷汗向我道歉，今後得重新審視那容易發火的個性才行。
在史萊姆型態下讓紫苑抱著固然舒服，卻暗藏危機。
其實紫苑獲得了追加技「怪力」跟「身體強化」。
鬼人在通常情況下就已經很強了，現在又因這兩項技能獲得強化。
她的外表看來精明能幹，害我疏於防範。
紫苑似乎沒辦法控制自己的力量。被她絞殺就好笑了，今後得多加注意。
話說，我現在很難抉擇。
沒想到使者是笨蛋。

「打擾一下……也不是什麼馴服牙狼族啦，讓他們變成同伴的其實是我……」
總之先讓談話進行下去好了，我朝一臉傲然的男人發話。
「什麼？就你這低賤的史萊姆？開什麼玩笑，給我看證據。有證據就相信你。」
這傢伙很愛用高高在上的態度命令人。
我有點不爽了。
談話時都不聽對方在說什麼，一個勁兒地嘰哩呱啦，未免太看扁人了吧。
以前工作上偶爾會遇到大公司的職員或幹部是這副德性，但明目張膽、白目成這樣的實在很少見。
面對這種白痴，本人大可我行我素，不把他當一回事。
反正找白痴當夥伴對我們一點好處都沒有。
我決定換個方式對待使者。
「蘭加。」
「是，屬下在這兒。」
蘭加從我的影子裡現身。
最近蘭加習慣待在我的影子裡。
這也算是「影瞬」的其中一種應用方式吧。
「好。這傢伙似乎有事想找你談談。你就聽聽看吧。」
聽他說話只覺得煩躁，所以我把事情全推給蘭加。
絕不是嫌麻煩。
只是認為找蘭加接待他效果會更好。

他認為我是史萊姆、是雜碎，根本不聽我說話，比剛遇到時的利格魯德還糟糕。會失去跟他周旋的興致也不能怪我。

是說，在他都沒注意到我身上的妖氣這時間點上，就表示這傢伙不怎樣吧？

那妖氣我想藏都藏不住，但在沒發現的傢伙面前刻意妖氣畢露，他還是沒發現。

真是不可思議。

接獲我的命令，蘭加轉眼看向蜥蜴人們。

幾名剛強的戰士在蜥蜴人使者四周形成防護網，身上穿著鐵製胸甲，才被蘭加瞪一眼就縮住了。

這也難怪。

目前的蘭加沒有縮小，正維持本性畢露的龐大身軀。

「頭目命我跟你對應。我就聽聽看吧，有什麼話儘管說。」

蘭加一面對蜥蜴人進行「威壓」，一面跟使者對應。

戰士們正面遭人「威壓」，紛紛僵在原地。

不過，只有一人沒僵。

他就是有些狼狽，仍想辦法端住架子的使者。

或許比想像中更有骨氣也說不定。

我有點對使者另眼看待了。

「噢、噢噢。你就是牙狼族的族長嗎？我是蜥蜴人戰士長戈畢爾！好好記住了。正如剛才所說，我是『命名魔物』。別管那隻史萊姆，跟我聯手吧？」

這傢伙竟然厚臉皮地大放厥詞。

實在很想痛扁他，但我忍住了。
我要展現大人不記小人過的氣度，原諒這傢伙。
我是心胸寬大的人。要心平氣和。此外，希望紫苑能比我更平心靜氣。
暫停一下，妳繼續用力下去，我的苗條體型就要走樣啦。
見我在那竄動，紫苑才慌慌張張地低頭道歉。
她真的很不擅長平心靜氣，但還是希望她多加注意。
話說這隻使者，明明是蜥蜴卻很囂張……
他好像叫戈畢爾，是命名魔物，那又怎樣。
蘭加啊，你快治治他！我在心裡替蘭加打氣。
「不過是隻蜥蜴——竟敢愚弄頭目——」
他咬牙切齒、氣得兩眼通紅，似乎正怒火中燒。
蘭加啊……你可別做得太過火喔……？
這隻蜥蜴應該不會有事吧？若他不是使者，就算被打得鼻青臉腫，我也會笑他自作自受，事情就此落幕……
「看樣子你被騙了。好吧。讓我露個兩手，把操縱你的傢伙打倒。誰要當我的對手？你們全部一起上也可以喔！」
喂喂喂……這隻蜥蜴在鬼扯什麼？
玩笑也太難笑了。拜託搞清楚時間、地點和情況好嗎？
你是裡頭最弱的耶。

——喔，我好像說得太過火了。好像比利格魯德強啦。

利格魯德好歹也有B級強度。他是滾刀哥布林的王，是裡頭最強的戰士。滾刀哥布林平均落在C^{+}級，把這點考量進去，利格魯德可以算是進化卓著。再加上凱金製作的裝備輔助，我想他在B級裡偏高。

話雖如此，利格魯德沒學武術、沒練劍，不可能比得過真正的戰士。

技藝有無將拉大戰力差距，我最近才剛學會這個道理。

再說這隻蜥蜴——戈畢爾，言行舉止傲慢無禮，架式上卻看得出是老手戰士。

他既然敢說那種話，表示對自己的身手相當有自信吧。

我們四目相交。

好了，蘭加準備派誰對付……

「咦？你們在做什麼？」

哥布達這個白目中的白目出現，在這依然不忘發揮他的本領，還死而復生。

「你沒事啊？」

「我才想問呢！剛在河裡游啊游，就聽到一個溫柔的聲音，說我獲得『毒抗性』！接著身體就舒服起來，人也醒了。」

哥布達輕鬆地說著。

那條河應該是游完就死定的河吧……別跟他講也算功德一件。

「是嗎？『毒抗性』啊。連我都沒這個技能，挺厲害的……」

「是嗎？嘿嘿，我好開心！」

雖然哥布達很開心，但他一要白目，命運就決定了。

「咯咯咯，好吧。若你有辦法打倒連我都認可的男人，我就聽聽你的說詞。」

說著，蘭加指名哥布達。

果然。哥布達大叫：「等等！怎麼回事？」吃驚得瞪大雙眼，可是生米已經煮成熟飯了。

太好了。我們還在煩惱要派誰上場呢。

大家都想親手把這傢伙打成豬頭，眼神全變得很危險。

該怎麼說呢，看到那一雙雙眼睛，我反倒冷靜了。

正所謂有人先火大出頭，旁人就得以冷靜。

是說，蘭加也真夠壞心的。看他的眼神就知道，他打算拿哥布達當祭品。

痛宰使者有失格調啦，不過，緊咬對方先出手的點不放，應該就說得過去吧。這傢伙真狡猾。到底像誰啊……

「這樣好嗎？你要當我的對手也沒問題喔！也是啦，與其突顯自己沒實力，還不如交給部下出面。」

戈畢爾得意洋洋地嗆人。

根本在挖苦我。他似乎認定我騙了蘭加等人。

好想扁他。用力痛扁他一頓。

我好不容易才冷靜下來，現在又開始光火了。

「哥布達，別跟他客氣。上吧！輸了就逼你吃紫苑的料理吃到飽！」

「等等啦！你們似乎已經決定了，我放棄掙扎……可是，贏了至少給些獎品啊！還有，唯獨紫苑小姐的料理拜託不要……」

「這對話聽起來很讓人不開心……」

紫苑在生悶氣，但我裝做沒看見。

唔唔？說得也是。要給些獎賞才對。

我想說他已經知道紫苑的手藝有多可怕，應該會盡全力戰鬥才是……反正哥布達又贏不了，想也是白搭，說是這樣說，就找些甜頭給他吧。

「好。那我會拜託黑兵衛，替你做個武器。」

「真的嗎！」

「喂喂喂，哥布達老弟。我有說過假話嗎？」

「不，您說的都是真的……可是我常常有被騙的感覺。」

「是你想太多啦。」

「我想太多嗎？好像是喔！」

嗯。哥布達很好拐，一下就搞定了真好。

蘭加見我倆達成共識，立刻對我發暗號。

我點頭回應。

「要我幫你，就先讓我見識你的真本事吧。那麼，正式開打！」

蘭加朝戈畢爾發話。

一聲令下，戰鬥就此展開。

哥布達繃緊神經，戈畢爾則悠哉地握住長槍。

哥布達的武器也是騎兵用長槍，這下要上演長槍對長槍了。

哥布達看上去毫無勝算可言。

這是因為哥布達擅長使短刀類武器。

「哼。是比哥布林有趣點，但滾刀哥布林也沒好到哪裡去！跟我們這些偉大的龍族子孫蜥蜴人相比，根本就——」

才剛宣布比賽開始，戈畢爾就自以為是地數家譜。

他認為哥布達不怎樣，完全將對手看扁。

至於當事人哥布達——

「你不進攻嗎？那我要上嘍！」

他無視戈畢爾的講古，手上長槍朝對方丟去。

出乎我的意料，哥布達似乎真心想贏。

「唔，出賤招！」

戈畢爾不慌不忙地將射來的長槍擊落。不過，哥布達似乎早就算準了。

雖然只有短短一瞬間，戈畢爾的意識還是集中在長槍上。哥布達趁機鑽到影子裡。

怎麼……會……！

我還懷疑是自己看錯了。因為哥布達用「影瞬」用得好順。

當然，跟他對峙的戈畢爾也追丟目標……

「你躲到哪裡去了？」

他開口大叫，趕緊察看四周。

不過，勝負已在那時揭曉。

哥布達從戈畢爾背後的影子竄出，邊橫向旋轉邊放出後迴旋踢。

戈畢爾似乎搞不清楚狀況。

敵人從他背後送上一記天外飛來的突襲。脖子紮實地遭人命中，戈畢爾在那瞬間閃神。

哥布達瞄準鎧甲跟頭盔的縫隙，漂亮地放出腿踢。

任憑蜥蜴人的肉體再怎麼耐打，神經集中的延髓遭受重創就沒轍了。雖然有身上的鱗片保護，不至於丟掉小命，要恢復還是須一段時間。

也就是說——

哥布達跌破眼鏡地戰勝蜥蜴人了。

「勝負已分。優勝者是哥布達！」

蘭加一宣布，紅丸等人就放聲喝采。

受人讚揚的哥布達也很開心。

不過……

沒想到哥布達會撂倒蜥蜴人戰士長戈畢爾。

戈畢爾相當於B$^+$等級，看起來很強，卻被他秒殺了。

哎呀，哥布達真是進步神速，令人吃驚啊。

想必大家也很驚訝吧。

「不愧是哥布達。我沒看走眼。」

蘭加滿意地點點頭。

「做得好！讓他們徹底見識滾刀哥布林的力量！」

利格魯德顯得喜出望外。

「我要對你刮目相看了。剛才那些失禮的話我可以裝做沒聽到。」

紫苑笑著誇哥布達。

「真有你的。又比當初跟我們對戰時更強了。」

接著換紅丸誇他。

「嗯，挺有一手的。這小鬼頭似乎有值得鍛鍊的才能。」

白老目光銳利地看著哥布達。

居然能被白老看中，哥布達那傢伙很行嘛。

可憐的哥布達老弟，似乎被喜歡鍛鍊人的惡鬼盯上了。為了降低白老放在我身上的注意力，請你一定要跟我一起修行。

是說——

咦，奇怪？莫非大家都覺得哥布達會贏？我納悶地張望，只見人們都一副早就料到哥布達會贏的樣子。

看樣子不相信他會獲勝的只有我一個。

我好像把蘭加看得太壞心眼了。

「真、真有你的，哥布達。這一仗打得漂亮！我會按照約定，叫黑兵衛幫你做武器。」

我也裝做一直對哥布達有信心吧。

本人是個很懂得察言觀色的男人，這就順應潮流稱讚哥布達。

至於戰敗的戈畢爾跟那些跟班……
當事人外表看來沒受什麼傷，就只有昏倒而已。
他的部下才要出聲加油就卡在那石化。
大夥兒看得一頭霧水，都不曉得發生什麼事了。
「喂，勝負已分嘍。我們拒絕當他的部下。合力對抗半獸人的提議倒可以納入考量，你們今天先把他帶回去吧。」
聽我這麼說，蜥蜴人們終於開始動作。
就這樣，沒事找事做的使者們總算回去了。

＊

好啦，笨蛋閃人了，該來確立今後的方針。
我決定把大家聚集起來開個會。
城鎮裡有棟規模最大的過夜用建物，旁邊就是開會用的臨時小屋。我們會在那集合，討論今後的方針。
我要利格魯德去把那些不在場的人叫來。
「我立刻去召集大家。」
利格魯德領命，要哥布達去向大家傳令。
我也透過「思念網」聯繫蒼影，命令他回村。

叫來這集合的都是些重要人士。

有滾刀哥布林——利格魯德、利格魯。

魯格魯德、雷格魯德、羅格魯德跟莉莉娜。

矮人凱金。

鬼人紅丸、朱菜、白老、紫苑、蒼影。

再來是我。

減掉我共有十二人。

除了各生產部門的負責人外，還有牽涉本鎮營運工作的人。

建設、製造部門由凱金代表管理。

管理部門由莉莉娜負責。

政治部門以利格魯德為首，其下魯格魯德、雷格魯德、羅格魯德分別掌管司法、立法、行政。這個部門還沒有上軌道，未來的課題一堆。

軍事部門有紅丸、白老坐鎮。

諜報部門由蒼影包辦。

警備部門歸利格魯管。

目前多加了軍事及諜報部門，訂立六大部門。

以組織結構來看還很鬆散，不過，運作起來並無大礙。說是辦公目前也只是徒具其名，基本上沒閒著就好。總之現在大家都不愁吃穿，能順利過活。
警備部門還包辦狩獵工作，這方面算有點問題啦。
仔細想想，利格魯那傢伙一直很善盡職守。他就是那種默默為大家做牛做馬的人吧。
負責管理軍事部門的紅丸似乎很煩惱該招誰當兵。
目前已跟利格魯德商量過，要從警備部隊裡列幾個身手矯健的傢伙。
畢竟我才剛指派紅丸，進度緩慢也是沒辦法的事。不過，半獸人跟蜥蜴人都開始大肆行動了，又不好從長計議。
雖然對紅丸來說是龐大負擔，但我希望他能為了大家咬牙努力下去。
莉莉娜腦子靈活。做事也很勤快。
她掛名管理部門負責人，實際上在處理農業工作。
採了野生薯類，並成功栽培。
薯類栽種期短，營養價值很高，有助於改善飲食問題。
還飼養魔獸、養殖魚類，確保多種糧食供應無虞。
此外還管理做好的產品、採收的素材、收集而來的資材。
橫跨農林漁牧業。
規模小還有辦法獨攬，將來可能得視情況做更動。
今後若能跟人類進行交易，希望能買到各種蔬菜的種苗。那樣一來，光靠莉莉娜或許會疲於應付，得指派更多的負責人。
哥布莉娜們正幹勁十足地努力，好比跟朱菜學紡織等等，其中不乏像哈露娜這樣的人才。就算不去擔心，我想也會有辦法解決。

建設、製造部門一直由凱金管理。

他的專長是鍛造物品，在多了黑兵衛這個幫手後，凱金就退居總監位置了。

而在實力上，他似乎會依擅長領域明確地區隔開來。而工房完全交給黑兵衛管理。

凱金說「現在許多事忙著分不開身，等事情告一段落希望專注於製造工作」。

這樣之後大概會埋首研究，有點恐怖。

黑兵衛做完我委託的武器後，似乎也要一起全神貫注於研究。

說老實話，我過去一起研究似乎也挺不賴的。為了實現這點，希望他們能早日安頓下來。

*

出去偵察的蒼影回來了。

這樣人就齊了，我打算來開始會議。

「那麼，現在來開會。先聽蒼影報告。」

看大夥兒就座，我開口說道。

配合我的指令，蒼影開始進行報告。

內容大致分為三項。

一、各哥布林村的情況。

二、濕地的情況。

三、半獸人進軍情況。
蒼影役使六隻「分身」，藉此搜集情報。
每個地方各派兩隻分身，讓他們去做諜報工作。
目前還有數名分身遺留各處，持續進行調查。
大家默默地聽取報告。
首先是哥布林村，他們似乎跑去替蜥蜴人戰士長戈畢爾賣命。
就是剛才來這裡的蜥蜴人吧。居然跑去投靠那種笨蛋，眼光還真怪。
沒加入蜥蜴人陣營的哥布林們陷入恐慌，逃往世界各地。
有不少人逃向人類所在的國度，他們恐怕會成為討伐對象。
在森林裡群聚生活，人類並不會對他們出手，但進入人類的領域就會遭受攻擊。畢竟人人都想捍衛自己的家園，變那樣可說是理所當然。
雖然我不清楚人類有多少戰力，不過，哥布林這種貨色肯定會被他們瞬間秒掉。
這樣一來就只能隱居了，總之他們的未來很不樂觀。
蒼影順便報告戈畢爾的事。
他吸收一群哥布林，組織為數七千左右的軍隊。
還在山岳地帶的山腳平原集結，於該處紮營。
這數量挺多的。
八成跟他當初提的條件一樣，說會保護他們免於受半獸人侵襲，拿那個當餌交涉吧。
看樣子哥布林還算有點腦袋。不過，戈畢爾似乎要哥布林把儲存的糧食全交出去，就算打贏半獸人，之後也會有人陸續餓死。

這方面就沒什麼腦袋了。

接受談判條件的族長也同罪，又或許是族長們寧可跟隨他，也不想死在半獸人手裡。

……不，搞不好要藉跟半獸人交手的機會削減人口，讓剩餘的人活下去？是的話，也只能說弱小種族無所不用其極地掙扎求生。

我們也無法置身事外。

這個城鎮尚未建造完成。不過，我們可不能輕易放棄這裡。

放任半獸人軍進攻，這一帶的森林將歸於荒蕪，到時連張羅食物都成問題。

為了維持現在的生活品質，必須在濕地那邊擊退半獸人軍隊。

我向蒼影詢問濕地的情況。

蜥蜴人首領聚集了各部族的戰士，組成萬人軍團。

還抓湖裡的魚，用以準備豐富的兵糧。

他們固守渾然天成的迷宮，準備將半獸人軍個別擊破。

有必要警戒成那樣？

蜥蜴人是強大的種族，一心同體地警戒半獸人，甚至吸收弱小種族哥布林，要他們一起作戰……

最後來問一下半獸人的進軍狀況吧。

「半獸人軍隊，他們的人數——約莫二十萬——」

蒼影頓了一瞬，接著就將數字清楚道出。

「啥？二十萬？」

我不由得驚呼。

當初襲擊食人魔村落的不是幾千人嗎……

「也就是說襲擊我們村落的部隊只是冰山一角？」

「沒錯。我調查後發現，他們的總人數約莫二十萬。主要部隊自南方啟程、沿艾梅多大河前進，挑較寬的進攻路線行走。雖是按道路寬度跟部隊長度推測，但最少不下十五萬。再加上還有進攻森林各地的部隊，若低估敵人數量將招致危險。」

蒼影斬釘截鐵地斷言。

半獸人軍滿坑滿谷，侵略的軍勢達好幾公里長。

「知道半獸人軍的目的地嗎？」

「是！他們打算穿越西斯湖周邊濕地，突破蜥蜴人的領土。不過——」

「不過什麼？」

「再往前進就是人類的居住區域。目前尚不清楚半獸人軍鎖定的目標，照這樣行進下去，肯定會跟人類國家起衝突——」

不會吧，他們在動什麼歪腦筋？不，等等……

只是要稱霸這座森林，應該會在消滅蜥蜴人後停止侵略才對吧？

半獸人的目的究竟是什麼？

「蒼影，你怎麼看？半獸人最終打算消滅蜥蜴人嗎？還是要繼續侵略更遠的人類國家？」

「目前還無從判斷……」

也對。

是說，我對這裡的地形不是很了解。

「我想先釐清半獸人有什麼目的。蒼影，你有地圖之類的輔助道具嗎？」

「地圖是什麼？」

「嗯？」

…………………

…………

……

太讓人驚訝了，竟然沒多少人知道地圖是什麼。

還好凱金知道。雖然他知道，但似乎並不流通。

在這個世界裡，地圖仍歸屬於軍事機密。

無計可施下，我們只好在桌上排放大塊的木板，標註約略的位置關係。

魔物可以用「念力交談」溝通，能在某種程度上共享情報。或許是因為這樣，富含記錄功能的媒介才無法發展開來。

白老也跳出來說祖父曾跟他講過，並將食人魔村周邊的地形圖寫在木板上。

沒紙好辛苦。

總之先叫人弄木板來，從本鎮周邊地形開始標起。

這次反倒多虧「思念網」連結，能直接讀取對方的想法，讓作業進展順利。這技能真的很方便。也因為它很方便，不須仰賴記錄媒介就能傳遞情報，所以或許也無法改善。實在兩難。畢竟在一起過活的只有魔物，少了記錄媒介也不成問題。

但毋庸置疑的是，人比魔物厲害的地方就在於知識傳承。那可是進一步發展的原動力。或許會覺得這麼做很麻煩，但我希望他們習慣。

我用「大賢者」編輯讀自大家心緒的情報。接著，將統整後的地形仔細記於木板上，製成看來有模有樣的地圖。

雖然比例尺等資訊只能當作參考，但湊合著用應該沒問題。

切入會議正題前，為了畫地圖花了預想外的時間。

切入正題。

「像這樣標示地形、讓人一看就懂的東西稱為地圖。大家邊看這個地圖，邊聽說明吧。」

地圖就畫在好幾片木板拼成的區塊上，大夥兒全繞在地圖旁。

我再用「思念網」串連他們，讓大家共有意象。

「聽好，接下來看這個地圖，預測蜥蜴人或半獸人的動向。目標是猜出半獸人的想法。知道他們在想什麼，我們也好辦事。」

話一說完，大夥兒紛紛點頭表示贊成。

我要蒼影在半獸人軍的位置上擺放木片。

木片稍微加工過，表面如將棋般寫了半獸人軍本隊。

再來是他們的進攻路線。

朱拉大森林從中央一分為三，存在足以讓大軍通過的路線。

每條路都與柯奈特大山相連，緊鄰艾梅多河。

艾梅多河在朱拉大森林中心地帶分兩方向，較大的支流灌入西斯湖。大河的主要幹道連通南北，縱貫整片大陸。接著緩緩蜿蜒至東方海域。

這條大河再過去有另外一片森林，嚴格說來，對面那邊是人類國家——東方帝國的領土。離開朱拉大森林則有艾梅多大河孕育的肥沃土地，那裡是魔王們統治的魔王領土。

沒錯，魔王不只一名，似乎有好多個。

確實靜小姐也說過，雷昂是魔王之一。當時聽了覺得有點怪，這下謎底總算解開了。這麼說來，替利格魯德兒子命名的魔人在替魔王效力，那個魔王跟魔王雷昂或許毫無關聯……

不，目前先不去考慮那個。

問題在於半獸人的進攻路線及目的地。

蒼影的報告指出，半獸人離開魔王領土內的棲息地後，先朝艾梅多大河去。主要大軍似乎只能走那條路，但同時派出分部隊進攻森林，像把食人魔的村落滅掉那樣，將森林一帶的強力魔物接連殲滅。

或許是為了搶糧食，但怎麼想都覺得怪怪的。

「大家覺得呢？」

我移動標有半獸人軍分隊的棋子，從地圖上拿掉寫有食人魔字樣的棋子，開口問大家的意見。

「您是指？」

「沒什麼，就問問他們為何要分頭行動？直接挺進森林有什麼問題嗎？」

出聲回答的是白老。

「大軍移動時，大森林的樹木會很礙事吧。」

這我也想過。可是，那樣一來——

「為什麼那些傢伙要滅我們的村？既然跟本隊移動無關，放著不管就好啦？」

「唔嗯……聽您這麼一說，是挺奇怪的……」

沒錯，看起來根本沒那個必要蓄意挑戰森林的高階種族食人魔。是能搶奪村裡的糧食啦，但搶食人魔村食物的損失遠多於利。軍隊人數雖達數千，跟本隊一比卻相形見絀，怎麼會以那樣的兵力襲擊食人魔村……

事實上，跑去攻擊食人魔村的半獸人軍死傷慘重。

襲擊食人魔的村落，當真只為了糧食？

「他們甚至沒有跟我們進行交涉，說要僱我們當傭兵喔？八成一開始就想滅我們族。」

「說得對。我的追加技『惡意感知』也從一開始就讀到敵意。」

紅丸話一說完，朱菜就跟著附和。

也就是說，半獸人的目的是殺光食人魔。

不僅如此……

「按本隊的進攻路線及分隊動向推演，他們應該打算在濕地會合。」

白老目光銳利地望著地圖，喃喃道出他的想法。

大夥兒一同看向地圖。

那裡放著寫有半獸人軍本隊、半獸人軍分隊的棋。讓兩隊同時行動，交會地點直指——

蜥蜴人統理的濕地區域。

濕地周邊幅員廣闊，足夠讓半獸人軍本隊實施軍事行動。
前提要先無視地域劣勢，也就是立足處不穩的問題。
「照這樣行軍下去，肯定會遇上蜥蜴人吧？他們打算滅掉蜥蜴人，稱霸朱拉大森林嗎？」
「聽您這麼一問，似乎又不是那樣……確實令人費解。」
「還是像之前猜的，他們跟魔王聯手？」
「半獸人肯定有人撐腰，但不確定是否為魔王。先別妄下定論吧。」
「不過，就算他們跟某股勢力聯手好了，毀滅森林裡的強大部族又是基於什麼原因？」
我投出這個疑問後，大夥兒紛紛表達意見。談到最後，最重要的一點——半獸人究竟有何目的依然無解，話談到這就不了了之。
此時——
「再說……半獸人軍是怎麼幫二十萬大軍打點兵糧的？」
朱菜這一句無心的話讓大夥兒頓住。
「怎麼打點，不就在森林裡收集糧食嗎……」
紅丸答到一半就發現自己的話有語病。
沒錯，感覺很不尋常。
「蒼影，半獸人軍的分隊有補給部隊嗎？」
「……沒有，我沒看到。本隊後方是有搬運糧食的部隊……不過，數量不夠。頂多夠二萬人吃，應該無法滿足二十萬大軍。」
沿著大河移動，水資源應該不虞匱乏。不過，要變出糧食還是不大可能。這樣一來，準備好的糧食只會坐吃山空。

分隊、本隊都需要補給糧食的人員才對……

看來半獸人軍似乎沒有「準備必須品」、「及時供給」、「對量供應」、「關鍵點發放」的補給站概念，總不可能餓著肚子打仗吧。

本隊也沒有向分隊供給兵糧，要分隊收集食糧送至本隊就更不可能了。光要確保自己的兵糧就沒多餘心力。

雖然是分隊，規模還是達數千人。要弄到能填飽大家肚子的兵糧肯定難如登天。

蒼影似乎想說些什麼，卻欲言又止。

「怎麼了，你有話想說嗎？」

經我催促，蒼影才斷斷續續地說著：

「以下只是我的個人猜測……我想……他們很有可能把戰死、餓死的同伴們的屍體……吃掉……我去調查先前的戰場……卻沒看到屍體……」

他說的話非同小可。

紅丸一聽到那些就接著逼問：

「你說什麼！難道連我們的村莊也遭殃了？」

「……對。什麼都不剩……」

蒼影難以啟齒，但仍清清楚楚地如此斷定。

「怎麼會這樣！」

「居然有這種事……」

鬼人們啞口無言。

嘔……原來半獸人是這樣的種族喔……

我不由得想像那些畫面，開始覺得噁心。

「應該不至於吧……」

「那些傢伙確實什麼都吃，但吃死人也太勉強了？」

利格魯德、凱金紛紛提問，蒼影則冷靜地應答。

「先別當真，這只是我的推測。不過，他們經過的地方確實沒有任何屍體。我們的村子也不剩半點殘渣。不爭的事實就擺在眼前。這讓我想到，他們可能有某種能耐——」

蒼影苦著臉頓住話語。

「難道是……！豬頭帝（半獸人王）……？」

不等蒼影把話說下去，紅丸就擅自接話。

「沒錯。我還沒親眼確認，但半獸人王出現的可能性很高。至少我已經看到高階的豬頭騎士團了。過去襲擊我們村莊的八成是那些傢伙——」

「的確。按強度來看，應該有豬頭騎士等級，不——就算是豬頭將軍（Orc General）也不奇怪——」

「若是如此，謎底就全都解開了……」

鬼人們似乎都知道半獸人王，陸續換上凝重的表情。不過，我、凱金、利格魯德等滾刀哥布林成員全都搞不清楚狀況。

「喂喂喂，那個半獸人王到底是何方神聖？也跟我們說明一下，讓我們有點概念嘛。」

凱金等不及了，直接問紅丸。

「對啊。拜託你說明給大家聽，讓大家進入狀況吧。」
我順水推舟，搭凱金的順風車要紅丸說明。
接著我們終於弄懂了——有關半獸人王的駭人性質。

總結來說，半獸人王似乎是擁有強大支配系技能的特殊個體。
幾百年才會偶然出現一次。為世界帶來混亂，被世人當成最糟糕的魔物看待。
此外，半獸人王一定會伴隨某種技能降生。
那就是獨有技「飢餓者」。
它會連帶影響同伴，讓他們如蝗蟲過境般吃光周遭物體，是很可怕的能力。再者就像被詛咒一樣，持續受永無止境的飢餓感折磨，但利多於弊。能吃盡周遭一切有機物，將之轉換成自己的魔素吸收。就算挨餓——不，正因為持續挨餓，更能進一步發揮強大的效果。
這能力真正可怕的地方在於吃掉魔物後，可以將其性質據為己有。
吸收對象廣含魔物力量、身體特性，甚至是技能……
並非一吃就能吸收，但吃愈多，吸收機率就更高。
換句話說——
「半獸人的目的不是消滅食人魔、蜥蜴人這些森林霸者……而是要奪取他們的能力嗎！」
鬼人們用沉默回應我的驚呼。
這陣沉默就像在說他們也這麼認為。

*

會議室一片沉默。

氣氛凝重起來，話雖如此，目前還不確定半獸人王已經誕生。

再說，就算半獸人王真的出現，我們也還是有勝算才對。

既然這種魔物是曾經出現數次的災厄，應該有人想出解決之道吧。

「那好，現在該怎麼對付他？」

問題一出，鬼人們就尷尬地互看。

凱金、利格魯德等人則好奇地望向他們。

朱菜開口回答：

「說來慚愧，以往出現過的半獸人王全被人類討伐殆盡。獨有技『飢餓者』是很強的技能，但說穿了，充其量不過是打倒敵人後奪取他的特性，用來強化自我，這正是人類能打倒他們的主要原因。魔物天生擁有各種固有技，能藉著魔素還原成為半獸人王的力量，人類卻沒東西好搶。人類擅長的技藝跟技能不同，出自個人努力或自身才能。所以說，人類國家出動就能討伐半獸人王……」

原來如此，沒來源就無從成長。之所以會難以啟齒，是因為魔物不方便跟人類討救兵吧。

現在已經知道他會奪取哪些能力了，要對付半獸人王並非無計可施。半獸人王出現後，經歷時間愈短就愈不構成威脅……

也就是說這傢伙沒那麼危險嗎？可是，這次的半獸人王進化到連騎士團都組了，而且還擁有二十萬大軍……

再加上替他們準備裝備的不明勢力疑似存在。

想得太樂觀畢竟還是有欠妥當。

若他不小心長智慧了，搞不好會升至「魔王」等級。

真是棘手的魔物。

要是有人早早出來收拾這種麻煩精就好了。

在這抱怨也不是辦法。

這種時候就該勇者大人出馬，但我連他在哪裡都不知道。

「總之先確定真有半獸人王這號人物再做打算。假如他真的誕生了，我們再派人去跟冒險者卡巴爾三人組傳話。」

「遵命！」

利格魯德領命。

三人組說過，冒險者有自己的組織——叫自由公會。找人向卡巴爾傳話，他應該會幫我們打點吧。

原本以為大夥兒會反對找自由公會幫忙，結果卻證明我想太多。

大概是因為之前跟冒險者卡巴爾等人混熟，才不覺得忌諱吧。

這次要委託自由公會出任務，把「魔鋼塊」賣掉多少能籌點錢。只要有錢，他們就不會拿魔物當理由、拒絕接案才對。大不了再叫矮人兄弟過去交涉。

最重要的是，放任不管對人類也是種威脅。交涉得當應該就沒問題了。

說是這樣說……

要找人類殺半獸人王，先叫人傳話，給他們準備期會比較妥當。

假如蜥蜴人戰敗，人類國家很可能淪為半獸人王接下來的目標。

到時就不是人類被吃與否的問題，二十萬豬頭大軍進攻，光這樣就足以造成莫大災害，攸關國家存亡。

總之，現在要先收集情報。

我們不排除半獸人王出現的可能性，繼續把會開下去，不過——

突然間，蒼影的神情一凜，整個人定住。

「怎麼了，發生什麼事了？」

我一問，蒼影立刻回答：

「其實，有人跟其中一個『分身』接觸……說無論如何都要我幫忙轉介利姆路大人。不知道您意下如何……？」

「接觸？還指名我？究竟是誰……」

認識我的人寥寥無幾。是剛才提到的卡巴爾三人組？可是他們說從城鎮來這兒要好幾個星期的時間。往返也要一個月以上的時間才對，怎麼想都不可能是卡巴爾他們。

「對方並未指名，只說想見見我的主人。來人是……樹妖精。」

蒼影的話讓在場眾人全都為之驚呼。

看樣子似乎是很出名的魔物。

「怎麼可能！上一次樹妖精現身不是幾十年前的事嗎！」

「最近都沒看過他們，究竟發生什麼事了？」

對滾刀哥布林來說，樹妖精似乎是遙不可及的存在。看原本是食人魔的蒼影出現這種反應，可見他們是很高端的物種。

仔細想想，雖然是「分身」，但蒼影很擅長隱匿聲息，有辦法發現他、還跟他接觸，表示對方的身手遠在他之上。

綜上所述，激怒樹妖精這種魔物似乎不是明智之舉。

「知道了，我見。帶來這裡吧。」

我的想法似乎是正確的。

才剛答應不久，某人就在帶領下進入臨時小屋。

速度不下蒼影「分身」的「影瞬」，完美地緊跟而來。

對方是個大美女，生著美麗的綠色秀髮。

看起來很像北歐人，肌膚白皙、五官深邃。淡藍色的唇瓣豐厚，跟藍色眼眸極其相襯。外觀年齡不到人類二十歲。

不過，她的身影有些透明，一眼就能看出不具肉體。

沒錯，樹妖精恰如其名，是妖精的末裔。接近精神生命體。

我後來才得知，他們是森林高端種族樹人族的守護者。以魔物來區分，處於A級偏上。跟焰之巨人同一層次，怪不得以利格魯德為首的滾刀哥布林對他們又敬又畏。

她的目的究竟是什麼？

會議室一片寂靜。

她們是長命種，很少離開居住的聖域。

地位相當於朱拉大森林的管理者，人們顯少有幸一窺她們的真面目。負責對惡人、想危害森林的人進行制裁。

原本是食人魔的紅丸等人與利格魯德他們相去無幾，反應很像。這麼看來，這位綠髮美女的力量似乎不容小覷。

樹妖精環視眾人，看到我這邊就停下視線。

「初次見面，『魔物統帥』及他的僕人們。我是樹妖精德蕾妮。請大家多多指教。」

她笑得如含苞綻放，朝我們打招呼。

光這樣就讓我懷疑自己是不是警戒過頭了。

人如其名，這位美女似妖精下凡，會有那種想法也不能怪我。

「妳好，初次見面。我叫利姆路。不是什麼『魔物統帥』，太誇張了，請普通地對應吧。」

希望這個羞人的綽號別鬧得人盡皆知才好。

這念頭在腦中盤旋之時，大夥兒的自我介紹也結束了。

「對了，妳說想見我，有什麼事嗎？」

為了甩開難為情的感覺，我問她是否有要事。

「有的。今天會來拜訪正如各位所知，想談最近森林發生的異變。我身為森林管理者之一，無法對這次的事件置之不理，才會在各位面前現身。還望大家讓我參與會議。」

她再次環視眾人、跟大家打招呼，接著視線又落到我身上。

這名樹妖精似乎叫德蕾妮。換句話說，她是命名魔物。的確是高端種。

「妳怎麼會來這？應該還有比哥布林更強的種族吧？」

紅丸向她提問。

「如今本地最大的勢力就是這座城鎮。其他勢力都跟蜥蜴人戈畢爾聯手，沒其他勢力了。樹人無法自行移動。才會跟其他種族少有交流。一旦遇外敵入侵或遭逢自然災害，他們將無從抗衡。我們這些樹妖精還能放出精神體，或多或少可出外行動，但數量太少了……這次事件的元凶直指樹人集落，靠我們這些為數不多的樹妖精根本沒辦法抵擋。才想來借助各位的力量。」

她爽朗地笑說。

語氣不比顯露在外的感覺，聽起來相當沉穩。

不愧是長命種，早就見怪不怪了。

問題在於她的話有多少可信度。

聽起來，足以匹敵焰之巨人的同袍還有數名留在集落裡，應該能應付大多數的外來威脅才對……

莫非她想拿我們當誘餌？還是有其他目的……？

「剛才話裡提到這次事件的元凶，莫非妳知道森林裡發生什麼事？」

白老單刀直入地問了。

「是的。半獸人王正率領大軍進攻。」

自稱德蕾妮的樹妖精想都不想就做此回應。

森林的管理者都乾脆承認了，會議室裡頓時鴉雀無聲，大夥兒紛紛陷入沉默。

「可以解釋成半獸人王確實存在吧？」

過了許久，紅丸才問出這句話。

「沒錯。因此，半獸人王一盯上樹人集落，他們將坐以待斃。樹人無法移動。就算用魔法應戰，半獸人軍根本不怕死，『幻覺魔法』很難起到作用。連屍體都能燒成灰燼的焰系魔法對樹人來說又像雙面刃。也沒人會使用。拿來對付軍隊的強力魔法可能會連我方一併吞噬殆盡。此外——」

德蕾妮小姐就此打住，朝我們輪番張望。最後視線又落到我身上，這才繼續把話說下去。

「此外，這次半獸人王背後還有高階魔人暗中蠢動。我們樹妖精必須對付魔人才行。還不確定對方是哪個魔王的爪牙，但我們樹妖精絕不容許他們在這片森林裡撒野。」

她說這句話時，眼裡的精光更盛。

不愧是森林裡最高端的存在。不單只有話語，全身上下都散發一股霸氣。

「妳說想借用我們的力量，具體來說要做些什麼？」

「我希望您幫忙討伐半獸人王。」

德蕾妮小姐毫不猶豫地回答。

這下換我傻眼了。

「喂喂喂，那怪物聽起來很強耶。這麼棘手的傢伙，為什麼非要我去對付啊？」

德蕾妮小姐聽完這句話歪過頭，一臉覺得不可思議的樣子。

「雖然您這麼說，但原本是食人魔的他們打算跟半獸人軍戰鬥吧？您不是要幫他們嗎？還救了卑微的哥布林，如此慈悲為懷的您肯定會拯救我們這些樹妖精跟樹人的，我對此很有信心。」

德蕾妮小姐換上純真笑容說道。

不曉得她是怎麼辦到的，但她似乎擁有了不得的情報收集能力。對這座森林裡發生的事相當了解。她好像還很相信我。認為我幫助他人純粹出於善意。

我的想法、別有用心，這些看在她眼裡大概都歸類到熱心助人吧。

一直以來都沒跟其他人接觸，才不懂得懷疑對方？還是說，她不知道人心有多險惡……

就不怕我們，不——就不怕我出爾反爾？

從那張笑臉看不出她在想什麼。

不過，跟她四目相交後，我下意識有種直覺。這個人不是會說謊的人。

既然這樣，我就相信自己的直覺，再來採取行動吧。

照她的話聽來，半獸人王已經誕生了吧。背後還有高階魔人在操縱他。雖然不知道我能幫上什麼忙，但這位小姐都來拜託我了，就回應她的期望吧。

我才剛下定決心——

「這還用妳說！有我們的主子利姆路大人出馬，半獸人王根本不是對手！」

紫苑半路殺出，擅自擺出得意的表情，在那大放厥詞。

再怎麼幫也有極限啊。妳這丫頭怎麼亂放話啦……

等等，就這樣推我上場嗎？

我整個人都慌了，但為時已晚。

「嗯！我果然沒看錯人。那麼半獸人王的事就有勞您了！」

在紫苑跟德蕾妮小姐的笑容夾擊下，事情就這麼說定。

＊

因為紫苑多嘴，我就在半推半就下被迫扛起剿滅半獸人王的工作，不過，會議尚未結束。

後續會議也讓德蕾妮小姐參加。

地圖上的濕地地區也放置寫有蜥蜴人族的棋子。

後方是哥布林棋。

蜥蜴人前方放了半獸人軍分隊、本隊，呈夾擊之勢。

將各方軍力擱於地圖上，半獸人軍的怪異之處立刻突顯出來……

更怪的是另一個。

「照這個布陣看來，剛才那笨蛋突襲蜥蜴人根據地的話，他們馬上就會失陷吧？」

沒錯。話中笨蛋指的就是戈畢爾，那個蜥蜴人使者。

要是那傢伙趁半獸人軍跟蜥蜴人開打時，趁機突襲蜥蜴人族根據地，防守薄弱的大本營將會在短時間內淪陷。

他在這麼一個絕妙的地點配置了哥布林部隊。

「在這兒沒錯吧，蒼影？」

「是。哥布林們正在山岳地帶的山腳平原紮營。要是他們就地行軍，勢力點肯定是這沒錯。」

蒼影自信滿滿地點頭。

這樣應該八九不離十，他們為什麼不盡快會合，反而選在那裡待機呢？

可是，戈畢爾又沒理由攻擊自己人。他在奇怪的位置駐紮軍隊，讓人懷疑其中有詐。

我道出這個結論，打算讓話題進行下去，不過——

「或許是我想太多了。抱歉，一個門外漢在那亂想——」

「嗯。不，確實很奇怪……」

白老打斷我的話。

他的眼睛閃動精光，看起來非比尋常。

「若在蜥蜴人本隊展開正面軍隊之後布署軍隊，從背後偷襲大本營就變得容易許多。半獸人軍明顯沒多餘時間繞到背後去，假如他們幹這種蠢事，部隊將被人攔腰截斷。所以戈畢爾沒道理在這安置軍隊。」

「可是在這拿下大本營又如何，之後只會遭半獸人軍蹂躪，那樣就沒意義啦？」

果然是我想太多。

我是這麼認為啦，但紅丸、白老似乎持不同看法。

「那傢伙看起來很自戀，八成認為自己可以取代首領吧。」

「有可能。要說在那邊安置軍隊的理由為何，莫過於這個最有說服力。」

負責管理軍事部門的兩人如此認為。

戈畢爾看起來確實很自戀、自我感覺良好，但他有這麼蠢嗎？

「話說，既然有這個可能性，還是別跟戈畢爾聯手比較好。」

我做出如上結論。

似乎沒人反對，這時德蕾妮小姐發表疑問。

「你們認為戈畢爾會反叛？」

「對，照這個布局來看，是有那個可能性。他之前要我們加入，但現在看來還是別跟他一個鼻孔出氣會比較好。」

「……原來如此。或許有人唆使他也說不定。我會順便調查這方面的事。」

德蕾妮小姐似乎要去調查戈畢爾的事。戈畢爾就交給她處理，來看看我們接下來該辦些什麼才好？

「老夫想跟蜥蜴人族結盟。光靠我族人數太少了。又不能對他們見死不救。」

大夥兒對白老的意見表示贊同。

「可是，就算他們願意跟我方結為同盟好了，我們的人實在太少。難道不會被看扁、遭人利用嗎？」

我並不反對白老的想法，但還是把心裡掛念的事問出。

滾刀哥布林們憤慨地吵說這問題可大了，鬼人們倒是豪爽一笑。

「利姆路大人，您太過操心了！我們個個都足以匹敵他們整支軍隊，絕不會遭人看扁！」

白老當鬼人代表回應。

想太多。怎麼可能一人擋一支軍隊啊。

說得這麼自以為，簡直跟戈畢爾半斤八兩。

我是這麼想啦，鬼人們卻沒有說笑的意思。

「利姆路大人，我去跟他們交涉。可以授權讓我直接跟蜥蜴人首領談判嗎？」

蒼影向我徵詢意見。

他靜靜地等我回答，那身自信可不是蓋的。

這自信怎麼回事？算了，就交給他試試吧。

經地圖沙盤推演後，可以預見半獸人跟蜥蜴人族將發生激戰。若他們開打，戰火一下就會燒到我們這邊。

行動方針越見明朗，大家心中的不安似乎也褪去些許。

時間跟心理上都多了喘息空間，大夥兒才能冷靜行事吧。

「好，把作戰計畫分成兩大階段。我跟先發部隊去和蜥蜴人會合，迎戰半獸人軍。目標是贏得勝利，若覺得勝利無望，再進入第二階段。捨棄這個城鎮，去樹人的集落集合，幫忙抵禦外侮。進入第二階段的話，就需要人類幫忙了。要跟冒險者卡巴爾取得聯繫，在人類的幫忙下殺掉半獸人王。反正半獸人軍遲早會對人類造成威脅，他們肯定得想想辦法。不過！要實現雙階段作戰計畫，必須先跟蜥蜴人結盟。蒼影，成敗取之於你。看你的了。」

「是！」

蒼影堅定地頷首。

接下來就是相信蒼影，交給他辦了。

「好！那你快去找蜥蜴人首領談吧。切記讓雙方平起平坐！」

說完，我就派蒼影去談判。

「包在我身上。」

蒼影應聲，閃身沉入暗影裡，就此消失無蹤。

這傢伙動作真快。似乎已經快馬加鞭趕去了。

「蒼影失敗的話，我們就直接採取第二階段。大夥兒要做好心理準備，開始行前打點！」

語畢，會議室裡的人整齊劃一地點頭。

這句話也替會議劃下句點。

「您今日願意接受我的任性請求，真是感激不盡。希望今後雙方能繼續保持友好關係。」

德蕾妮小姐說完就朝我深深一鞠躬。

我趕緊回說「也請妳多多指教」。

看我慌了陣腳似乎覺得有趣，她綻出微笑。

「那麼，我們改日再見。『魔物統帥』——不，利姆路大人。」

德蕾妮小姐留下這句話，發動回航魔法朝居住地去。

作戰方針已經確立了。

能順利結為同盟固然是好事，不行的話再臨機應變。

「對了，利姆路大人。要聯絡卡巴爾先生嗎？」

「這個嘛……等我們確定要請人類協助，進行第二階段作戰，到時再來聯繫吧。不過呢，國家派兵還得事前準備才行，能不能迂迴放出半獸人王誕生的消息？」

「原來如此，我明白了。這就去拜託狗頭族商人，要他們放風聲。」

「拜託你了。」

目前就先朝人類世界放風聲。反正半獸人王誕生的前提未出，我們也沒口實求人類幫忙。

利格魯德為了執行命令，已快步奔離會議室。

都當哥布林王了，還是一樣慌慌張張的。

我的決定開始讓事情上軌道。

這件事讓我感到不安。

不過，在這煩惱也沒用。

現在應該盡力而為才對。

就這樣，我們開始進行下一階段的準備。

是說半獸人王。

感覺這傢伙很棘手。

搶別人的技能未免太犯規了。

我五十步笑百步，在那臭罵半獸人王。

可是，為了回應德蕾妮小姐的期待，我必須出面對付半獸人王。

雖然不曉得勝算有幾成，但都跟人約好了，也只能全力以赴打倒敵人。

如果在這裡遭遇挫折，就無法實現跟靜小姐的約定了。

一想到接下來的事，我就有點憂鬱。

●

地表隆隆作響，樹木接連倒塌，半獸人軍在森林裡行進。

蹂躪一切！蹂躪一切！蹂躪一切！蹂躪一切！

目光黃濁的半獸人大軍高聲吼叫，在森林裡行進。

他們的腦筋已經不正常了。
眼裡看到的活物全是食物。
他們永遠處於飢餓狀態，他們只想填飽肚子。

咚。

又有一個同伴倒下。
大夥兒滿心歡喜。有食物可以吃了。
這個個體原本是自己的同伴。
對現在的半獸人軍來說，眼前物體不過是食物罷了。
似乎還沒斷氣，對他們來說，這只代表食物很新鮮。
運氣好的人剛好走在他旁邊，立刻將這個食物肢解掉。
肝臟獻給帶領他們的頭頭，其他部位先搶先贏。

咕滋喀滋咕滋喀滋。

周遭滿是駭人的聲響。
他們一直很餓。
愈是覺得飢餓，戰鬥力就愈高。

這就是獨有技「飢餓者」的隱藏能力。
吃愈多餓死的同伴、肚子愈餓，戰鬥能力就愈強。
他們是二十萬半獸人大軍。
一群受制於半獸人王、受飢餓地獄折磨的餓鬼。
他們已經沒救了。
一切的行動都是為了滿足自身饑渴。然而，再怎麼吃也不會有飽足感……
地獄無限輪迴。

食人魔村出現在他們眼前。
半獸人是D級魔物。
一般情況下，會懼怕B級的食人魔，根本不敢妄加挑戰。
但……

蹂躪一切！蹂躪一切！蹂躪一切！蹂躪一切！

他們沒有停下腳步。
還為了吃到食物而加快速度。
食人魔們群起反抗。用那強大的力量。
好多同伴被砍死、被斧頭劈死……

不過——

對他們來說，這等同新鮮的食物量產，僅此而已。

他們非常高興。

希望這些食物多少能填補飢餓感。

其中一隻食人魔倒下。

幾隻半獸人立刻蜂擁上前，將那隻食人魔分屍。

沐浴在鮮血之中，貪心地搶食肉塊。

啊啊……這樣還是無法滿足。

但你們看吶。

半獸人的身體產生變化了。獲得食人魔的力量。

食人魔們被地位低下的半獸人軍群起圍攻，開始發出死亡哀嚎。

怨那應壓倒性強大又無力的自己……

慢慢地，半獸人軍內部開始出現擁有出色力量的成員。

吃掉的同伴之力盡歸於我！

吃掉的獵物之力亦化作吾物！

此後，他們吃更多。

他們不畏懼死亡。不，是連恐懼感都遭到吞食了。

不知不覺間，他們的力量輾轉落到「王」手中。
他們的王。
流向食物鏈的頂點——半獸人王。

他們持續進軍。
因為下一個獵物就近在眼前。

●

蜥蜴人族首領接獲報告後面色鐵青。
他害怕的事終究成為現實。
根據部屬帶回的消息，強大的食人魔族不到一日就滅村了。
被半獸人吞噬。
這下已經由不得他懷疑。
半獸人王出現了。

單就數量來比較，半獸人軍雖有二十萬，等級卻只有D，他們C+蜥蜴人族有一萬人，一方面還能利用濕地地形相輔相成，或許打起來有勝算。可是，令人害怕的半獸人王出現，半獸人軍肯定不只D。
將食人魔族吞噬後，整支軍隊八成都吸收他們的力量。

再怎麼強化也不可能跟食人魔平起平坐，但起碼來到D+。

若是半獸人軍裡的騎士，最少也有C。搞不好還跟他們蜥蜴人同等，來到C+也說不定。

他們人數眾多，打消耗戰讓蜥蜴人同胞疲於應付就讓戰事變得很嚴峻了，現在個體戰力的差距歸零，根本沒有勝算。

多了半獸人王，固守城池、期待他們糧食匱乏將是毫無意義的行為。

若得援軍幫忙，守城才有意義，一旦出口遭人封鎖，他們蜥蜴人就只有餓死一途。

只能殺出重圍了。

首領被迫做出苦澀的決定。

他已經派戈畢爾去吸收哥布林當援軍了，卻遲遲沒有消息。

以現狀來看，時間過得愈久，對手就有可能變得更強。

正當他覺得最壞的情況下還得親自率軍出戰時——

「首領，有入侵者！他在鐘乳石洞的入口，說要見首領——」

士兵高聲喊叫，慌慌張張地跑了過來。

「稍安勿躁。」

身旁的親衛隊正要舉起長槍，首領則出聲喝止。

他感應到了，前所未有的強大妖氣持有者正朝這接近。對方並沒有隱藏妖氣的意思，現在還是按兵不動較妥。

在這開打會造成莫大傷亡，對方的妖氣也不含敵意。

「他獨自一人前來勇氣可嘉，就見他吧。把他帶過來。」

首領展現出從容不迫的態度，朝部屬下令。

「可是，這樣不會有危險嗎？」

「這股妖氣跟魔人不相上下。也就是說，把他趕回去要有遭受可怕報復的心理準備。現在先靜觀其變，我們不需要刻意與他為敵。」

親衛隊長朝首領問話，但首領一笑置之。

「那麼，要在大廳四周配置精銳部隊嗎？」

「就這麼辦。不過，沒聽到我下令，千萬別輕舉妄動。」

「是！」

首領應允親衛隊長的提議，坐等不速之客現身。

這裡是天然迷宮，有許多藏身之處。

他們對這瞭若指掌，就算對手是魔人，還是有辦法應付。

不過，這是最壞的打算。可以的話，希望能讓談話和平落幕，首領在心裡盤算。

（貿然出手的話，就算派出百名蜥蜴人精銳，我們還是有敗北可能。）

眼看妖氣愈來愈近，首領突然有所察覺。

他知道這股妖氣的持有者足以讓上述擔憂成真，直覺如此告訴他。

稍候一會兒後——

在部屬的帶領下，一隻魔物現身。

淺褐色的肌膚、藍黑色髮絲。這名魔物生著藍色眼眸，身上盡是冷意。

身高跟蜥蜴人的平均值差不多。以魔物來說不算身形昂然，但對方泰然自若，沒有任何破綻。身纏壓倒性的力量，他就是那麼樣的一個魔物。

像在押解那隻魔物一樣，周圍有好幾隻蜥蜴人戰士坐鎮。

此外，數百隻精銳也將大廳團團包圍，隨時見機行事。只要首領一聲令下，他們就會撲上去……

（這是……輕舉妄動的話，他或許會把大家殺光……）

首領看到這隻魔物後，立刻放棄掙扎，同時如此認為。眼前魔物散發的妖氣非比尋常，甚至讓他斷了念頭。

「失禮了。我們有要事在身，沒像樣的東西招待你。你到這個地方來有何貴幹？」

首領的話讓某些人臉色大變，是年紀尚輕的蜥蜴人戰士們。

大概認為首領不需對這種來路不明的可疑魔物畢恭畢敬吧。

首領也這麼認為，但現在擺出那種態度實在不妙。惹毛這個魔物，大家很有可能被殺。

年輕的蜥蜴人戰士們經驗嚴重不足。欠缺掌握對手實力的能力。

他們活得沒首領久，危機意識也不夠，才無法看出眼前魔物有多少能耐。

不過，那隻魔物懶得管首領在想什麼，直接開口發話。

「我的『名字』是蒼影。只是一個使者，不勞你費心。」

大出首領所料，他不慍不火地報上自己的名字，態度冷靜。

就像在說根本不在意那些發怒的蜥蜴人，視線筆直盯著首領。

蒼影——這隻魔物報上該名諱。也就是說，他是擁有駭人力量的命名魔物。

還有人差遣這樣的魔物。這個事實甚至讓首領產生錯覺，覺得背後冷汗直流。

「來談正事吧。這次，我的主子希望跟你們結盟。他命我來辦這件事。你們只管欣喜吧。主子說他不忍看你們遭半獸人殲滅。才來跟你們結盟。」

首領原本還悄悄地繃緊神經，擔心對方會提什麼要事，結果蒼影的話大出意料，居然是來結盟的。

雖然說得自以為、態度傲慢，內容卻有可取之處。

首領開始思索。眼前魔物自稱蒼影，其主子究竟有什麼目的。

至少可以確定，他跟半獸人是敵對關係。

「在回答之前，我有個問題想問，方便嗎？」

「問吧。」

回應很簡潔，但對方有跟他交涉的意思。這讓首領鬆了一口氣，開始發問。

「那我就問了。要跟我們結為同盟，這就表示你的主子願意協助我們與半獸人軍一決雌雄嗎？」

「剛才已經說過了。他不想對你們見死不救。條件允許的話，願意跟你們並肩作戰。」

「那我再問一個問題。你的主子認為半獸人軍為何出動？」

面對首領的提問，蒼影有瞬間沉默，接著又扯出不遜的笑容回答。

「你想問半獸人王是否已經降生了吧？那麼，我就給你一個情報好了。我的主子是利姆路大人，森林管理者樹妖精跑來拜託他，主子因此答應討伐半獸人王。就是這樣，你們再好好想想，看是否接受我們的結盟要求。」

這個答案蘊含超乎首領期待的資訊。聽到森林管理者樹妖精跟對方有所牽扯，在場眾人全都大感震驚。

此外，眼前這個男人還承認半獸人王確實存在。

有人是這隻魔物的主子。

多了那號人物，討伐半獸人王不就有望了？

連樹妖精——立於森林頂點的存在都抬出來了，對方的話應該不假。沒人會笨到胡亂撒謊，激怒森林管理者。

樹妖精能透過大森林的樹木看清一切。在這座朱拉大森林裡，不會有人蠢到拿樹妖精的名字招搖撞騙。

再說這次是要結盟，所以他們並非單方面服從。

對方應該會平等對待他們吧。

只能接受了。首領如此判斷。

這時——

「首領！您怎麼能聽那種傢伙的話！」

「沒錯。也不知道打哪兒來的，高尚的蜥蜴人族用不著對他諂媚！」

「說得對。戈畢爾大人就快回來了。由我們對付半獸人軍綽綽有餘！」

「嗯。那傢伙的主子肯定很怕半獸人，才會哭著來找我們幫忙吧？老實說需要我們幫忙不就好了，一點也不可愛！」

幾隻蜥蜴人進入大廳，在那大放厥詞。

他們是戈畢爾的部下，沒跟戈畢爾一起去吸收哥布林。

首領認為血氣方剛的人不適合進行交涉，才沒讓他們去……沒想到造成反效果。

這讓首領一陣煩躁。

看不出對方的實力也就罷了，竟然小鼻子小眼睛，擅自回絕結盟邀請……

的確，來人不是很有禮貌。但他是使者，這些毫無權限的傢伙跑出來撒野，怎能拿對方沒禮貌的事將撒野行為正當化。

再說對方無禮也不是多大的問題。連樹妖精都過去尋求支援，那強大的魔物派這名使者前來。按等級判斷，應該跟身為一大勢力的蜥蜴人同等，或者在蜥蜴人之上。

魔物的世界弱肉強食，有能力的人才是老大。

既然如此，比自己更厲害的大人物主動過來會面，無禮的態度自然不成問題。

再說來人雖為區區使者，卻是擁有強大力量的魔人。不小心惹毛他，或許會在盛怒之下將我方當敵人看待。

與半獸人大戰在即，還得跟這樣的魔人交手，如此行為未免太過愚蠢。

剛才他們是不是惹火他了？

首領心想，並看向自稱蒼影的魔物。

他沒有別開目光，依然盯著首領不放。

完全沒將撒野的小伙子看在眼裡。

首領這才放心。

部分成員不識大體，可不能因為他們害交涉破裂。

「安靜！」

首領放聲一喝，讓吵鬧的人全都閉嘴。

還向親衛隊使眼色。

「該怎麼做由我決定，你們沒插嘴的權利。打入大牢一晚，在裡頭好好反省！」

首領要親衛隊逮捕在戈畢爾底下做事的青年們，將他們押進大牢。

「首領，請您三思！」

「戈畢爾大人不會允許這種事的！」

一夥人在那吵吵鬧鬧，但現在沒空管他們。

首領再次轉向蒼影，向他道歉。

「我的族人對你多有得罪。我想跟你們結盟。但我們有要務在身，無法離開這裡。原本是想選個地方，跟你的主子見面，卻分不開身。能請你們的主子來這裡嗎？」

首領藏起內心的忐忑，開口朝蒼影提問。

話裡明顯希望強者親自來訪。就算使者發怒也不奇怪。

然而，使者並未呼應首領的不安。

「我接受你的道歉。如此爽快應允，主子肯定也樂見其成。也請你多多指教。那麼，我們會做準備，到時再來跟你們會合。等到那個時候，你就能見到主子利姆路大人了。屆時再多指教了。」

使者理所當然地應允首領。

似乎打一開始就認為首領會接受。

抑或——膽敢拒絕，蜥蜴人的命運就到此為止？這念頭突然竄過首領的腦海。

（不無可能。倘若今天沒人來跟我們結盟，蜥蜴人族的命運很可能就到此為止了……）

自稱蒼影的魔物說半獸人王已經現身。

換句話說，首領預期的最不幸事件正在上演。如今總算覓得與之抗衡的一線曙光，讓他稍稍放下心底的大石。

「七天後會合。在那之前絕不能輕舉妄動，擅自出兵。還要注意根據地背後的動向。」

「好，我明白了。那麼，期待和你的主子見面。」

使者魔物朝首領頷首，當場斂去聲息。

靜悄悄的，直接沒入暗影裡。

七天——

只有七天，無論如何都要撐住。

固守城池、嚴防半獸人軍進化，等待援軍即可。

不知道會來多少援軍，但像蒼影那樣的魔物，哪怕只有一個也好，都能成為極大的助力。若他的主子願意出面對付半獸人王，蜥蜴人只要全面給予支持就行了。

與其賭微乎其微的可能性，拿出玉石俱焚的覺悟跟他們決一死戰，還不如等待援軍並保留戰力，這樣更有勝算。

首領下定決心，朝大家宣告。

「接下來要守好這裡！直到援軍抵達，都要保留戰力！」

「「「是！」」」

就這樣，面對即將到來的決戰，蜥蜴人們選擇靜謐地潛伏於天然迷宮裡。

戈畢爾清醒過來。

剛才發生什麼事了？他花了一點時間才想起來。

接著就憤慨地起身。

「您醒了？」

發現戈畢爾清醒，他的下屬連忙搭話。

「讓你們擔心了。看樣子我中了敵人的奸計……」

「您說奸計？」

「沒錯。一群狼狽為奸的傢伙。竟然耍小手段……」

「您言下之意是？」

「很簡單。打倒我的傢伙才是那村子的王。」

「什麼！」

「原來如此，有道理……」

「這樣一想，事情就說得通了。」

戈畢爾的部下們紛紛表態贊同。

「那傢伙要部下假裝自己是王，藉此誆騙我。再假裝是吊車尾的雜碎，親自來跟我交手！」

「沒品！故意讓戈畢爾大人掉以輕心，真是骯髒的手法。」

「牙狼族也真是的，竟然跟那些鼠輩合作……還號稱什麼平原霸主，根本是禽獸。」
「膽小鬼才會使這種卑鄙的手段。不配當堂堂武者戈畢爾大人的對手。」
「說得對極了。我還光明正大地跟他打，根本是種錯誤！」
「原、原來如此……事情是這樣啊。若對手不是王，戈畢爾大人怎麼會輸。」
「原來是這麼一回事！可惡，牙狼你個畜牲，還有那些該死的滾刀哥布林！運氣好從哥布林進化就得寸進尺。妄想跟我們蜥蜴人族平起平坐，看我挫挫他們的銳氣！」
見大夥兒如此反應，戈畢爾隨之頷首。
不朝這個方向解釋，他會輸就說不通了。
（不過，我還以為牙狼是很有榮譽心的種族呢，居然跟愛耍小手段的傢伙同流合汙。）
戈畢爾對牙狼族感到失望。
「像那種愛耍卑鄙手段的傢伙，根本不值得拉來當同伴！」
因為失望，憤慨的心情就跟著脫口而出。
「這樣一來，如此發展或許反倒是好事。」
「說得對。」
「正是、正是。」
戈畢爾的部下們三兩下就跟他一個鼻孔出氣。
然後一夥人哈哈大笑。
戈畢爾敗仗的事就此打消。
「對了……我覺得，戈畢爾大人一直當戰士長實在很令人納悶……」

「什麼？」

戈畢爾不悅地看向說這句話的傢伙。

「您誤會了，我的意思並非您不適合當戰士長，恰恰相反！戈畢爾大人一直被那個老廢物首領壓得死死的，真是糟蹋人才……」

部下趕緊轉彎辯解，這一辯倒挑起戈畢爾的興致。

「繼續說下去。」

經戈畢爾許可，這名部下才放心接話。

「是。那老傢伙是該退休了，由戈畢爾大人當蜥蜴人族的新首領。小的認為，這樣半獸人也不敢看扁我們。」

聽到這句話，其他部下紛紛跳進來附和。

「說得是！該讓大家見識戈畢爾大人的力量，肅清那些老頑固，構築蜥蜴人族的新紀元，沒有比這更值得慶賀的事了。」

「正是如此。該注入新的清流！」

戈畢爾的部下們血氣方剛地鼓噪。

他本人則點點頭。

這一刻總算來了，戈畢爾在心裡吶喊。

「你們也這麼認為嗎？其實我覺得時機已近，該採取行動了。你們願意與我並肩作戰嗎？」

戈畢爾環顧眾人。看到大家都用熱切的眼神回看自己，讓他很滿意。

大夥兒全都睜著閃亮的雙眼，勾勒蜥蜴人族的嶄新時代。

幻想自己握有莫大權力，成為國家棟樑，指導那些同胞，並對此深信不疑……

這時，其中一人開口。

「您願意站出來當我們的代表嗎？」

那句話形成契機。

戈畢爾英勇地點頭，厲聲宣布。

「我們的時代終於來了……好，我們一起反抗吧！」

宣言一出，周圍的蜥蜴人們就爆出歡呼。

如此這般，蠢蛋躍上舞台。

一場騷動隨之揭開序幕。

第四章

失序

蜥蜴人族首領聽取戰況後頷首。

自從跟蒼影會面後，四天時日已過。

離約好的日子還有三天，目前並未出現重大傷亡，應該能順利撐到明天。

豬頭族（半獸人）的攻擊極其猛烈。

在大軍壓境下，每條路都塞滿半獸人戰士。這裡雖然是天然迷宮，半獸人軍卻多到足以占據一切，迷宮形同虛設。

頂多只能在特定通道上設置陷阱，慢慢削減半獸人軍的數量。

不過，目前還未出現任何傷亡。為了讓族人免於犧牲，他們把心思全放在防守上，這招也奏效了。

全拜蜥蜴人族熟悉迷宮之賜，他們的士氣隨之高漲。

迷宮錯綜複雜，逃生口、緊急聯絡通道都沒有淪陷。正面迎戰半獸人軍的部隊輪班休息，盡量壓低每次接觸派駐的人數。

多虧首領卓越的領導能力。

然而，首領並沒有驕矜自滿。

大家都存有希望，期待援軍到來，才能一心同體地接受指揮，首領也明白這點。

跟半獸人軍交手過的人無不為那戰鬥力吃驚。

一般的半獸人根本無法相提並論，力量有著天壤之別。

明顯是受豬頭帝（半獸人王）的技能影響，若蜥蜴人跟他們決一死戰，現在肯定輸得淒慘無比。

全靠他們專心防禦，才不至於出現犧牲者。

目前蜥蜴人精銳部隊的防禦網還未遭敵兵突破。但大軍當前，不可輕忽。絕對要避免讓對手的能力繼續提昇下去。

大家都認同首領的做法，才能有這等成績。

他命令戰士們受傷就要立刻換班。若負傷戰死，屍體就會被吃掉，半獸人會變得比以前更強。行動必須慎重、確實。要死守防衛線，大夥兒都明白這個道理。

還有三天。

跟援軍會合後，他們就能轉守為攻。

到時再反過來利用地形，將半獸人軍個別擊破。

這樣一來，起碼能將關鍵地區的防禦人員轉成攻擊兵力。看似永無止境的戰爭也會慢慢好轉，首領如此深信。

帶著樂觀的想法，他稍微放下心來。

事情就在那時發生。

有人稟報首領，說戈畢爾回來了……

●

戈畢爾忿忿不平。

（這算什麼！素有榮譽感的蜥蜴人竟變得如此膽小，躲在巢穴裡，深怕跟半獸人軍交戰……）

他氣到幾乎要失去理智。

（沒關係。我回來了。這樣就能找回蜥蜴人族該有的樣子，打場光榮的戰爭。）

心懷此念的戈畢爾快步趕赴首領跟前。

「辛苦你了，戈畢爾。有順利取得小鬼（哥布林）族的協助嗎？」

「是！雖然只有七千隻，但我已經讓他們加入我方，在外頭待命了。」

「是嗎？希望人變多能增加勝算。」

「那麼，我們快點出戰吧！」

跟首領報告完，戈畢爾立刻興奮地發問。

他回來了，這下可不能放半獸人軍胡作非為。首領也在等他歸來吧，戈畢爾是這麼想的。

然而，首領的回答卻大出戈畢爾所望。

「嗯？不，還不用出兵。你不在的這段期間，有人來跟我們結盟。同盟軍三天後就會到這邊。我們等著跟他們會合、締結同盟，同時召開作戰會議。接著再一口氣發動總攻擊。」

戈畢爾傻眼了。真是萬萬想不到首領會說出這種話。

（什麼？首領並沒有在等我嗎？）

不滿的情緒讓戈畢爾光火。

對付區區半獸人，居然要靠來路不明的援軍，戈畢爾絕不容許這種事情發生。

「首領，有我出馬，半獸人根本不算什麼。請准我出兵！」

他滿肚子火，要求首領讓自己出兵。

不過，首領的回答卻很冷淡。

「不行。有什麼事都等三天後再說。你也累了吧，今天就好好休息。」
首領冷淡拒絕戈畢爾的要求。
戈畢爾氣到失去思考能力。
竟然不把他當一回事，選擇倚重援軍，他說什麼都無法接受。
「首領──不，父親！你別鬧了。我看你是老糊塗了，分不清現實吧。」
「你說什麼？」
「戈畢爾大人，您這話什麼意思！」
首領疑惑地看向戈畢爾，在一旁待命的親衛隊長則出聲質問他。
戈畢爾用悲哀的眼神望著二人。
他的心異常冷靜。
之前一直當他是父親，才對他當首領的事再三隱忍，在背後支持他。
的確，他有許多讓人尊敬的地方，身為首領的指導力值得讚許。
他並不討厭自己的父親、這位蜥蜴人族首領。
事實上正好相反，他希望讓偉大的父親認同自己，這份想望一直鞭策戈畢爾。
──父親不認同自己的事令他難以接受。既然這樣，他就要爬到更高的位置，證明自己的力量。這樣一來，身為首領的父親就必須認同他。
簡單講就是這麼一回事。
但戈畢爾的自尊心太高，不願意面對自己的真實心意。
戈畢爾自顧自地頷首，再朝部下使眼色。

「父親，你的時代已經結束了。從今天開始，我會成為蜥蜴人族的新首領！」

洪亮的聲音在大廳裡響起，他高聲宣布。

宣言一出，哥布林就魚貫進入大廳。

接著，朝首領及親衛隊舉起石槍。

追隨他的精銳蜥蜴人戰士也跟進，小心翼翼地擋住通道。

「戈畢爾，你在想什麼！」

首領似乎很意外，聲音跟著激動起來。

這樣的父親還真少見。

父親的反應讓戈畢爾有種優越感。

「父親，這些日子以來辛苦你了。接下來的事就交給我，去過悠閒的退休生活吧。」

戈畢爾朝部下們下令，要他們沒收親衛隊跟首領的武器。

「回答我，戈畢爾！你這麼做到底有何用意。」

「父親，利用天然迷宮跟半獸人軍作戰或許是上策。但通道過多，戰士們過於分散，這樣不就無法集中戰力迎擊了嗎？我們將會喪失優勢。」

「說什麼傻話……三天後開完會，我們就會轉守為攻——」

「這樣太慢了！蜥蜴人族是強者。在濕地才能發揮真正的本領。泥濘的土壤能將我方機動力發揮到極限，是拖慢敵人的天然武器。我們是濕地的霸主，怎麼可以畏畏縮縮地躲在暗處！」

說完，他抓住首領的武器——象徵蜥蜴人族首領的「槍」。

這把槍是魔法武器「水渦槍」。

那是蜥蜴人族最強戰士才配拿的魔槍，讓自己來拿再適合不過，戈畢爾這麼認為。

他感覺到了，有一股強勁的力量流入體內。證明這把槍已經認戈畢爾為主人。

他朝首領、親衛隊長看去，高舉長槍展示。

「這把槍已經認可我了。蜥蜴人族不需要結盟夥伴！我會證明這點。」

「等等，戈畢爾。不許亂來！至少先等盟軍抵達再說！」

「接下來的事就交給我吧。大戰結束前，你們可能會鬧得發慌，要好好忍耐啊！」

戈畢爾沒把首領的呼喊當一回事，一開口就是這句話。

「戈畢爾大人——不，兄長！你打算背叛我們嗎？」

「老妹，要公私分明喔！還有，我不是在背叛你們。而是要證明給你們看……讓你們見證蜥蜴人族的新時代。」

「太亂來了！大家都認為你是優秀的人才。為什麼偏挑這種時候證明？這真的是兄長的意思嗎？」

親衛隊長——親妹妹的話讓戈畢爾不快。

「當然是我的真心話！妳太礙眼了，誰來把她綁走。」

戈畢爾朝部下們下令。

妹妹的叫聲在耳邊迴盪，但他已經聽不進去了。

當然，他並沒有殺掉妹妹的意思。只是不希望妹妹干擾自己。

他要打倒被首領視為燙手山芋的敵人。

這樣才配當新的英雄，是戈畢爾站上蜥蜴人頂點該做的事。

（殺掉那些敵人，父親大人也會認可我，肯定會誇我，說我讓他引以為傲。）

戈畢爾滿心雀躍。

某些人依然跟首領同進退，戈畢爾的部下們帶哥布林前往鎮壓。他們的注意力全擺在前方，也就是半獸人軍身上，所以背後疏於防範。基本上，大家根本沒料到自家人馬會走緊急逃生口襲擊他們。

一會兒後，下面的人來稟報說情況已在掌握之中。

戈畢爾從容地坐到首領坐過的椅子上。

似乎一直在等這一刻——

「這張椅子坐起來感覺如何？」

——有人朝戈畢爾問話。

「噢，原來是拉普拉斯大人。承蒙您這次出手相助，感激不盡。多虧您的幫忙，事情進展得比想像中還要容易。」

「那真是太好了。能幫上你的忙，窩也很開心。」

像在嘲弄他人一樣，這個男人戴著左右不對稱的笑臉面具。

他的衣服也很低俗。是顏色鮮豔、樣式誇張的小丑服。

雖然對方打扮得很不入流，戈畢爾卻不以為意。

這是因為，自稱拉普拉斯的男人在敬愛對象——喀爾謬德底下工作。

「窩叫拉普拉斯。是萬事屋『中庸小丑幫』的副會長，這次替喀爾謬德大人工作。要來幫戈畢爾先孫。」

戈畢爾帶哥布林回城時，途中遇到這名男子，對方悠然地跟自己搭話。

他還救出被關在地牢裡的部下們，向戈畢爾報告蜥蜴人族的一舉一動。

此外，更替戈畢爾解開水渦槍封印，幫忙他推翻首領，一切都出自這個男人之手。

按原定計畫走，戈畢爾想趁蜥蜴人本隊殺進濕地時，藉機鎮壓首領等重要幹部。可是，同胞們卻奮力守城，沒有出動的意思。正當戈畢爾為失算感到焦急時，拉普拉斯就提議幫他。

還神不知鬼不覺地行動，將戈畢爾的部下、哥布林部隊運至首領身邊。

就好像施魔法一樣，做得無聲無息，帶他們從緊急逃生口入侵。

拉普拉斯在這次反叛行動中扮演重要角色。

「討厭啦，戈畢爾先孫。窩沒你說的那麼厲害啦。」

拉普拉斯笑著否定，但看在戈畢爾眼裡，他是跟自己一同效忠咯爾謬德的夥伴。

「哇哈哈哈哈。別這麼謙虛嘛，拉普拉斯大人。自從我決定效忠咯爾謬德大人，我們就是同進退的夥伴了。今後也請您多多指教。」

戈畢爾心情大好地應聲。

「戈畢爾大人，已掌握各部族族長。」

讓戈畢爾引頸企盼的報告來了。

這下子全軍指揮權總算落到他的手中。

「哎呀，打擾到你真不好意思。好嘍，窩差不多該去進行下一階段的任務了。」

「噢，擔誤您的時間了。那麼，接下來要大破半獸人軍，讓咯爾謬德大人見識我的力量。」

拉普拉斯畢恭畢敬到令人生厭地朝戈畢爾行禮，接著就在眨眼間消失。

「拉普拉斯大人真可靠。不愧是咯爾謬德大人，連那樣的高手都有辦法吸收……好了，我也不能輸給他。」

戈畢爾拿出魄力，一股腦兒地站起。

現在出兵正是時候。

他完全不覺得自己有敗北可能。

父親——首領的忠告並沒有被他採納。

一開始就是戈畢爾擁護者的蜥蜴人們見證世代交替後紛紛歡呼出聲，讚頌這一刻。

年輕人們原本就是戈畢爾的狂熱支持者。

戈畢爾叫來各部族的首長，命令大夥兒準備發動總攻擊。

為了告訴囂張的半獸人軍，蜥蜴人可是很勇猛的。

他們繃緊神精、疲於應付先前的防衛戰，對戈畢爾的命令喜不自勝。首領費盡苦心，為的就是不讓族人犧牲，還下令禁止大家反擊，結果反倒在這為戈畢爾起到推波助瀾的效果，想想實在很諷刺。

的確，情勢對戈畢爾有利。

大家的支持讓戈畢爾龍心大悅，再度大剌剌地坐到首領的椅子上。

屬於他的時代即將到來，戈畢爾對此深信不疑。

與之相比，痛宰半獸人軍對戈畢爾來說已經變成芝麻蒜皮的小事了。

●

竟然如此……

首領滿心懊悔。

那個叫蒼影的魔物已經警告過他了，要他特別留心根據地後方的情況，原來就是在警告這個。首領還以為我軍已團結一心。

畢竟血氣方剛的傢伙們都遵守命令，貫徹防守策略……

沒想到，他居然被自己的兒子背叛——首領相當絕望，絕望極了。

這樣下去不妙。

這樣下去，別說是三天，蜥蜴人族大概撐不到明天就會滅亡。

他決定做一件事，目光朝親衛隊長飄去。

她是首領的另一個孩子，戈畢爾的妹妹。

隊長發現首領在對自己使眼色，立刻點點頭。

「去吧！」

首領高喊出聲，親衛隊長在同一時間掙脫束縛、一個勁兒地跑了。

必須將這件事傳達給盟軍知道。否則，很有可能害他們一起當陪葬品。就算賭上蜥蜴人的尊嚴，也要阻止這一切。

那名使者——自稱蒼影的男人並未隱藏妖氣。

因此，只要離開當作根據地的地底大洞窟，或許能知道使者往哪個方向去。

就賭這微乎其微的可能性，首領決定派親衛隊長過去。

戈畢爾的部下們試圖抓住她，卻沒有傷她的意思，所以在瞬間猶豫了一下。親衛隊長趁隙逃脫，快步奔離現場。

見她逃脫，首領暫時鬆了一口氣。

為了承擔責任，他自己必須留在這裡。所以，他祈禱親衛隊長順利完成任務。

不過七天。

連七天的約定都守不住，首領開始怨自己沒用。

此外——他還期望別因為打破約定，害全族遭盟軍捨棄。

正因為我軍還有利用價值，對方才會提議結盟吧。首領衷心祈求盟軍別為了這件事斷定我軍無利用價值，將他們捨棄。

（若戈畢爾率領的戰士全軍覆沒，那也是沒辦法的事。算他們自做自受。但求盟軍至少要保護逃命的女人及孩童……）

雙方連締結同盟的儀式都還沒進行過。這想法未免也太一廂情願了，首領很有自知之明。

不過，無論如何都要防止蜥蜴人族全滅，首領就是不由得為此盤算。

身為長時間統率部族的首領，他有這份責任感，大家肯定不會責怪他。

首領一直都對未來料事如神。

等戈畢爾統整所有的部族後，他一定會立刻出兵。

這樣一來，在各幹道上戰鬥的防衛部隊輪守員肯定會撤去。

無法找輪守員輪替，防衛部隊仍然繼續和逐漸增強的半獸人軍交戰，被殺光是遲早的事。

迷宮深處的大廳裡聚集了各部族的女人及孩童。到時就沒人能保護他們，保護這些無法戰鬥的人了……

事情居然會演變成這樣……不過，光顧著唉聲嘆氣是不行的。

（我必須充當最後的防衛要員。至少……要爭取最後一點時間。）

首領決定要挺身而戰。

爭取多少時間是多少。那是他唯一能做的事了。

這天，濕地被半獸人軍淹沒。

從上空俯瞰，肯定會看到半獸人軍如螞蟻雄兵般衝向洞窟入口的畫面。

然而，那不過是半獸人大軍的一小部分。

他們穿過森林，逐步朝濕地進攻。另一方面，還有本隊沿著大河北上。

無人與之對峙，半獸人軍侵吞濕地——朝洞窟湧入。

就在那時，密密麻麻的群體一角出現騷動。

有人朝半獸人軍的側腹發動突襲。

濕地上，半獸人軍與蜥蜴人兵團的戰事正式上演。

濕地王者蜥蜴人。

擁有高強的戰鬥力，就算處在難以立足的泥濘中，他們依然有辦法進行高速移動。

隱身於茂密的草叢間，騙過半獸人軍的耳目，悄悄地展開戰鬥。

一切都按戈畢爾的計畫行事。

先將前首領——父親等人關進地下大廳，重新編整軍隊之餘，更利用錯綜複雜的通道爬出地面。

防衛部隊還留守於洞窟內。

戈畢爾打算在他們體力不支前決定勝負。

他並沒有掌握半獸人軍的正確人數。不過，拿蜥蜴人跟半獸人軍的個體戰鬥力一比，敵軍多出我方好幾倍也不是對手。

就算敵方人數多了一點，也不至於弭平戰鬥力的差距。

保險起見，他想利用打帶跑戰術，藉高速行動擾亂半獸人軍。

接著再發動突襲，進一步打擊敵軍。

只要在這樣的戰術間迅速來回，就能確實削減兵力，給半獸人軍致命一擊。那樣一來，他們跟入侵洞窟的部隊就無法聯手，半獸人軍將被迫撤離。

因為是蜥蜴人，才能在濕地上高速移動，用這種戰術破敵。

戈畢爾並不是無能之輩。雖然缺乏看清大局的眼光，率領兵團的手腕卻值得讚賞。

身為父親的前首領有些特長，戈畢爾確實繼承了那些資質。

而蜥蜴人這種族群喜愛強者。

因此，他們不會對空有武力的男人盲從。

有人仰慕戈畢爾。有鑒於此，證明戈畢爾並非力大無腦的廢物。

但——

留在大廳裡執行護衛工作的最終防衛部隊共計千名。

大廳裡盡是沒戰鬥力可言的女人及孩童。假如事情有個萬一，女人們也會挺身奮戰，但那些戰力根本不成氣候。

正因如此，才會在通往大廳的各通道上配置千名戰士。

各防衛線肯定會節節敗退，最後與大廳的最終防衛部隊匯合。

除了這些人外，其他都被戈畢爾徵招了。

共計哥布林士兵七千、蜥蜴人戰士團八千。

這就是戈畢爾目前握有的兵力。

他不打算利用迷宮地形，選在地面上一絕雌雄。

在戈畢爾的決斷下，防衛線只留最低戰力，剩下的士兵全派去殺敵。

第一輪攻擊成功。

蜥蜴人漂亮地將半獸人軍殺個措手不及，從中截斷他們，給予莫大的打擊。

半獸人軍在蜥蜴人打擊下潰散，哥布林集團則將他們個別擊破。

他們確實聽從戈畢爾的指揮，以臨時編制的軍隊來說，算是表現得相當亮眼。

此戰也攸關哥布林的生死存亡，因此，他們拚命配合大家的速度行動。

這樣的因果關係衍生絕佳互動，事情進展順利。

看吧！

戈畢爾心想。怕半獸人軍怕成那樣是瞎操心。

（父親已經上年紀了，才會杞人憂天。）

為此，他更要讓父親放心。

（利用這次戰役展現我的英勇，父親大人就會認同我當首領吧。為了讓父親認同，我一定要盡快收拾這些豬……）

戈畢爾打算藉這個機會在父親面前大顯身手。

像在肯定他的想法，現場適時響起歡呼聲。

部下們似乎又打贏敵人了。

（看吶！半獸人軍根本不是我們蜥蜴人的對手。）

戈畢爾心情大好，對濕地的戰況傲然而視。

然而，在這之後就不如戈畢爾預期了。

出現多名死者，照理說半獸人軍應該會士氣不振才對。

戈畢爾一無所知。不曉得半獸人王有多可怕。

首領知道。他知道半獸人王的可怕之處。

這差異轉化成結果，在戈畢爾面前顯露獠牙。

●

咯嚓咯嚓咯嚓咯嚓。

半獸人軍踐踏屍體。

手腳並用地爬行，在地表上蠢動。

不，並非如此。

他們不是在踐踏屍體，而是在吃那些東西。

可怕的光景令人寒毛直豎。

這景象甚至讓驍勇善戰的蜥蜴人戰士團退避三舍。

一陣可怕的妖氣包圍半獸人軍。

其中一名戰士被眼前的景象嚇到，才要退後卻跌倒了。半獸人的士兵沒有放過這個好機會，朝蜥蜴人戰士一湧而上。

他被拖進泥淖裡，遭人撕下手腳，命喪黃泉。

戰爭開打後，首度有蜥蜴人戰死。

他的死成為開端。

最下階的士兵吃掉魔物、獲取能力後，力量會輾轉落入半獸人王手中。

不同於利姆路的獨有技「捕食者」，無法將能力徹底重現。可是，卻有比「捕食者」強大的地方。

那就是除了能力外，還能繼承魔物的身體特徵。能在某種程度上吸收對手的能力，回饋到部下的身體。

這就是獨有技「飢餓者」的其中一項能力「食物鏈」。

他們既是一個族群，也是個體。

跟牙狼族的特性迥異，但這種群體化便是「飢餓者」的特徵。

也因為這樣，蜥蜴人族首領才會如此害怕出現戰死者。

為了不讓族群個體失去勝過半獸人的優勢。

就算無法奪走對方的所有能力，還是能取得某些特徵。獲得的東西會投射到全體半獸人身上。

例如長出在泥淖裡也能自由自在活動的蹼。

例如讓身上的要害部位長出鱗片，藉此增加防禦力——好比這類細微變化。

那些變化在半獸人軍身上顯現。

不過——多了這些細微變化，戰況立刻產生天大的轉變。

「別害怕！讓他們見識威武的蜥蜴人族有多厲害！」

在戈畢爾的鼓舞下，蜥蜴人戰士們開始變得士氣高昂。

身為濕地的霸者，在有利於己方的戰場上作戰亦讓他們感到安心，大夥兒再度對半獸人軍發動攻勢。

他們已經知道自己的行動速度比半獸人軍還要敏捷。

半獸人軍的腳被泥濘絆住，才無法跟上蜥蜴人的速度。

就算在數量上比不過對方也沒關係，只要能繞進防禦薄弱的軍隊側腹，對他們展開攻勢，要像剛才那樣截斷他們、個別擊破簡直易如反掌。

照理說是這樣才對……

蜥蜴人族打算朝側面進攻，半獸人軍也保持陣形應對。

行動速度比剛才快上好幾倍。

（唔！半獸人的動作改變了……？）

當戈畢爾發現時，一切已經為時已晚。

敵軍以前所未有的速度左右開展，將蜥蜴人戰士團包圍住。

動作整齊劃一，二萬兵將很快地封住戈畢爾軍的退路。

他們得意過頭，攻得太過深入才會自取滅亡。

對自己的機動力過於自信，認為擺脫動作遲緩的半獸人軍是小事一樁。結果打過頭，過於深入敵軍地盤。

目前跟戈畢爾他們對峙的半獸人軍數量，除了分隊的一萬人外，還加上先遣部隊三萬人，總計四萬軍力。其中半數已繞到蜥蜴人族後方。

戈畢爾有瞬間猶豫，最後還是選擇正面突破。在這裡回頭的話，姑且不論蜥蜴人族，動作緩慢的哥布林將無法跟上腳步。這樣一來，他們將會被半獸人軍包圍在正中央，最後面臨全滅的命運。

戈畢爾只把哥布林當肉盾看，但他不至於冷血到對哥布林見死不救。

「跟隨我的腳步！我們要一口氣突破半獸人軍的包圍網！」

戈畢爾大叫，一鼓作氣地衝向半獸人軍、跟他們硬碰硬。

假如今天的半獸人軍沒受獨有技「飢餓者」影響，或許戈畢爾能殺出重圍。

不過，那只是假設。

事實上，蜥蜴人戰士團發出強而有力的攻擊，而半獸人軍於正面擺出防禦陣形，蜥蜴人的攻擊在陣形作祟下脆弱地粉碎殆盡。

這瞬間決定蜥蜴人戰士團——戈畢爾將吞下敗果。

四周的封鎖線幾近完成。

此外，半獸人軍本隊還陸續加入濕地大戰。

戈畢爾一行人落入最慘的境地，被困在敵軍之中。有如被行軍蟻吞沒的昆蟲。

照目前的情況看來，就算他們奮力抵抗，仍難逃力盡喪命一途。

戈畢爾並不無能。

僅只一瞬間，他已正確分析己軍目前面臨的狀況。

可是，他卻不懂事情是怎麼發生的。己軍是勝券在握的強者才對，攻擊卻突然間不管用了，這點戈畢爾始料未及。

儘管如此，戈畢爾還是沒有放棄，打算用盡一切手段掙扎。

他拚命拉高嗓門整頓軍隊，一方面也不忘鼓舞大家。

哥布林們開始陷入恐慌狀態，蜥蜴人們也感染那份不安。無論如何都得阻止這種心情擴散。恐慌一旦在戰場上蔓延開來，大夥兒就不會聽從命令了。到時肯定會戰敗，等著全軍覆沒。

戈畢爾也考慮過撤退的可能性，但他知道己軍已無路可退了。

就算他們有辦法突破包圍網，也無處可逃。

出擊時，全軍已在戈畢爾的掌握之中，各兵團井然有序地出洞。但敗逃之下想竄進洞窟裡，洞窟路線過於狹窄，不足以容納。

發布撤退命令後，哥布林肯定會爭先恐後地逃跑，將洞窟入口塞住。

等到那個時候，他們被人斷了退路，軍隊將亂成一團，蜥蜴人就只能等著被半獸人軍殺掉。

不——基本上，就連前往洞窟都有困難。

假如他們不逃進洞窟，改竄往森林好了，半獸人軍的機動力超越以往，如今只會遭對方追擊，個別擊破。

不能撤退。

戈畢爾深深明白其中道理。

為什麼英勇的父親要選擇守城，走那種消極戰術。現在的他總算明白了。

自己真是個大白痴。但再怎麼後悔也為時已晚。

如今他只能做一件事。就是鼓舞同伴，多少緩和他們的不安。

「咕哇哈哈哈！你們別怕成那樣！有我在啊。絕不會輸給那些豬！」

他叫著連自己都無法相信的話，藉此鼓舞軍心。

如今，戈畢爾等人的命運即將走到盡頭。

●

啊啊……

首領吐出嘆息。

他很後悔。

當初不該把那當傳說講，早該如實告知戈畢爾，讓他知道半獸人王有多可怕。

正確來說首領的確有講，卻沒將那些恐怖的傳聞如實道出，讓他後悔萬分。這是因為連他自己都把傳聞當過往雲煙，不怎麼重視它們。

（都怪我不好……）

首領相當自責。

若戈畢爾對半獸人王瞭若指掌，或許能多少提高警覺。

一切都太遲了。首領唉聲嘆氣地斷了念頭。

他還有責任要擔。

看看待在大廳裡的同胞。大家全都一臉不安。

有四條大路通往濕地，後方留一條退路。

逃生通道應該還很安全。直通山岳地帶下方的丘陵。

要離開森林，走那邊是在繞遠路，不過相對的，也可以遠離濕地。此外，他們特地準備的逃生路線就連女人跟小孩都不會迷路。

因此，該警戒的是前面那四條路。

在各岔路上反擊半獸人軍的部隊開始慎重撤退、過來這邊集合。

安排在四條道路上的最終防衛戰力剩一千五百人。還有其他的部隊尚未過來會合。

半獸人軍人數眾多。照那些人數來看，這裡肯定馬上就會被發現。

希望悲劇發生前，殘存戰力能盡量集中，不過……

首領朝逃生用的通道瞥去。

同胞全集中在這兒，雖然是大廳卻擠得水洩不通。

萬一這些人一口氣衝向逃生通道，肯定無法及時將所有人疏散。

應該趁現在讓大家逐步逃生才對。

反正不管先講還是後講，都無法避免讓群眾陷入混亂。無論如何都要盡可能降低滅族機率。

但就算逃進森林好了，遲早還是會被半獸人軍發現。

假如他們成功逃脫，又無法保證今後的生活能順利維持住。

考量諸多因素，首領才遲遲無法下令要大家逃離。

結果，他只能為族群爭取時間。

用來等待不曉得會不會來的援軍。

然而，首領渺小的希望就此粉碎。

通道突然響起戰鬥聲響，混合汗水與鐵味的鮮血氣息飄來。

（開始了……）

大廳的氣氛頓時緊張起來。

首領立刻要女人、小孩到大廳後方避難，在前方配置戰鬥人員。

為了在封鎖線遭敵軍突破時做出應對。

戰士們舉起長槍，按原定計畫排成弧狀備戰。

他們要想辦法封住四條通道的出口。

這次不再看輕半獸人、認為他們比自己差，利用以多打少戰術確實除去敵人。

幸虧通道不算寬敞，一次能進入的敵軍人數因而降低。

按個體戰力比來看，如今蜥蜴人的戰鬥力只比半獸人軍稍長一點。

照這個方式布陣，應該能或多或少占點上風。

一開始，事情發展都不出首領所料。

半獸人軍變得比以往更強，但他們依然有辦法應付。

分散於前方四條通道上的部隊正努力阻止半獸人軍。

他們輪番上陣、步步為營。然而，好景不長。

出口附近開始堆積屍體，半獸人吃下那些屍體，試圖繼續入侵。那副模樣太可怕了，連剛強的蜥蜴人戰士們都開始感到畏懼。

接著，關鍵時刻到來。

半獸人士兵們開始散發黃色妖氣。

（這是怎麼一回事……？）

此念頭閃過首領的腦海，更可怕的惡夢隨即來襲。

蜥蜴人先前一直居上風的個體戰鬥能力開始與半獸人軍勢均力敵。

半獸人軍並沒有大幅增強，但目前的力量已足夠打破平衡。

從這一刻開始，蜥蜴人就徹底喪失他們的優勢。

首領觀察戰況，知道這樣下去連一天都撐不住。就算援軍願意發兵，時間也要三天。他們根本守不住。

防禦部隊已經開始出現傷亡。

與其坐等滅族，不如讓女人、小孩逃跑。

「大家聽著，接下來你們會吃盡苦頭。可是——絕不能讓蜥蜴人的血脈在這斷絕。你們要活下去。我會替你們爭取逃亡時間！」

逃跑也無濟於事。等在前方的只有苦痛，或許最後仍難逃滅亡一途。

儘管如此……

首領還是將一切賭在最後的希望上。

「你們快逃，要活下去，去投靠名為利姆路的魔物！快走吧！」

然而，首領的希望遭人無情否決。

「咯呵呵呵，這條路已經被我們堵住了。」

說著，數名半獸人軍從理當安全的退路間現身。

他們是穿著覆身鋼鎧的半獸人騎士。

此外——

慘叫聲從四條通道的其中一路傳出。

在一片哀嚎中，有隻醜陋、全身染滿鮮血、身著漆黑鎧甲的半獸人軍現身。

他的模樣極不尋常。

眼裡燃著瘋狂的火焰。

巨大的身軀更勝豬頭騎士。

（莫非他就是半獸人王？）

首領的身體在震懾中陣陣發抖，目不轉睛地看著來自彼端的巨人。

不過，首領猜錯了。現實比想像來得更加殘酷。

「我要把你們獻給偉大的半獸人王。誰都別想逃。」

聽到這句話，首領才知道眼前的半獸人軍是何方神聖。沒錯，他根本不是半獸人王，只是其中一名部下，連這樣的魔物都擁有如此力量……

他手裡拿著厚重的斧槍——豬頭將軍駕臨。

那邪惡的姿態似在體現無窮絕望。

（已經……到此為止了……但我絕不能坐以待斃！）

首領險些被絕望情感擊垮，不過，他還是拿出最後的力量激勵自己。

「呵哈哈哈哈！好久沒遇到有看頭的對手。你有那個資格跟我交手！」

首領知道自己死期將近。

他抄起長槍，悠然地站到豬頭將軍面前。

身為害蜥蜴人族滅亡的末代首領，他必須死得光榮……

●

蜥蜴人族親衛隊長身負首領之令，奔走於森林間。

不過，她不確定自己該往哪走。名為蒼影的使者妖氣強大，她想截取那些妖氣，卻無法獲知分毫。

但她肩負蜥蜴人族的未來，絕不能停下腳步。

親衛隊長相信自己的直覺，專心地在森林裡跑著。

蜥蜴人族在濕地以高度機動性著稱，來到森林就無用武之地。

她氣喘吁吁，心跳如雷，身體愈來愈疲勞。

即便如此，她還是沒有停下腳步。

為了對即將要跟己軍同盟的盟軍盡基本道義。

自從她開始奔走後，時間已經過去三小時。

她甩脫箝制，接著就拚命狂奔。現在完全靠精神力支撐，隨時都可能倒下。

事實上，她也明白一件事。

繼續跑下去也不一定能遇到那隻名為蒼影的魔物。

就算跟他巧遇，他們也不一定會伸出援手。
直接逃跑不是更好嗎？
腦中閃過這個念頭。
（怎麼可以！難道我要背叛同胞、背叛父王嗎？）
她趕緊打消這個念頭，不再想那些。
沒能阻止兄長戈畢爾的暴行是她不好，親衛隊長如此認為。
她知道戈畢爾希望獲得首領的認同。
可是，她卻沒有將這件事告知首領。
蜥蜴人族勇士——戈畢爾。
跟某些人一樣，她也很尊敬戈畢爾。
就算沒有自己從旁幫腔，兄長也會在將來成為出色的首領，她一直對此深信不疑。
明明就該如此……
這次的事情有諸多巧合，才會導致一切亂套吧。
可是，有件事依然讓她耿耿於懷。
如果他們兄妹倆能多談談，或許就能避免這次的悲劇發生。
所以，自己必須為這次事件負責。
絕不能臨陣脫逃。
一旦停下腳步，她就沒力氣再跑了。
就因為這樣，她才要繼續埋頭跑下去。

有人發現她的蹤跡。

她拚命奔跑，完全沒察覺。

這個人悠哉地攀著樹枝，無聲無息地追蹤她。

臉上掛著淺笑，嘴角流下唾液。

接著——

看準她筋疲力竭、正要停下腳步的那一刻……

在她——親衛隊長前方靜悄悄地落下。

他的手很長，跟猴子一樣，腳則長得像肉食獸。

不過，身體跟頭依然保有醜陋的半獸人樣貌。

「咕呵呵呵呵，看樣子妳很累呢。肌肉變得緊繃，肯定很美味。」

親衛隊長用痛恨的目光看著眼前這隻怪物。

肯定沒錯，這是高階半獸人。而且還不他一個，背後跟了幾十隻。

生還機率很低。

「你這傢伙……」

「咕呵呵、咕哈哈哈哈哈。我是豬頭將軍之一。能進我的胃袋，妳應該感到光榮！」

「唔，豬頭將軍？」

親衛隊長拿起揹在背上的長槍。可是，誰勝誰負已經一目了然。

在疲憊折磨下，她的動作早已變得遲鈍，根本就沒有力氣打倒豬頭將軍跟他的部下。

可是，就算這樣……

明知掙扎也沒用，她依然沒有拋棄尊嚴，決定打勝算渺茫的仗。

●

「好耶，幹得好！看起來真棒！」

一名模樣怪異的男子正活潑地嚷嚷著，在那大呼小叫。

他穿著奇怪的衣服，戴著奇怪的面具。

怎麼看怎麼怪。

這人就是跟戈畢爾說過話的拉普拉斯。

他像在玩小球一樣，操弄三顆水晶球。

每一顆球都跟人頭差不多大，裡頭似乎映著某種影像。

仔細觀察，不難發現那些影像就是戰場實況。

沒錯，這些水晶球能跟視覺連線，將影像轉播出來，是昂貴的魔法道具。這次雇主委託他時順便送了這些水晶球。

要跟水晶球連線，必須請當事人先摸一次。因此，他只能看到某三人的視角，但這對拉普拉斯來說已經很夠用了。

他要三個較好控制的豬頭將軍跟水晶球連線，透過他們的眼睛窺探戰場風貌。

當然，這並不是他的興趣。而是雇主的委託，如假包換的工作。

不過拉普拉斯似乎認為玩得不開心就虧大了，所以他興致勃勃地觀望戰況。

正如他所料，戰況按雇主的希望發展。

「好耶。這下委託人肯定會很滿意。」

旁邊明明沒人，拉普拉斯卻要說個幾句才甘心。

然而，這次不同於以往。

「你很樂在其中嘛。」

有人回話了。

「是誰！」

拉普拉斯嚇得回問，一名姿態飄逸的美女出現在他眼前。

綠色的秀髮如藤蔓交纏，覆住那具身軀。

當髮絲飄蕩開來，半透明的身體就跟著展現。

「我是森林管理者，樹妖精德蕾妮。可不能放魔族胡作非為。我要除掉你。」

話一說完，德蕾妮就開始詠唱魔法。

拉普拉斯慌了。

「咦？等等啦！窩不是魔族哩！」

「閉嘴。當你擾亂森林，就已罪證確鑿。」

無視拉普拉斯的話，德蕾妮發動魔法。

「等等、等一下等一下啦！妳幹嘛放魔法？」

「精靈召喚：風之少女（Sylphid）。接著發動追加技『同化』！」

德蕾妮是樹妖精，能用魔素包裹自己這副精神體，藉此構築肉體。跟利姆路的追加技「分身術」很像，並非真實血肉。本體寄宿在靈樹上，那顆樹才是真身。

也因為這樣，她才能跟精靈同化。

德蕾妮跟高階精靈風之少女「同化」，能自由行使高階精靈的能力。她放出風之精靈的最強魔法之一——

「來吧，審判時刻到來。你要為自己的罪懺悔、祈求寬恕。大氣截裂！」

跟精靈同化後，德蕾妮得以在不經詠唱的情況下發動魔法。

魔法在瞬間發動，拉普拉斯來不及逃跑，被關進大氣斷層裡。裡頭狂風大作，吹著能斬斷一切的風刀。

一旦被關就無處可逃，是很可怕的魔法。

然而，它只切斷拉普拉斯其中一隻手臂。

在對抗魔法的作用下，拉普拉斯並未遭受致命傷。

此外，斷腕處還噴發煙霧，自動啟用「障眼法」。在這模式下，幻覺魔法「假象」及技藝「潛伏」、「匿蹤」會同時發動。是拉普拉斯自創的招數。令人難以置信的是，就連擁有超凡感應力的樹妖精也被他騙去，手法極其精巧。

「妳好粗暴……二話不說就殺來哩。沒關係，目的已經達成，窩要閃人了。拜啦，再見！」

他鬼靈精怪，似乎準備不少逃脫手段，當煙霧散去，拉普拉斯也不見蹤影。

「……居然被他給逃了。可是，他說他不是魔族？那他們到底是……」

德蕾妮喃喃自語。不過，沒人給她答案。

她先將這個疑問擺在後頭，轉眼看向戰場。

透過爬滿地表的植物，德蕾妮開始閱覽傳達給樹妖精的消息。

「狀況並不樂觀……那位大人究竟能讓人信賴到什麼程度……」

這句話也隨之消逝在風中。

德蕾妮的表情鬱鬱寡歡。

原本應該由她料理半獸人王。

可是，這整件事的背後似乎另有主事者。在摸清對方的底細前，她都不能輕舉妄動。

雖然只有萬分之一的可能性，但她若被半獸人王吸收，這個世界就會出現新的魔王。那樣一來，她的姊妹們就無法應付了。

為了防止這種事情發生，她才沒有跳出來應戰。

剛才她特地放水、不想殺生，才會讓魔人拉普拉斯溜走，出現令人痛恨的失誤。

如今在戰場上，蜥蜴人正被半獸人大軍併吞。

沒辦法幫上任何忙讓德蕾妮懊惱，但她還是冷靜地遂行自己的任務。

這才是她身為森林管理者的使命……

●

戈畢爾絕望地奮戰著。

戰況對敵軍極度有利。

半獸人軍們似乎不覺得累，接二連三攻來。

相對的，哥布林和蜥蜴人聯軍一直無法突破重圍，持續出現傷亡。

就算他想突破包圍網，蜥蜴人們疲憊不堪，渾身是傷，又有幾人能跟上腳步……

如此一來，捨棄機動力較弱的哥布林才是最快的方法。

雖說撤退也無濟於事，但事情已經變成這樣，能留多少活口是多少。

一般而言，勝負底定時，軍隊就會結束進攻，可是半獸人卻想讓戈畢爾等人滅族。

他們沒有開口要蜥蜴人投降，只是不斷地殺戮、啃食。

一看就知道只把蜥蜴人們當成食物。

這讓人本能地感到恐懼。

有如被蛇盯上的青蛙，心靈脆弱的小兵開始陷入恐慌，陣形也跟著瓦解。

原本就是弱者的哥布林變成一盤散沙，忙著四處逃竄，但半獸人軍不給他們機會。

他們追殺哥布林，接著大快朵頤。

有在運作的哥布林部隊只剩三千隻不到。

蜥蜴人戰士團也同樣淒慘，損傷程度已超過兩成。

集體行動變得愈來愈難。

儘管如此，戈畢爾還是繼續鼓舞大家。此外，他並沒有為這絕境屈服，依然試著逐步突破半獸人軍的包圍網。他徹底發揮與生俱來的能力，巧妙地調兵遣將。

如今還未全滅，指揮系統不至於癱瘓，全都多虧戈畢爾出類拔萃的將領資質。

不過——

突然間，身穿黑色鎧甲的半獸人軍兵團出動了。

跟一般的半獸人軍截然不同，這個兵團特別整齊。

每個人更穿了覆身鋼鎧。

或許他們的基礎強度跟一般半獸人軍差不多，但士兵們訓練有素，裝備也比較精良。

除此之外，還包括統率他們的半獸人。他身上散發比其他人更可怕的妖氣，看得出層次不同。

這是豬頭將軍。

單一個體就擁有相當於一整支軍隊的戰力，是半獸人軍將領。

他率領多達兩千兵力的豬頭騎士團。

豬頭將軍共有五名，他是其中之一。

等級相當於A⁻。

半獸人王麾下的最高強戰力——直轄部隊開始採取行動。

（完了……）

看在戈畢爾的眼裡，這是擁有強大力量的部隊。

（逃不了了。落到這個地步，我只能光榮戰死了……）

戈畢爾認為，至少要死得像名戰士。

「嘎哈哈哈哈！膽小的豬頭將軍們，有沒有那個膽子跟我單挑？」

他下定決心，拉大嗓門逼問。

不可能贏得了。

戈畢爾的鱗鎧已經斑駁不堪，全身疲憊。

反觀對手的覆身鋼鎧，是施了魔法的珍品，從妖氣的質來看，可以知道他們的實力在戈畢爾之上。

若對方接受這個單挑邀請，他至少要像名戰士，死得漂漂亮亮。

運氣好的話，搞不好還能帶個將軍上路，戈畢爾心想。

「咯咯咯。也好，就陪你玩玩。」

豬頭將軍應允了。

他要打倒戈畢爾這名敵將，粉碎敵軍最後的心靈支柱。那樣一來，凌遲蜥蜴人的工作也會變得更加輕鬆。

戈畢爾似乎也看穿豬頭將軍的想法，但他認為繼續掙扎只是痛苦的延伸。首領一直相信援軍會來，但這件事早就被戈畢爾拋到九霄雲外。

他選擇在這死去。

視死如歸的想法感染周遭，現場一片寂靜。外圍仍有戰事持續，不可思議的是，那些聲音已從耳畔遠去。

戈畢爾知道自己變得前所未有地專注。

「多謝。」

在寂靜之中，兩人開始決鬥。

舉起魔法武器「水渦槍」，戈畢爾等著看豬頭將軍露出破綻再乘虛而入。

「來吧！」

豬頭將軍大喊。

聲音一出，戈畢爾就有所動作。

「看招！渦槍水流擊！」

戈畢爾用盡全力，擊出目前所能使出的最強攻擊。

除了自身槍技外還具備魔法武器的魔力，足以取敵人性命。

然而——

「混沌吞食！」

豬頭將軍朝前方來個回馬槍，抵銷戈畢爾的渦流威力。

不僅如此，他還讓回轉速度上升，開始釋放妖氣。可怕的黃色妖氣實體化，朝戈畢爾撲去。

（他想吃掉我？）

戈畢爾在直覺驅使下翻身逃開。不過，妖氣卻追著戈畢爾跑。

「咯咯咯咯！不過是隻蜥蜴，只配在地上打轉。」

豬頭將軍開口嘲笑戈畢爾。

戈畢爾沒有放棄。他心想，再怎麼樣也要砍上一刀。

接著用手抓起土壤，朝豬頭將軍丟去。就算被人罵卑鄙也沒關係，這都是為了砍上一刀。

可是，這些攻擊都被黃色妖氣吃掉，進而消失殆盡。雙方的實力差距大到讓人覺得殘酷，戈畢爾的攻擊完全起不了作用。

豬頭將軍朝戈畢爾揮槍。

光要躲開黃色妖氣就拚盡全力了，戈畢爾根本無暇顧及這槍。

豬頭將軍扯出扭曲的笑容，眼看就要用槍刺穿戈畢爾——

「注意力不集中很危險的！」

似曾相識的聲音竄進戈畢爾耳中。

在此同時，他被推往後方，在危急時刻勉強躲過豬頭將軍的攻擊。

（發、發生什麼事了！）

戈畢爾大感混亂。

這時，一記巨響從天空轟然而降，籠罩整座戰場。

戈畢爾還以為半獸人軍又動了什麼手腳，後來才發現自己想錯了。

這是因為保有絕對優勢的半獸人軍也陣腳大亂……

事情出現新的轉機，劇情急轉直下。

ROUGH SKETCH

第五章

激鬥

Regarding Reincarnated to Slime

哥布達拯救戈畢爾時，我正從高空俯瞰戰場。

下方的情況令人為之駭然，從豬頭族(半獸人)的角度來看，原本一面倒的戰況瞬間逆轉。全因數名鬼人加入戰局……

怪不得他們會陣腳大亂。

畢竟就連我都覺得吃驚。

…………

…………

……

派蒼影去蜥蜴人族那裡出使後，我們就開始編排出戰人員。這次不需要全軍出動，構成上以速度為重。目前還不清楚敵人有多少能耐，要是情況不對，我們也能立即撤離。

此外，我還命令大家備戰。

城鎮的建設工作進行得很順利，但我們還沒建造防衛設施。

怕妨礙建築工程進行，城鎮連外牆都沒有。一旦這裡遭人進攻，肯定沒辦法據城打防守戰。還不如轉移陣地更有效。

基於這些考量，我立刻要剩餘人員做準備，以便隨時前往樹人族集落。視情況而定，或許會要求大夥兒在我們回城前先行移動。

「決戰地點定在濕地。能在那裡獲勝固然是好事。假如我們輸了，會用『思念網』告知戰況，到時你們就立刻放棄這裡，移到樹人聚落去。再跟人類求援，合力迎擊半獸人軍。老實說，敵兵的數量不少。我們抱著必勝的決心去打這一仗，就算輸了，大家也用不著害怕。你們要保持冷靜，按預定計畫行動！」

城鎮裡的魔物們全聚集在一處，我則對他們發表剛才的會議決議。

這次又很像坐在神轎上，擺在上頭的我活像一顆鏡餅。老實說，在大家面前演講很不好意思，還好我目前是史萊姆狀態。

讓我害羞到在心裡碎碎念說半獸人軍的事隨便怎樣都好，以後不想再開這種演講大會了……可能是滿腦子都在想這種事情的關係，我一點也不覺得害怕。魔物是種敏感的生物，很容易受情感波動感染。這次那種特點正好起到效果，大家都無所畏懼地聽我說話。

不枉費我發表羞人的演說，就這樣自我安慰好了。

「重要的部分來了，是關於首戰的參戰人員——」

聽我這麼說，魔物們紛紛在底下興奮起來。

大家看起來似乎都很想參戰，這些傢伙以前有這麼好戰嗎？

算了沒關係。我不打算深究，決定速速發表了事。

「這次的戰爭由紅丸率兵，僅帶領狼鬼兵隊百人出征。副將是白老。紫苑當遊擊兵。雖然蒼影不在這兒，但他也會參加。再來就是我的騎獸蘭加。以上。有什麼問題嗎？」

跟大家說我擬定的方針後，各個角落的群眾紛紛騷動起來。似乎認為一百人太少，對此很有意見。

朱菜站出來當代表，來到前方開口。

「利姆路大人，這樣出兵人數不會太少嗎？還有，您都沒叫到我的名字，這是為什麼？」

問我為什麼，我也答不上來……

那是因為朱菜很有公主樣，我不想帶她上戰場。說是這樣說，其實還有其他正經的理由。

這次的作戰行動很重視機動性。

因應蘭加的要求，又多增加一些嵐牙狼，但兵力總數也不是很多，就一百左右。為了發揮最大的機動性，步兵全留守在村莊裡。

以此類推，沒辦法駕馭嵐牙狼的朱菜自然不在人選範圍內。

除此之外，人鬼族（滾刀哥布林）共有六百人左右，其中半數是女性。利格魯率領的警備部隊配置兩百名滾刀哥布林。剩下的人不分男女，約兩百人從事建築工作，最後那兩百人就是沒辦法幹體力活的女人及孩童。

人數確實不多，要擠出一百人參加戰役已經是極限了。

「那個啊，嗯。我希望朱菜幫忙帶領剩下的人。要跟樹人、樹妖精進行交涉，光靠利格魯德很辛苦吧？再說，有朱菜在的話，女人跟小孩也會比較放心。」

我想了一個冠冕堂皇的理由，試著讓朱菜聽進去。結果好像成功了，朱菜回說：「那些小事就包在我身上吧。」讓我鬆了一口氣。女人跟小孩子們的確很仰慕朱菜，我也認為她適合擔任這個工作。

朱菜在我跟紫苑間來回張望，表情看起來似乎有點不滿，但能說服她才是重點。沒必要刻意多說什麼去刺激她。

「利姆路大人，為什麼我在名單外？」

利格魯舉手問話，這邊的答案就簡單多了。

「你要統率其他的警備部隊成員，強化城鎮周邊的警備系統。最近森林不是亂哄哄的嗎？在我們外出作戰後，假如發生什麼事，還要麻煩你照顧大家。就是這樣，拜託你了！」

聽我這麼說，不僅是利格魯，就連利格魯德也跟著表態認同。最近，棲息在森林深處的強力魔獸也開始出來作亂，所以他們一下就被說服了。

大夥兒達成共識，各自回去做準備。

演講結束、群眾散場後，蒼影正好在此時聯繫我。

（利姆路大人，現在方便談話嗎？）

他用「思念網」聯繫我。

我要他去談結盟的事，出什麼狀況了嗎？他該不會……迷路了吧？

出發的時候帥成那樣，要是現在跟我說他搞不清蜥蜴人住哪兒，任我再溫和也不免發飆啊……

我有點擔心，當然，他不是為了那個才聯繫我的。跟我不一樣，蒼影很能幹。

（我已見過蜥蜴人首領了。他願意跟我們結盟。只不過，對方希望利姆路大人親自跑一趟……）

他捎來的消息著實令人吃驚。

直到會議結束都還不過半天的光景，他就已經談妥結盟的事了……

工作能力強的男人就是不一樣。人又長得帥，感覺更討厭了。

我頻頻安撫自己、壓抑嫉妒的心情，一面回應他。

（沒差。反正我們都要去濕地打仗。是說你已經到了？）

（啊，是的。我能夠用「影瞬」快速來回濕地。如果是認識的人，還能直接飛過去，但鎖定首領的方位花了點時間——）

根據蒼影所說，他利用「影瞬」前往濕地，再讓「分身」探索周邊地帶。哥布達只有在憋氣時段才能進行「影瞬」，可見兩人的實力落差有多大。

順便補充一下，因為事情已經辦完了，所以蒼影的本體正朝我方城鎮移動。

去見蜥蜴人首領的是「分身」，這樣沒問題嗎？是說他能同時讓好幾個分身辦很多事情，能力用得比我還要精湛，好驚人。

不愧是蒼影。

（對了，要挑什麼時候會談比較好呢？）

就算我誇獎他，蒼影還是一派冷靜。跟朱菜、紫苑不同，是很可靠的傢伙。

（對喔……準備起來也要花點時間，狼鬼兵部隊行軍又需要一定時日，我看就定在七天之後吧。）

這裡離濕地有一大段距離。

徒步行軍應該要花兩個星期，狼鬼兵部隊則不出五日。準備工作或許要花上兩天，抓個七天大概沒問題。

戈畢爾騎移動用的魔獸，但速度應該沒嵐牙狼快。

在那些傢伙回城前跟蜥蜴人軍會合，我們很有可能被拖累。目前還不確定他們是否會謀反，與其冒被敵人暗算的風險，還不如小心為妙。我們應該多加觀察、確保主導權在手中才對。

慢點也好。

基於上述考量，我才說七天。

（明白。那麼，我會如實轉述。）

在跟我確認會談日期後，蒼影的「思念網」就關閉了。

雖然我很希望結盟的事就此敲定，但不能隨隨便便相信從未謀面的人。講是這樣講，等會談後締結同盟，到時才做出兵準備，肯定來不及應付半獸人軍。

所以我認為應該先行準備。

若是對方不願跟我們結盟，我們就立刻撤退。

如果聯手的事破局，我們就趁半獸人軍對付蜥蜴人時轉移陣地，去樹人村。這樣對蜥蜴人不太好意思，但戰爭就是這麼殘酷。

我必須盡主子的義務，那麼做挺冷血的，但我只能選擇割捨。

若他們接受結盟要求就皆大歡喜，剛才的想法也有可能是我杞人憂天……

總之，現在只能祈禱跟蜥蜴人結盟的事不會有什麼閃失。

＊

我要凱金趕工，替狼鬼兵部隊準備一百組裝備。

紅丸、白老、紫苑也需要裝備，他們的事等會兒再處理。蒼影就快回來了，到時再一併打算。

我們的武器由黑兵衛包辦，朱菜跟葛洛姆會處理衣服、防具，所以沒什麼好急的。

等蒼影回來的這段期間，我們開始編列狼鬼兵部隊。

首先得選一個人當隊長。

我的視線無意間跟哥布達對上。他是警衛部隊的副官，正好合適。

「哥布達老弟，你好像很閒？」

「唔！您這麼說讓人有種不祥的預感……」

「想太多。你也會參戰吧？」

看我笑笑地問他，他好像有什麼話想說。

不過，那張臉瞬間僵住——

「當然啦！」

——他答得驚慌失措。

好像哪裡怪怪的，應該是我背後那陣危險的妖氣使然。

唔嗯……比起我的史萊姆微笑，在我身後的紫苑式笑容更有力呢。紫苑點點頭，對哥布達的回覆很滿意，讓我看了不禁做此感想。

如此這般，狼鬼兵部隊的隊長就決定是哥布達。

大家都沒有意見。想必人們已經認同他的實力。

當隊長決定是哥布達時，利格魯也頗有信心地點頭。看樣子沒什麼問題。

「對了，您有拜託黑兵衛先生幫我做武器嗎？」

啊，我忘了。

「啊，嗯。當然有。」

「真的嗎？您看起來好像忘記了耶？」

這傢伙還真敏銳。

「哈、哈、哈。你真的很會窮緊張呢，哥布達老弟。我已經要他幫你準備很棒的小刀了，敬請拭目以待。」

「真的嗎！我好期待！」

總算騙過去了。幸好哥布達很單純。

趁我還沒忘記，趕快去拜託黑兵衛吧。

看著哥布達的笑容，我暗自提醒自己。

接著我們選出一百名隊員。

三兩下就選好了。之前曾要他們配對，相較於換班的搭檔，一開始配成對的夥伴跟嵐牙狼更有默契。

在這樣的篩選標準下，出戰百人就此定案。

接下來將他們交給凱金，讓凱金替戰士們打點裝備。

部隊編排到此結束。

以哥布達為隊長的部隊成形，蒼影正好也在這時回城。

「我來晚了。」

蒼影自紅丸背後的暗影中閃現。

看起來好像忍者。動作俐落漂亮、讓人不由得看呆。

現在該換我們做準備了。

為了打點行頭，大夥兒立刻朝工房所在的建築物去。

那棟建築物可以說是製造部門的據點。

這木造建築跟體育館差不多大。原本預定用灰泥之類的東西補強壁面，但現在騰不出空處理。

話雖如此，它在本城建物裡好歹也算最大的，看起來滿有派頭。

一進到裡頭，只見好幾名工匠學徒熱熱鬧鬧地進行手邊工作。是在搬運做好的一百組裝備吧。警備部隊的裝備製作因此延後，但這也是沒辦法的事。

我們走進工房。

最近這裡還準備製作布匹專用的房間。不過，目前就只有朱菜會用。織布技術太高深了，哥布莉娜們要學會得花上一段時間。所以這裡就暫時變成朱菜專用的房間。

哥布莉娜們的確很想學織布，但她們目前先在葛洛姆底下從事麻布等衣物製造工作。等大夥兒的裝備都製妥後，再挑手巧的人過去造絹製品吧。

在幫我們幾個打造防具前，要先做衣服。

一行人來到織衣廠。

打聲招呼入內，只見朱菜笑容滿面地迎接我們。

不知道是什麼時候花時間織的，她身上穿了一套漂亮的和服。

基底是巫女服，進一步改良成方便活動的款式。

上衣純白，褲裙染成跟朱菜髮色相同的淡桃色，看起來很可愛。

一眼就能看出朱菜的技術高超，衣服相當華美。成品頗讓人期待。

「讓您久等了。利姆路大人的衣服做好了。我也順便替哥哥們準備了幾套衣服。」

她拿出好幾套衣服，在工作台上排開。

「居然是順便喔……」

「呵呵呵。真拿這孩子沒轍。」

「朱菜小姐的織絹技術一等一，願意幫我們準備就已經是莫大的恩惠了。是不是連我的衣服都有？」

紅丸跟白老不以為意。

蒼影漠不關心。

當然了，最有興趣的人莫過於紫苑。看起來粗枝大葉，但好歹還是個女人。

「您的衣服在這兒！」

朱菜無視大家的反應，將衣服遞給我。

在那之後，她不忘將衣服逐一親手拿給大家，真有朱菜的作風。

等我們都拿到衣服後，她帶我們到更衣室去。

我們各拿到兩種衣服。還有葛洛姆做的防具一套。

「這是葛洛姆先生託我保管的。為了讓大家穿起來服貼，他下了不少功夫。」

葛洛姆目前人不在這，之後再跟他道謝吧。

我第一個進去換衣服。

首先是甚平。

我隨隨便便畫的設計圖，朱菜則完美重現。

穿起來很舒服，很適合當日常服。為了換洗方便，她幫我準備三套不同花樣的甚平。

接著是戰鬥服。

凝聚了朱菜的巧思，是一大力作。

我變化成孩童的模樣，立刻進行試穿。

摸起來光滑順手。比頂級的絹還好摸。

長褲跟上衣都按我的設計稿呈現。

只有驚訝兩個字能形容。跟上輩子穿過的衣服一比，車工、布料都有過之而無不及。裡頭還混了我的「黏鋼絲」，防禦力也滿高的。我用「大賢者」進行過「解析鑑定」，可以打包票保證。

還有，這件衣服——

一穿到身上就變成很服貼的尺寸。似乎是一種魔法裝備。做得太好了，找不出任何缺點。它跟我的魔素混合，變得好像身體的一部分，相當貼合。

為了進行測試，我變成大人，果不其然，衣服的尺寸自動調整。

成品非常完美。

穿完衣服後，我再套葛洛姆準備的防具。

的確有下過工夫，穿起來很合身。

這是先將皮揉製再加工製成的黑毛皮鎧。固定上不用釦子，改拿前方的繩子綁住。

這防具乍看就像一件外套，其實它也是魔法裝備，跟我的妖氣極度調和。

毛皮還沒到葛洛姆手上時，一直待在我的「胃袋」裡，似乎從我這邊吸收不少魔素。因為這樣，毛皮也變成黑色的，才會跟我的妖氣相容吧。

做工真的是無可挑剔。

接著再套上大衣，整套行頭就穿完了。

這件漆黑長大衣是用前牙狼首領的毛皮做成的。亦出自朱菜之手。

沒有雙腕部分，穿起來像羽毛般輕盈。前方大開，神奇的是穿起來並不會礙手礙腳。

這樣一穿還滿像長袍的。

尾巴捲起纏上，可以用來保護脖子。能單獨拆下，當圍巾單品使用。
看起來很像禦寒裝備，令人驚訝的是，它還能抵擋酷暑，機能性很強。
我有「熱變動無效」，能不能防熱都沒差，根據鑑定結果顯示，裡頭混了我的「黏鋼絲」，所以大衣多了「耐寒耐熱」效果。
其他的標準配備還包括「自動修復」等。稍微破損也能自行修補，灌注魔力更能完全再生。還備有耐汙功能。八成都是拜我的「超速再生」之賜。
讓我有種恍然大悟的感覺。
不愧是幻想世界，處處都是魔法產物。
我穿好裝備就離開更衣間。
朱菜臉紅紅、著迷地看我。
鬼人們沒去注意她臉紅的事，陸續進去更衣。
不單只有我的衣服，朱菜織出的衣服全都能吸收穿者妖氣，跟它們同化。
鬼人們跟我一樣，身上的衣服都和妖氣同步，穿得自然舒適。
紅丸的和服是正紅色，看起來很像天鵝絨材質。
風格前衛像傾奇者，或許是他人很帥的關係，穿起來非常適合。
白老則穿著白色的修行者套裝。
為了不在戰鬥中綁手綁腳，上頭沒有多餘的裝飾。跟銳利的目光相輔相成，超有白老風格。
蒼影的是深藍色長袍配長褲。
衣服寬鬆，似乎可以在底下偷藏多種暗器。

至於紫苑，自然是穿藍紫色的西裝了。

按我的要求完美裁剪。光就外表來看，完全是個精明能幹的女強人。

但僅限外表，這也是紫苑令人遺憾的地方。

就這樣，我們全都換裝完成。

大夥兒的衣服都跟妖氣同化，變成魔法裝備。

成品真的很棒。

外觀乍看之下沒什麼，其實還能在某種程度上隨心所欲地變化，聽得我好吃驚。

從地獄蛾的繭採集絲線製作，再加入我的「黏鋼絲」，吸收這些魔素後產生變化，因而帶有「魔絲」的特性。跟「魔鋼」武器會隨持有者意思改變是一樣的道理，用「魔絲」編織的衣服也會隨之改變，朱菜如此說明。

就算當事人長大也能繼續穿，還能因應潮流改變造型，真的很划算。

基本上，跟這一樣的逸品應該滿難弄到的。

人類的城鎮有在販賣魔法裝備，我是不知道那些裝備有多少能耐啦，但朱菜的技術肯定是數一數二。製衣高手朱菜利用最棒的素材、灌注自己的妖氣編出這些衣服，肯定比那些名不見經傳的裝備更好。

拿去賣一定能賣到很高的價錢。

「還有這個，請用。」

朱菜說著就拿出用皮跟樹脂做成的鞋子。

「利姆路大人的腳這麼可愛，穿上去一定很合適。」

我順著她的話穿上。跟草鞋不一樣，整隻腳都被包覆住，穿起來非常舒服。

「噢噢，這鞋子好棒！」

我滿足地發表感言，結果朱菜就笑著跟我說「做這雙鞋子的人是多爾德先生喔」。葛洛姆跟多爾德似乎都是基於相同理由，覺得不好意思才拜託朱菜轉交。

拜託朱菜就不會不好意思了？不，我看他們是想藉機跟朱菜說話吧……

本人是這麼解釋啦，但還是體貼點，別洩他們的底。

同樣也每個人都有新鞋子穿。

我、蒼影、紫苑的是鞋子，紅丸跟白老分到草鞋。

那可不是一般的草鞋，裡頭用了樹脂，是高級品。我們也拿到日常穿的草鞋，品質可以掛保證。

穿上新衣服後，心情也跟著煥然一新。

朱菜笑容滿面地目送我們，大夥兒心滿意足地離開製衣廠。

接著來到黑兵衛的鍛造小屋。

最近他忙著製刀，都沒看到他的人。

剛才的戰前演講也沒來。

我是知道他還活得好好的沒錯，但他是那種一埋首於興趣就懶得管外界情況的傢伙吧。不過，因為我拜託他先趕製武器，那也是原因之一就是了。

最近這幾天黑兵衛一直廢寢忘食地趕工。在開會前，凱金就跟我說過了。

來到鍛造小屋前，只見門扉敞開。

裡頭置有從凱金工房運來的設備一整套。

小屋旁建了倉庫，收集過來的素材都放在那邊保管。

我已經給他一堆「魔鋼塊」了，材料也大多都張羅好一輪了，因為鐵礦石沒著落，實在讓人有點不放心啊。

今後得去附近山脈調查一下，看哪裡可以採收優質礦石。不過現在沒那個時間，人手也不夠，調查計畫只好往後挪。

建築工程無法告一段落，人手就不夠。

小屋裡傳出敲打金屬的聲響，還有陣陣熱氣溢出。

就只有這裡設了高溫爐。我們用黏土塑型，經高溫燒烤，才做出這個爐。它是用「操焰術」蓋的，成果出乎意料地好。我們會探討爐子的使用狀況，今後將陸續增設高溫爐。

有好多工作排隊等著，但目前都沒那個空實行。真讓人頭痛。

這些先別管了，我們進到裡頭，開口叫黑兵衛。

發現我們來訪，他笑容滿面地出來迎接。

「讓您久等了！有些東西一定要請您看看。」

看樣子他超想炫耀自己的作品。

就這樣，時間過去兩小時。

我變成死魚眼，雙眼無神地聽他解說。

已經夠了。我知道了啦。你很棒！

這些話有好幾次都差點脫口而出，但我及時忍住了。

看到黑兵衛喜孜孜的表情，我就說不出口。

該怎麼辦……

這種時候就很期待紫苑耍白目，可是她只顧著聽黑兵衛說明，著迷地看著一字排開的武器。

看樣子紫苑是天生的武器迷。

不僅是她，所有的鬼人都一樣入迷。

大夥兒出神地看著拿到手的武器，邊拿在手裡，邊專心聽取說明。

紅丸拿到一把美麗的長刀。

白老拿到像拐杖的暗器刀。

蒼影拿到一對忍刀。

紫苑則是又大又重的大太刀。

大家接過自己的專屬武器，心滿意足地裝備在身上。看起來有模有樣。

不過，有件事令我在意。

那就是紫苑的大太刀……會不會太大了？

「沒問題。刀鞘上附有魔力，只要用念力就能讓它消失。」

面對我的疑問，紫苑笑著解答。

不，我不是那個意思，是說武器本身未免也太大了……疑慮歸疑慮，看到紫苑的笑容後，我硬生生把話給吞回去。

紫苑似乎使得很順手，這樣就沒問題了。

一般人根本不可能拿起這麼重的東西，凱金大概沒辦法做出這種東西吧。

矮人也是大力士沒錯，但我猜，還是得用雙手才能舉起那把巨刀。

紫苑不費吹灰之力就單手拔出跟鐵塊一樣厚重的大太刀。

我頓時領悟一件事，就是別惹紫苑生氣。

看到紫苑這麼中意大太刀，黑兵衛笑著說。

「俺第一次做這麼大的武器。紫苑一定能用得很好。」

他自信滿滿地補充。

黑兵衛料得沒錯，紫苑一臉滿足。

最後他拿出我的武器。

「利姆路大人的武器是這把。目前還停留在基礎階段，算半成品。按利姆路大人所想，在刀裡放入魔石。朝這個方向製作。俺還會跟凱金先生一起研究，請您再多等一些時日。在研究有眉目前，請利姆路大人熟悉一下這把刀……」

說著，黑兵衛就給我一把刀身筆直的刀。

原來如此，他們打算針對我的想法進行研究啊？真令人期待。

我原本只是試探性說說。聽兩個小時的說明很累人，現在卻精神一振。

「好。」

我點點頭，將刀收進「胃袋」裡。要跟刀培養感情，吃進身體裡最快。

黑兵衛朝我頷首，接著又取出另一把刀，將刀交到我手上。

「這把是試作品。嘗試用新打法造的，請您先拿這把頂替。」

這把刀乍看之下沒什麼特別之處，但它出自黑兵衛之手。可是堪稱逸品的東西。

我要心懷感激地使用。

這陣子都被白老鍛鍊、跟他學習劍術了。拿把刀應該不為過吧。

剛好現在的我很想要有一把刀，所以我開開心心地接過，將它插在腰間。

感覺有刀之後好像變強了，真不可思議。

最後，我不忘開口拜託：「黑兵衛，你再替我打一把小刀。」

聽到這個要求，黑兵衛瞬間思考了一下，接著就笑笑地答應。

我是不知道他有什麼點子啦，畢竟是哥布達的武器，隨便弄一把也沒差。我一面想一面目送黑兵衛，看他快快樂樂地回到工作崗位上。

就這樣，大家都拿到武器了。

拿到武器後，葛洛姆跑來找我們。

紅丸的鎧甲做好了。

目前手邊沒有鐵礦石，鐵是稀有物品。因為這樣，沒辦法打造覆身鋼鎧之類的全套裝甲。可是，鬼人沒穿也沒差。因為西洋鎧甲跟和服搭在一起很突兀。

葛洛姆運來用魔物素材做成的甲殼鱗鎧。

之前曾給冒險者卡巴爾試作品，這次的是完整版。這種鎧甲也會跟裝備者的妖氣同步。我給的「魔鋼塊」似乎幫了很大的忙，發揮得淋漓盡致。強度遠在試作品之上。

防具設計一開始就朝紅丸專用的方向走，跟紅色和服非常相襯。

有胸甲、護腰、手甲、足甲。紅丸似乎不戴頭盔，跟他們說頭盔就不用做了。樣式看起來很誇張，但穿在紅丸身上很搭。視覺上相當華美。

我好奇其他人的鎧甲製作得如何，一經詢問後，對方回說「那個啊，已經交給朱菜小姐了」。

看樣子葛洛姆每做一件就交一次。

讓人不禁想問，你是多想見她啦。

再來，他替白老、蒼影、紫苑這三人準備鎖子甲。

鎖子甲穿在貼身衣物外，別人不會發現他們有穿防具。
在做這樣東西時，葛洛姆似乎也跟朱菜精心討論過，成品並不對衣物的美觀構成妨礙。這樣也有藉口找朱菜，葛洛姆肯定很爽。爽快的心情體現在作品上，每一樣都做的很棒。
要是他沒有邪惡念頭就更完美了，依我看還是別掀牌為上策。
我已經拿到黑毛皮鎧了，不需要其他裝備。
趁我還記得，順便跟葛洛姆道謝。
以上，裝備方面也處理好了。

隔天。
狼鬼兵部隊也準備就緒。
大夥兒帶著一星期的兵糧，列隊等待我們。
這次要速戰速決。所以我們只帶最少量的糧食。
多了補給部隊，將會拖慢行軍速度。
機動性就是一切，視情況，可能還要快馬加鞭地逃回來。
大家都只帶自己要吃的糧食，這樣應該夠用吧。
我原本以為準備起來要花上兩天，結果大出意料，早早就結束了。
先過去調查周邊狀況也好，我們決定出發。
「敵人是豬頭帝（半獸人王）！我們要盡快打倒他！」
宣言簡潔有力。

這次空有氣勢是沒用的。行動時必須審時度勢。目的愈簡單明瞭愈好。

宣言一出，大夥兒就高聲回應。

洪亮的聲音響徹四周。

這些滾刀哥布林士兵主要都是當初跟牙狼決一死戰的戰士。裡頭還有幾個是新進人員，不過，既然能選進狼鬼兵部隊、嵐牙狼願意跟他們結為夥伴，這些人就是菁英。

軍隊士氣高昂。

我受大家的心情感染，心中的不安一掃而空。

這次也要戰勝敵人。若情況真的不樂觀，就先撤兵逃跑。

打戰不能過度樂觀。可是，也不需要帶著敗仗的預期心態作戰。

我們朝決戰之地——濕地前進，意氣風發地出兵。

*

離開城鎮後，時間過去三天。

草木變得稀疏，再過去一點應該就是濕地了。抵達的時間比預料中還早。

我們盡量精簡行李，行軍時以速度為重，才能這麼快就到目的地。

此外，一路上都沒有可以讓大家喝水的地方，所以我就從「胃袋」生出水來，替大家的水壺充水，那些水似乎能消除疲勞、提昇體力。多虧這些水，我們降低休息次數，能持續趕路。

仔細想想，「胃袋」裡的水富含魔素。對魔物來說，魔素能變成毒藥，也能成為良藥，因此產生影響。

這水大概就像回復水吧。

總之，今天先在這裡休息。

在這裡做紮營準備，順便進行有助於會談的事前調查，應該是不錯的選擇。

三天後就要跟蜥蜴人首領會談。既然都來到這裡了，我們就不用汲汲營營。

基於上述原因，我命令大家待機。在這裡紮營，建造能用來休息的地方。

好了，說到偵察工作……

「利姆路大人，我去勘查吧。」

蒼影立刻自告奮勇。

他是不二人選，這次繼續勞煩很有自信的蒼影吧。

「好，蒼影。你去確認周遭的情況。可以的話，順便把半獸人軍首領的位置查出來。」

說完，我就派他去出任務。

憑他厲害到誇張的調查能力，肯定能弄到不少情報。

派出蒼影後，紅丸來找我說話。

「利姆路大人，這次可以讓我們盡情發揮嗎？」

他這麼問我，但我不清楚紅丸這麼問的用意為何。

再說，我又不知道實際狀況怎樣，不曉得該怎麼回答才好。

「嗯？是可以啦，但這邊一發出撤退信號，你們就要撤退喔！」

總之先這樣回答好了。

接獲我的回覆，紅丸露出自信的笑容。

「撤退信號我想沒有必要吧？既然我們已經出兵了，就要殺光他們！對吧？」

他回得自信滿滿。

連你也來這招啊。

帥哥一副跩樣還是帥。

那也要你贏得了啊。

在那邊耍帥，到時輸個屁滾尿流就好笑了。到時應該會丟臉丟到無地自容吧，就不知他是怎麼想的？

這些傢伙都不擔心門面問題嗎……

算了別管這麼多。

「你可別大意喔！」

我聳聳肩，談話就此打住。

至於紫苑則陶醉地看著自己的大太刀，笑著喃喃自語「馬上就讓你殺個痛快」。

這畫面看起來好危險。

除了冒失屬性外，這傢伙居然還有這麼危險的興趣？

乍看之下是冰山美人，跟她愈熟就愈清楚這女人有多危險。

我還是裝作沒看到好了。

白老不愧是白老，看起來一如往常地冷靜沉著。

正所謂心如明鏡，高手才有這等從容，我原本是怎麼想的——

「不知那裡是否有耐打的對手……」

那句獨白清楚地傳進我耳裡。

連白老也……我整個傻眼。

這群鬼人未免太有自信了吧？要跟曾經戰勝自己的敵人對打，應該保持警覺才對。

感到擔心之餘，我嘆了一口氣。

紮營準備開始後，時間過去一小時。

（您現在方便講話嗎？）

我正在觀望大家的工作情形順便休息，這時有人用「思念網」連絡我。

（怎麼了？已經掌握情報了嗎？）

（不，我發現一群人正在交戰。）

（什麼？是戈畢爾那夥人？）

（不，不是他們。其中一方只有一人。看起來好像是蜥蜴人首領的隨扈。另外一方是半獸人軍，還是高階種，帶了一群部下。部下共有五十人——）

（首領的隨扈……？只有一個人嗎？）

（是。看起來剛開打不久，但結果顯而易見。看樣子那隻高階種打算誇耀自己的戰力，正獨力捉弄蜥蜴人。該怎麼辦？）

（你有辦法打贏那隻高階種跟他的部下嗎？）

（小事一樁——）

不愧是蒼影。好大的自信。

就相信蒼影的說詞吧，現在該怎麼處理那隻蜥蜴人……

見死不救太沒品了。可是，那隻半獸人軍想展現自己的力量，現在不失為調查他能力的好機會。

幸好「思念網」這個能力很方便，蒼影看到的影像也會傳到我這兒。

可惜的是，蒼影跟我不同，沒辦法二十四小時發動「思念網」。每過一段時間就需要休息。

不僅是蒼影，其他人也一樣。可以接收訊息，發送卻有條件限制。應該這麼說，能無限連接的我才是怪胎。

若距離不是那麼遠，至少這邊能發「思念網」連過去……現在講這個也無濟於事。

（聽好，你要盡可能觀察。之後再捎情報給我。這樣對那隻蜥蜴人不太好意思，但我們要讓他孤軍奮戰一下。基本上是這樣，有生命危險的話，你再出手救人。）

（遵命！）

一下完命令，我就切斷「思念網」。

事情似乎不單純。否則蜥蜴人也不會獨自一人出現在那種地方。

難得有機會休息順便做個調查，看樣子現在沒那個閒工夫。

我把大家聚集起來，跟他們說明事情原委。

「各位聽著，先中斷紮營工作。事情似乎不對勁。」

聽我這麼說，大家都換上嚴肅的表情。

「那麼，要直接參戰嗎？」

「我想想。敵人好像有五十隻。你們大家兩個一組，每組對付一名敵人。聽好了，半獸人王能吸收小兵吃掉的敵方能力。絕對不要勉強，發現狀況不對就逃跑。明白了嗎？」

「「「是！」」」

以哥布達為首，大家異口同聲地回覆。

「很好。那就跟蒼影核對位置，再過去圍攻敵人。包圍網完成後，立刻開始進行殲滅行動。我再說一次，大家別逞強喔！」

「利姆路大人，您會不會太杞人憂天了？在我看來，這些傢伙也頗有身手。再說還有我們隨行，您就放心吧。」

「是嗎？那就交給你們了。大家開始行動。」

「明白！那麼——」

紅丸出面要我放心。接著聽從我的命令發兵。

目送紅丸、白老、哥布達等人遠去，我跟紫苑也開始行動。

其他那些雜碎就交給紅丸他們，我想會會高階種。盡量掌握敵方情報，對今後的戰事也有正面效果。

蒼影在那兒，再加上紫苑隨行。應該不會那麼容易就輸吧。

我騎到蘭加身上，朝蒼影那趕去。

*

當我們來到蒼影身邊時，他正好從樹上跳下、接住豬頭將軍的劍。那傢伙湊巧是二刀流，左右手都拿著頗具分量的半月刀。看起來很像放大版的切肉刀，做成曲劍模樣，刀身很厚，似乎連骨頭都砍得斷。

他的手長得異於常人，很難推算攻擊範圍。

敵人跟蒼影僅交手片刻，但動作看起來變換自如，是很難對付的傢伙。

照理說是這樣……才對，看在我眼裡卻不怎樣。

仔細想想，白老的劍靠直覺也閃不掉，跟他的劍一比，肉眼可見的動作算很溫馴了。

「咯咯咯，你們又是哪號人物？專程來給我這個豬頭將軍吃的嗎？」

那傢伙的手很長，看起來像豬、野豬外加人類的混合體，他看著我放話。這傢伙疑似就是高階種——豬頭將軍。

「臭小子，你對利姆路大人太沒禮貌了！」

紫苑的眼開始出現殺意，用殺人目光狠瞪豬頭將軍。

「啊，您就是——」

朝聲源處看去，有隻蜥蜴人蹲在地上，正抬頭仰望我。

她全身是傷、奄奄一息。流了一大堆血，差一點就要去見閻王了。

當初要蒼影盡可能觀察的是我，結果他還真的在人家死前都不出手。蒼影只是聽命辦事，但我真希望他早點救這隻蜥蜴人。

事情演變成這樣，把我弄得好像大壞蛋。為了避免對方把我當成壞人，我決定稍微表現一下。

「喝這個吧。」

說完，我就送蜥蜴人一個回復藥。

她在瞬間猶豫了一下，最後還是一口氣喝乾那些藥。效果非常顯著，身上的傷全都在眨眼間恢復。

「什麼！」

「這怎麼可能——」

豬頭將軍跟蜥蜴人同時發出驚呼。

很好，這下我給人的印象應該多少有些改觀。來得及在會談前改善印象真是太好了。

才剛想到這兒，蜥蜴人就劈哩啪啦地開口。

「求、求求你們！使者大人、使者大人的主人。請你們救救我的父親——救救蜥蜴人首領跟兄長戈畢爾！」

她下跪兼低頭。像在祈禱一樣，求我們搭救家人。

「發生什麼——」

發生什麼事了？我才要問這句話，豬頭將軍就突然出刀砍來。

「敢來壞我好事，先吃了你！」

敵人大叫，交替揮舞兩把半月刀。

他似乎想趁人不備，可惜的是，我早就用「魔力感知」看透。

原想稍微朝後方跳去藉此避開攻擊，這工夫卻免了。紫苑擋在我面前，揮動不知從哪變出的大太刀。

豬頭將軍在剎那間將刀交叉，想接下劈擊，卻被紫苑的怪力砍飛。她有追加技「怪力」，這讓她在不是人的情況下又多出超人怪力，當然會把豬頭將軍砍飛。

「低賤的東西。利姆路大人在說話，你就不能乖乖聽完嗎？」

美麗的臉龐滿是憤怒，紫苑用一雙眼狠瞪豬頭將軍。

「可惡！大家一起上，給我把這群傢伙——」

豬頭將軍對部下們下令，可是，他們都沒有反應。

這也難怪……

「三兩下就解決了。拿來打發時間都不夠。」

「利姆路大人，這些傢伙弱到很誇張耶。兩人一組偷襲他們好像滿可憐的。」

紅丸和哥布達到我跟前匯報。

他們按照我的命令包圍敵人，把敵人全滅了。動作實在太快，快到讓我啞然失聲。

其他還有幾隻跟在豬頭將軍身邊，剛才也被白老砍了。

這下我終於懂了，怪不得他們說我杞人憂天。

「居、居然有這種事——！」

豬頭將軍驚訝到說不出話來。

不幸隨之降臨。

「喂，從這傢伙身上套點情報——」

我的注意力都在蒼影這句話上時，一切就在那時劃下句點。

「去死。」

一道閃光伴隨死亡宣告放出。

緊接著，巨大的聲響在這一帶炸開。

豬頭將軍被砍得連塊渣都不剩……

「妳搞什麼啊……笨蛋……」

我無力地說著。

蒼影體察到我的想法，正想從豬頭將軍那套點情報，紫苑卻沒想到那去。

「利姆路大人，我已經替天行道除掉那個白痴了！」

紫苑笑瞇瞇地跟我報備，一副很想要我誇她的模樣。

那心思全寫在臉上，我現在該誇還是該怒啊。

「喔，嗯。下一次要盡量活捉敵人喔。」

「我知道了！要讓他明白忤逆利姆路大人有多愚蠢對吧！」

不，不是那個意思。雖然她誤會了，解釋起來卻很麻煩。總之，她願意幫我活捉就好，就這樣吧。

部下們料理完畢，本想說要來跟豬頭將軍套些情報的，只好先放棄。

看樣子似乎只是三流貨色組成的偵察部隊，應該沒什麼像樣的情報才是。

沒戲唱的事多想也沒用。

我立刻調適心情，決定來聽蜥蜴人怎麼說。

「距離會談日還有幾天，發生什麼事了嗎？」

等她冷靜下來，我重新問她。

這次沒有人搗亂，蜥蜴人在蒼影跟我之間來回張望，接著視線落到我身上，語氣堅定地發言：

「我是蜥蜴人首領的女兒，擔任首領的親衛隊長。這次還來不及跟你們結盟，我的兄長戈畢爾就謀反了，把首領抓起來關住。他打算跟半獸人軍作戰。但兄長太小看半獸人軍了，這樣下去一定會輸給他們，蜥蜴人將會滅族……」

說到這裡，蜥蜴人突然頓住。

多加考慮後，再度掀動嘴皮。

「首領要我過來傳令，為了不給你們這些同盟夥伴添麻煩。可是——我還是想懇求你們伸出援手！」

話說到這，蜥蜴人在我面前五體投地地跪下。

原來如此，戈畢爾是蜥蜴人首領的兒子啊。眼前這名蜥蜴人是首領的女兒，也是戈畢爾的妹妹。首領也好、這名親衛隊長也罷，看起來都是很棒的人。

就只有戈畢爾是老鼠屎。不過，假如首領有什麼萬一，我們這邊也麻煩。

好了，接下來該怎麼辦。

「我們還沒有締結同盟。蜥蜴人首領認為自家人鬩牆不應將外人捲入——才要妳過來傳令。是這樣沒錯吧？那麼，妳為何還開這個口？」

我拋出這個問題。聽起來滿壞心眼的，但我們沒義務幫忙蜥蜴人。若是已經結盟就另當別論，目前還是先撤退比較妥當。

是說沒名字，要叫人實在很麻煩。魔物能透過彼此間微妙的感情波動來識別個體，但我原本是人，只覺得這樣很混亂。

叫她蜥蜴人或親衛隊長都怪怪的。

我不小心沉浸在八杆子打不著邊的思緒裡，蜥蜴人親衛隊長跟本不知道我在想這個，一張臉筆直抬起、看著我回答。

「您收服這麼多強大的魔人，小人以為您的力量足以拯救我族。您還受森林管理者樹妖精大人認可，才想請您發發慈悲。我知道這是蜥蜴人一廂情願的請求，即便如此，還是望您——」

「說得好！知道利姆路大人有多偉大，妳有眼光。就回應妳的期望，來去拯救蜥蜴人吧。反正——我們已經決定要殺光半獸人軍了。」

怎麼又來了。這橋段瘋狂重播耶。我是任命紫苑當祕書沒錯，但她只有亂接工作的技能點高啊。

算了。橫豎都要打戰，我們就盡力幫忙吧。前提是在我方毫髮無傷的範圍內。

「蒼影，你能『影瞬』到首領所在處嗎？」

「可以。」

「那我命令你，立刻去救蜥蜴人首領。有人想妨礙我們結盟的話，順便把他們處理掉。」

「遵命！」

「您的意思是——！感謝您出手相救！」

蜥蜴人向我道謝，但我能幫的範圍也只限能力所及。

「先跟妳講白，我們量力而為喔？」

「小人明白。還有，我想跟他一起去，幫他帶路……」

我說我們能幫的忙有限，她並沒有因此不悅。想必是知道自己在強人所難吧。幸好這隻蜥蜴人不打算把爛攤子全推到我們頭上，沒那種膚淺想法。假如她有那個意思，結盟的事就要斟酌一下了。

「我能體會妳想一起回去的心情，但蒼影獨自行動會更快抵達首領所在處……」

我挑話挽留她，怕她跟過去礙手礙腳。

可是，就在這時——

「妳有辦法憋氣三分鐘嗎？」

蒼影朝蜥蜴人問話。

「可以，沒問題！我能憋五分鐘。」

「好，就帶妳去吧。」

蒼影跟蜥蜴人似乎達成共識。

「利姆路大人，您意下如何？」

「好，沒問題。順便帶這個過去。」

蒼影說沒問題，應該就沒問題吧。既然不會礙手礙腳，我也沒理由反對。

我還給蒼影數個回復藥。

「如果症狀不嚴重，稀釋成十分之一濃度就可以了。你拿去替傷患治療。還有，半路上碰到什麼問題就用『思念網』報備。」

「了解。那麼，我們這就去執行任務。」

蒼影頷首，朝我行了個禮。

蜥蜴人也向我深深一鞠躬，接著就面向蒼影。

蒼影舉止自然地伸手環上她的腰，開始進行「影瞬」。在那之後，眨眼間就從我們面前消失。

「交給蒼影去辦，首領肯定能平安無事。」

紅丸在一旁打包票。

的確，以他的身手來說，交給他辦應該沒問題。

*

營救首領的事交給蒼影，我們按原定計畫勘查戰場。

只不過，戰爭好像開打了，似乎沒閒工夫摸魚。

「接下來就去看看戈畢爾那傢伙的情況吧。」

「要去救他嗎？」

「這個嘛，要看戈畢爾自己了。目前連他是生是死都不知道。」

紫苑發問，我則聳聳肩回應。

我只答應要救首領，沒說連戈畢爾一起救。我可不希望救那笨蛋，害自家人馬遭遇危險……

總之先去看看戰場的情況再說。

「利姆路大人該不會想親自出征？」

這疑問來自紅丸。

「是啊，我要親眼看看，再來做判斷。」

觀察戰場情況是基本功，順便確認戈畢爾的死活。

我答話的用意是這樣啦，紅丸卻十萬火急地反對。

「請您稍等一下。我跟白老出戰就行了。利姆路大人只要跟紫苑在一旁觀戰就——」

「正是。利姆路大人是我們的主子。用不著上戰場，交由我等處置便可……」

居然說出這種話。

不不不，這樣不好吧。

就只有紅丸跟白老、狼鬼兵部隊百騎，未免太亂來了。

一開始打算在同盟後開會擬定縝密的作戰計畫，你們這樣根本亂來啊。流程是這樣的，拿蜥蜴人軍當誘餌，再讓紅丸他們制衡半獸人王的心腹。

簡單來說，就是讓他們去布椿，確保我跟半獸人王一對一作戰。

拿區區百名騎兵對抗二十萬大軍，我可沒有讓他們做這種自殺攻擊的意思。

「等等，該冷靜的是你們才對。該不會想用這一百名戰士打贏二十萬大軍吧？」

「就是嘛！多說他們幾句！」

我傻眼地吐嘈後，哥布達就趁機發牢騷。

也對啦。上頭要你送死，下面的人沒必要照辦。

「我想憑氣魄殺過去總會有辦法……」

紅丸遺憾地碎碎念，在場跟他一個鼻孔出氣的就只有白老、紫苑。

這些鬼人的思考回路好像有點超展開？那不是憑氣魄就能解決的問題吧？

原本是想說在某種程度上放手讓他們去做，看樣子還是得由我監督才行。

紅丸他們曾經敗在半獸人軍手裡，照裡說應該很清楚半獸人軍有多可怕才對。

我是這麼想啦，卻說不出口。感覺他們會覺得進化前的情況跟現在不同。

「總之，我會從空中觀望戰況。根據戰況下指示，細部指揮就交給紅丸處理。」

「原來您是這麼打算的，那就好——」

我這番說詞總算讓鬼人接受。

老實說，我並沒有指揮軍隊的經驗。是常玩策略模擬遊戲啦，但實戰經驗是零。

所以我才打算在高空中俯瞰，做做指示就好。

我用「思念網」串連大家，隨時更新實況。紅丸再依這些情報指揮。

不過，撤軍這類重大決策還是由我執行，事情就此說定。

「聽好了，未從我這接獲指示的都要聽紅丸號令。小心別讓自己喪命！這場戰爭並非大決戰。別搞錯方向。」

最後我聚集所有人，朝他們下令。

「「「噢————————！」」」

話一說完，大家就高聲大喝地應和。

雖然已經提點他們，說這並非決戰，但大戰當前，大夥兒還是難掩興奮。

「包在我們身上，利姆路大人！」

紫苑開口回話，紅丸也用眼神示意。

白老則跟平常沒兩樣。

好吧，船到橋頭自然直……

鬼人們自信過頭，整支狼鬼兵部隊飄散著躍躍欲試的氛圍。

一副準備要亂來的樣子，讓人看了好擔心。

有什麼萬一就別猶豫，直接下令撤退好了，我在心裡暗自發誓。

*

我打算在背上弄對翅膀，這才發現衣服會擋到。

先前已經做過實驗，確定長翅膀飛沒問題了，但衣服問題害我不知該怎麼辦才好。

正在苦惱時，我想起朱菜的話。

據朱菜說明，用「魔絲」編成的衣服會隨持有者意念做某種程度的改變……原來實際上用起來是這麼一回事啊。

打算長出雙翼時，衣服自動開一個洞。等翅膀長完，洞又自行密合。可以照自己的意思多少改變衣服、防具構造，真的很方便。

感謝朱菜，感謝葛洛姆。

跑過森林要花一小時左右，用飛的咻一下就到了。

我從空中俯瞰戰況。

肉眼看不清楚也沒關係，只要開「魔力感知」，情況就一目了然。

就好像在高空中用衛星監視一樣。

話又說回來，可以藉飛行俯瞰、掌握兩軍動向，真的很有優勢。

還能把俯瞰時獲得的情報用「思念網」傳達給各個兵士——就像在幻想世界實現近代戰爭的情報戰。

跟那邊的軍隊不同，這裡能傳達的情報量遠勝。這樣一來，以少敵多並非痴人說夢。

應該這麼說，能有效調派為數不多的兵將。

我正為這些特點感動不已，腦中也順便將情報正確分析完成。

蜥蜴人居於劣勢。

一看就知道遭敵兵圍剿，處於動彈不得的狀態。

他們還能撐到現在，全都多虧指揮官拚命鼓舞士氣。但能撐多久就不知道了。

看得更仔細點，這才發現指揮官是戈畢爾。我還以為他只是一個蠢材，看樣子之前小看戈畢爾了。

怪不得他老妹會想請我們救這個哥哥。真正的他比想像中更了不起吧。都怪初次會面的印象太差。

指揮官沒有洞察大局的眼光，這是非常致命的缺點。

可是，任誰都無法在年輕氣盛、缺乏經驗的狀態下明察秋毫。

假如那傢伙能在這次的戰役裡存活下來，記取教訓的話，很有可能變成優秀的指揮官。

這時一隻半獸人軍擋在戈畢爾面前。

身穿漆黑鎧甲的半獸人軍團將戈畢爾等人團團包圍。

那些騎士在半獸人軍裡明顯居於上位。

全都穿著覆身鋼鎧，看起來訓練有素。其中有隻半獸人特別顯眼，正在跟戈畢爾對峙。

八成跟剛才死於紫苑手裡的傢伙地位相當，是豬頭將軍。格調明顯異於周遭那些傢伙。

接著他們開始單挑。

戈畢爾非常賣力。

若他沒有粗心大意，應該不會輸給哥布達吧？帶著令我刮目相看的氣魄、槍技，戈畢爾持續跟豬頭將軍周旋。

可惜的是，他跟豬頭將軍的實力相差懸殊。

戈畢爾身上的傷愈來愈多……

讓他死掉太可惜了。

既然我會這麼想，答案就很明顯了。

我朝大夥兒下令。

（蘭加，你能「影瞬」到戈畢爾身邊嗎？）

（可以，頭目。）

跟蒼影的「影瞬」一樣，蘭加也能直接移動到遇過的人旁邊。

既然這樣——

（哥布達，你一起過去！）

（咦！真的假的？要進到那堆大軍裡——）

他的哀叫透過思念網傳來，哀到一半就斷了。接著——

（他樂於從命。利姆路大人。）

紫苑的聲音加入，朝我做出回應。

我不知道哥布達怎麼了。但我想不知道也無所謂。

（是嗎，那就把戈畢爾救出來吧。交給你們了！）

我只做出這個命令。

趁蘭加大鬧特鬧、引開豬頭將軍的注意時，哥布達過去救戈畢爾。再整合蜥蜴人跟哥布林部隊，讓他們死裡逃生。

哥布達、蘭加開始行動，前去營救戈畢爾。

可是直接過去的話，敵兵人數眾多，哥布達他們也會有危險。

（利姆路大人，我們可以過去大顯身手了吧？）

打斷我的煩惱，紅丸開口問話。

（先別管那個，蜥蜴人們正處於險境。我派哥布達跟蘭加過去了，但繼續拖下去很不妙。你先過去幫他們。救完隨便你愛怎樣都行。叫白老繼任細部指揮也行，愛怎麼鬧就怎麼鬧。）

（了解！大鬼族（食人魔）——不對，就讓您看看鬼人的實力！）

聽我這麼說，紅丸透過思念網答得開心。

緊接著，戰況出現轉機。

下完指示後，我開始確認戰況。

蜥蜴人的防禦陣形快要瓦解了，應該撐不了多久。照這樣子看來，首領所在的洞窟內部或許也遭敵軍猛攻。

我只派蒼影過去，會不會有事啊？

蘭加沒什麼好擔心的，哥布達還好嗎？

還有紅丸他們……

諸多擔憂掃過心頭，不過，現在才擔心也無濟於事。

我下了命令，他們已分頭執行。

無能者才會接自己無法勝任的工作。

我剛進公司還是菜鳥時，曾被當時的所長訓斥。要我別接自己無法處理的工作量。

接下工作的人無法處理，工作堆在那邊只會給大家添麻煩。

同樣的，無法看清當事人有多少能耐，硬塞工作的上司也很無能。

重點在於有多少能力做多少事。上司則要判斷部下的實力，分派相應的工作。

我目前還不確定他們有多少能耐。無從判斷分派的工作是否強人所難。

只好祈禱他們非無能之輩。希望之後不會有人罵我是無能的主子。

這麼說很不負責任，但現在只能相信他們了。

此外，誰碰到難關，當上司的就該適時伸出援手，所以我有責任監督這場大戰。

如此一來，一旦發現某處有人陷入苦戰，我就能直接跳進去幫忙……

●

斧槍一刀砍斷首領拿在手裡的長槍。

話雖如此，首領還是接下豬頭將軍的攻擊數次，可以說寶刀未老。

他驕傲地直視豬頭將軍，朝對方大喝。

「呵哈哈哈哈！就算沒有武器，我還是能戰鬥！」

首領發出豪語。不過，任誰都能看出這話只是虛張聲勢。

他的鎧甲破碎，自豪的鱗片也出現無數裂痕。又失去賴以防身的武器，一條命有如風中殘燭。

「聽我命令！親衛隊，到前方來。你們要盡力保護女人跟小孩。絕不能輕言放棄。盡可能爭取時間，等待援軍到來！」

他使命端出威嚴，放聲大吼。

「首、首領……可、可是援軍根本——」

親衛隊副隊長正要發出質疑，首領就厲聲斥責道「閉嘴！」，要他住口。

「我相信他們會來。絕不能喪失希望。直到最後一刻都不能丟失蜥蜴人的尊嚴！」

絕不能示弱。

他象徵蜥蜴人的剛強、是蜥蜴人的希望。

對無路可逃的蜥蜴人來說，他們只剩首領的話可以依靠。

「再說，只要我打倒這傢伙，我們就有活路可走。」

首領說著就露出傲然的笑容，藉此鼓舞戰士們。

殺掉擋住去路的敵兵大將，肯定能覓得一線生機。

蜥蜴人戰士們尚未絕望。

就算首領戰死，他們也要接著上陣挑戰，大夥兒下定決心這麼做。

首領的不屈不撓、那背影教會他們這件事。戰到最後的一兵一卒，盡可能讓更多女人及孩童逃出，這才是他們要打的勝仗。

只要未來還存有希望就夠了……然而，他們的希望卻被豬頭將軍無情粉碎。

「一群蠢材。放著不管隨你們嚷嚷，就得意忘形了！」

寒光乍現。豬頭將軍揮動斧槍，在首領胸口上砍出一個大大的血口。

「咕啊！」

首領吐出鮮血，朝地面倒去。

（到此為止了嗎……）

洞窟內部迴盪著蜥蜴人們的慘叫聲。

戰士們擋在豬頭將軍前方，試圖阻止他刺殺首領。豬頭將軍則毫不猶豫地砍殺他們，朝首領進逼。

眼下——

「以蜥蜴人來說，你算很能打了。是配當我軍血肉的勇者。能跟我們同化應感到光榮，去死吧！」

豬頭將軍瞄準首領，打算揮出斧槍——

「那樣可就困擾了。不能跟首領締結同盟。」

一名男子在首領面前出現，用那沉靜的聲音阻止他痛下殺手。

來得正好。

這名男子——蒼影的出現將為蜥蜴人命運帶來重大改變。

●

蒼影是率領自家部族的族長，跟紅丸是年紀相當的競爭對手。紅丸繼承王位後，蒼影就要去他底下當家臣，然而，那一刻卻沒有到來。

對蒼影來說，紅丸是前任主君的兒子，卻不是主子。

取而帶之的是另一名主子利姆路。

他知道自己正在替主子賣命。

他認為自己很幸運。

蒼影扯出一抹淺笑。

食人魔長年太平，未受戰亂之苦。他們是強者，森林裡的魔物根本不是對手。

最近就連劣種龍都沒出來搗亂。

沒出來作亂固然是好事。可是，說老實話，蒼影也想試試這些日子來鍛鍊的身手。

就在那時，半獸人軍襲擊食人魔村。

當時的自己什麼都辦不到，這讓蒼影很懊惱。

如此一來將無法替主君報仇，無法替大家雪恥，食人魔就此沒落……

他慶幸自己是個幸運的人。

為新的主子效命，還有機會替同伴報仇。

驕矜自滿往往讓人大意，但蒼影不是那種人。這次的敗仗讓蒼影獲益良多。屈辱的記憶讓他知道自己有多愚蠢。

他要為了主子磨練技藝，排除主子的敵人。為此，他不忘砥礪自我。

聽令行事是至高無上的快樂。

就這樣——蒼影盡忠職守地執行主子交派的任務。

●

首領抬頭仰望悄聲而立的男人，這才發現對方是跟自己有過一面之緣的魔物。

他是名喚蒼影的高階魔人。也是過來談結盟的當事人。

（援軍來了嗎？不，我們還沒結盟。可是……）

心頭疑念交錯，但首領的生命之火即將燃盡，沒心力管那麼多了。

他吐出混雜鮮血的唾沫，一面開口：

「蒼影先生……你還是來了嗎？你對我忠告在先，我族卻先行壞事……請你看在我這條命的份上，救救蜥蜴人族——」

在性命逝去前，首領不忘對蒼影託付後事。不過，有個人卻跑向首領。快到讓人來不及察覺他就是首領的女兒、蜥蜴人親衛隊長。

「父親大人，快喝這個！」

首領在引導下將女兒遞出的水色塊狀物含入口中。水珠從牙縫間流出，才剛碰到胸部的傷口，慘不忍睹的傷隨即完美痊癒。不僅如此，那些液體喝進體內，讓首領的身體眨眼間康復。

「怎麼會！」

首領吃驚地起身。

此時某人沉著地回應他。

「忠告……你是指什麼？無妨，那些事不重要。請你們在這靜待約定之刻到來。在跟我主履約前喪命，那可就困擾了。請你多加注意。」

對方的話聽起來很突兀。冷靜的聲調似要讓首領安心。

（難道說，他們要履行同盟約定……可是——）

「可是，現在不是靜待結盟的時候。半獸人軍正……」

話才說到一半，首領就驚覺不對。

豬頭將軍拿著斧槍僵在原地。那張臉染成紅黑色，看起來非常賣力，全身的肌肉都膨脹起來。

「什、什麼！發生什麼事了……」

「別擔心。這傢伙已經不能動了。」

首領的疑惑因蒼影一句話冰釋。這麼說來，他言下之意是……

首領驚愕地睜大雙眼，目不轉睛地看著蒼影。豬頭將軍很強，強到能痛宰首領，此時首領發現，他在蒼影面前動彈不得，整個人束手無策。

「你、你究竟——」

「不過，可惜了。難得抓到他，本想拷問一下，替利姆路大人貢獻點心力……看起來，他身上被人施了共享情報的祕術。只能取他性命了。」

蒼影冷靜地說完，接著就朝豬頭將軍一瞥。

對於任務是專門收集情報的蒼影來說，將情報洩予敵方，他的尊嚴可不容許這種事情發生。所以，他才會萬分謹慎地觀察敵人。蒼影的眼發出青藍色光芒，連魔素的些微變化都難逃法眼。這是追加技「洞察眼」的效果。

這雙眼看出豬頭將軍在跟某人傳遞情報。

與其讓敵人取得我方機密，還不如殺掉豬頭將軍，蒼影如此判斷。但光殺有點無趣，還是稍微放點情報，藉此調查敵軍動向。

「直接殺掉很無趣，就讓你傳個話吧。」

蒼影露出淺笑，跟豬頭將軍四目相對。

「你正在看吧？操縱半獸人的傢伙，接下來就換你了。竟敢跟我們鬼人為敵，這就讓你後悔莫及。」

說完這些，蒼影就擺出興趣缺缺的模樣，不再看豬頭將軍。

事情辦完了。接下來只須清理垃圾。

「受死吧。」

蒼影開口宣判。

緊接著，豬頭將軍就變成肉末，從這個世界上徹底消失。蒼影已經架起「黏鋼絲」，那些絲將敵人切成碎片。

利姆路曾想當「舞絲者」，而那完美的操術師就在這瞬間誕生。

首領驚訝地愣在原地，將這一切盡收眼底。

他拚命拉回紊亂的思緒，咀嚼剛才聽到的話。連冒出的汗都忘記擦拭，光顧著看蒼影。

（鬼人……他剛才說鬼人嗎？）

首領看蒼影的眼神盡是難以置信，他的力量一一展現於腦海，並帶來說服力。

（也對，這樣就說得通了。那是跟半獸人王並駕齊驅的傳說。食人魔高階種……）

食人魔是森林裡的高端種族，進化後便是鬼人。也因為這樣，鬼人的力量自然直逼高階魔人。

超越A級，擁有銳不可擋的強大力量。

在為數眾多的魔人裡，A級之上是少之又少……

不過，比起食人魔的進化，首領更在意另一件事。剛才蒼影確實說了「我們」。也就是說，鬼人不只一個？想到這兒，首領就覺得背脊發冷、為之震顫。

接著又一個念頭掠過腦海。

（我的判斷——接受同盟邀約果然是正確的……）

首領當場腿軟地癱倒在地。

有鬼人幫忙，蜥蜴人肯定能得救，如此確信的他就此鬆懈下來。

身為大將的豬頭將軍在瞬間敗北，半獸人軍卻不顯懼色。

激烈的戰鬥仍持續著，親衛隊長用蒼影給她的回復藥治療傷者。

蒼影不耐地朝半獸人軍瞥去一眼。

「有那些煩人的傢伙在，你們也不能放心吧。就當是舉手之勞，我去收拾他們。你們稍等一下。」

蒼影泰然而立，似乎不把半獸人軍當一回事。

下一刻，他的身體分散成多重影像……五道影子就此飛出。

他們跟蒼影長得一模一樣。連裝備的形狀都如出一轍。

不過，他們全是蒼影用魔素做出的「分身」。

「分身」開始默默地採取行動。

來到通道處，擋在持續防守的蜥蜴人戰士團前方。包含退路在內，五條通道全站了「分身」。

蜥蜴人們震驚之餘還是讓路給他們。

「你們下去休息吧。」

「分身」們一說完就開始對付各大通道的半獸人軍。

接著，蜥蜴人們就目睹讓他們難以置信的事。

半獸人讓他們吃盡苦頭，有如來自地獄的惡靈，卻束手無策地遭蒼影屠殺。

每條通道都上演相同的景象。

——操絲妖斬陣——

絲系譜出耀眼奪目的殺戮之舞。

「黏鋼絲」眨眼間張於各大通路，在魔力作用下隨蒼影意思起舞。

在有限的空間裡，任誰都無法逃離那片絲陣。特別是在這種通道狹窄的地方。

蒼影一發動絲陣，半獸人軍的身體就被切成碎片。

半獸人軍不會感到恐懼，這點把他們害慘了。絲陣朝入侵內部的士兵逐一殺去，殺到他們連抵抗的機會都沒有。

蒼影殺人不眨眼。

不帶半點仁慈，像在宰殺落入陷阱的獵物，一路虐殺半獸人軍。

有如自動撲向蜘蛛網的獵物，半獸人軍們貪戀遭絲切碎的屍體，持續朝通道挺進，再命喪於此。

戰場構造宛如一座迷宮，成了讓蒼影大顯身手的舞台。

張於各處的陷阱千變萬化，能因應狀況及時調整。

對蒼影來說，半獸人軍只是必須剷除的對象。不堪一擊、不配當自己的對手。

蒼影的「分身」淡漠地遵從命令，遂行殺戮任務。

蜥蜴人們過於震驚，嚇得連話都說不出來。

那片景象重複上演，只讓他們感到害怕。

親眼目睹超乎常人的強大力量。

來人簡直是恐懼的化身。

輕而易舉地超越想像範疇，展現強悍懾人的強者姿態。

剩下的事交給「分身」辨應該沒問題，蒼影如此判斷。

保險起見，他留下第六具「分身」當信使，自己則在無人察覺的情況下轉移陣地。

為了尋求其他任務，蒼影往主子利姆路的方向去。

哥布達、蘭加走掉之後，紅丸稍稍陷入沉思。

接著就朝滾刀哥布林提出問題：「問一下，你們會『影瞬』嗎？」

嵐牙狼都是蘭加的眷屬，當然會「影瞬」。那麼，他們的搭檔滾刀哥布林是否會這招？答案是……

「光靠自己的力量沒辦法像哥布達大哥那樣，但跟夥伴一起就沒問題。」

其中一隻戴單邊眼罩的滾刀哥布林開口回應。他是哥布達小隊的隊員。

「在這兒的大家都跟夥伴一心同體。」

滾刀哥布林們紛紛表示同意。也就是說，大家都會影瞬了。

「好，這樣很好。我們要從包圍網外高調地殺進去，你們直接用『影瞬』去哥布達那裡。為了方便你們進去，利姆路大人已經派哥布達過去了。」

跟滾刀哥布林們確認後，紅丸滿意地點頭，發號施令。聽到這句話，滾刀哥布林們總算明白了。

「原來是這樣啊，不愧是利姆路大人。」

「對啊。叫蘭加先生引開敵人，再趁機派哥布達大哥進去替蜥蜴人重整旗鼓。」

「還讓我們發動突襲，去跟哥布達大哥會合。擾亂敵兵，一口氣逆轉戰局……」

紅丸頷首。

看大夥兒察覺利姆路的苦心似乎很開心，他臉上帶著笑意。

「就是這樣。明白了就快點進攻！」

「「「是！」」」

如此這般，狼鬼兵部隊一同殺入戰場。

滾刀哥布林和嵐牙狼離去後，現場只剩三名鬼人。

紅丸不以為意，開始做些伸展操。

食人魔是以傭兵為業的戰鬥種族。因此，他們很希望找個主子。對他們一族來說，找個配讓人一輩子追隨的主子可謂求之不得。

此外，紅丸身為一名武者，他也有自己的想法。

他知道自己很隨性、不拘小節。所以對繼承食人魔村族長一事總覺得猶豫。

雖然如今多說無益，那件事已經不可能成真了……

一旦成為族長，他就不能拿自己的生命開玩笑。但現在不同了。

他可以盡情地大展身手。

基於上述原因，紅丸很中意現在的立場。

看紅丸這樣，有兩名鬼人二話不說地跟隨他。

「總算來了。」

「對啊。感謝利姆路大人給我們這個機會。」

白老、紫苑也稍事舒展筋骨，為接下來的戰役做準備。

他們跟紅丸一樣，都把利姆路當主子看。所以紅丸能放心地將背後交付他們支援。

共同為利姆路這個主子效忠。

紅丸跟他們既是共享這份喜悅的夥伴，同時也是他們的領隊。

「好了。來去表現一下吧。要讓我們的新東家利姆路大人在首戰旗開得勝。」

另外二人亦對紅丸的主張表示贊同。

接著，三人在同一時間疾馳而去。

穿越茂密的樹林，水的味道開始充斥四周。

他們健步如飛。

轉眼間就抵達濕地，直接衝進在外圍蠢動的半獸人兵團裡。

紫苑用大太刀砍出一記重砲。

擠在前方的半獸人軍根本不知道發生什麼事了，就此倒成一片。

紫苑的重砍點燃戰火，戰爭開打了。

好弱——以上是紅丸的感想。

他都來不及大顯身手，紫苑、白老就將近身者斬殺。

可是，紅丸認為這樣下去不行。

白老跟紫苑，這兩人打近身戰強得無與倫比。

不僅如此，紫苑還將多餘的鬥氣注到刀身上，使出技藝「鬼刀砲」。

從戰場上俯瞰下去，白老的攻擊是點，紫苑的攻擊是線。

紅丸的攻擊則是——

「好——你們幾個。那些擋我去路的，都給我讓開。乖乖讓開就饒你們一條小命。」

紅丸如此放話，還是沒半隻半獸人軍願意退開。

「開什麼玩笑！」

「竟敢小看我們……」

他們你一言我一語地回嗆，以更猛烈的攻勢殺向紅丸等人。

「那就領死吧！」

確定半獸人軍沒有撤退的意思，他的右手緩緩伸向前方。

黑色的火焰球自右手冒出。

黑焰球的大小膨脹至直徑一公尺左右，朝前方飛去。

察覺危險將至，半獸人軍們紛紛閃避。但已經太遲了。

黑焰球一面膨脹一面加速。速度勝過疾風，笨重的半獸人軍根本逃不了。

碰到那顆球的人全都在瞬間起火燃燒，燒到連灰都不剩。不過，黑焰球真正的可怕之處不單只有這樣。

數秒後，黑焰球抵達滿是半獸人軍的密集處，釋放包裹在內的破壞力。

以它抵達的地點為中心，半徑一百公尺內全被黑色的半圓形球體覆蓋。

緊接著，轟！的一聲，巨大聲響朝四周壓下。

音量大到吞噬整座戰場，冰冷的音色讓聽者無不背脊發寒。戰鬥的嘈雜聲瞬間遠去，現場化作一片寂靜。

大範圍燃燒攻擊——「黑焰獄」——

紅丸獲得追加技「操焰術」、「黑焰」及「範圍結界」。再加上自己的妖焰術，最後創出紅丸獨有的術式「黑焰獄」。

黑色半球在幾秒後消失，現場只剩燒焦的地表。

那裡原本是濕地，水分蒸發光了，表面被燒融、變得光溜溜的。

在駭人的高溫下，地表甚至因此變質。

事情發展自然不須多說，被關在半球體內的半獸人兵計數千名，還沒搞清楚狀況就被燒得一乾二淨。

自紅丸放出黑焰球後，事情就發生在短短一分鐘內。

這就是答案。

紅丸進化成可以發動大規模攻擊、令人懼怕的戰術級魔人。

邪笑在他臉上綻開，此時紅丸再度開口道：「給我讓開，豬隻們！」

半獸人軍陷入恐慌。

因為獨有技「飢餓者」的影響使然，半獸人軍已經在某種程度上勇者無懼了。然而——紅丸放出的那種攻擊，足以喚醒潛藏在他們心底深處的原始恐懼。

不管用什麼手段，半獸人軍們都無法抵擋黑焰獄。

他們從來沒見過如此強大的殺傷力。

魔法的話，他們還有辦法對抗，但穿了施有魔法防禦的全身鎧甲後，那些人依然無一生還，半獸人軍們光用想的就知道有保護也無濟於事。

他們想得沒錯，他們身上的抗性護盾只能對付半調子魔法，根本擋不了黑焰獄。那可是媲美高階禁術、可怕的滅軍攻擊。

去哪找對抗這種攻擊的手段……就算他們吃屍體偷得抗性好了，那些屍體也被燒個精光，連灰都不剩，吃也沒用。

半獸人軍們根本打不過這個高階魔人。

他的出現讓兵士萌生怯意。

半獸人軍陷入恐慌，開始接連敗逃。以目前狀況來看，要他們聽令根本是不可能的任務。一眼就能看出大夥兒滿腦子只剩逃跑，爭先恐後地逃。

接著——

讓半獸人軍陷入混亂的攻擊正式點燃狼煙，宣告利姆路等人即將參戰。

紅丸用眼角餘光觀望這些戰場光景，開始跨步行走。

於戰場中悠遊自得、輕快程度有如在散步一般。

隨行的兩名鬼人也不遑多讓。

前方再也沒有敵兵，蘭加等人作戰的模樣逐漸映入眼簾。

對鬼人來說，半獸人軍已經不算什麼了。

●

戈畢爾原本已作好赴死的覺悟，卻發現自己在危急時刻得救。

他轉過頭去，想跟救命恩人道謝。

一張滑稽的滾刀哥布林臉龐隨之竄入眼底。

戈畢爾覺得這傢伙很眼熟，突然靈光一閃地找回鮮明記憶。

（對了！是那個村裡養了牙狼族的村長！）

看看哥布達滑稽的臉，跟打倒自己的滾刀哥布林如出一轍。

「噢、噢噢！你不是那個村莊的村長嗎？來這替我們助陣啦？」

他情不自禁地出聲詢問。

先前還罵他是卑鄙小人，但看到對方願意發兵拯救自己，戈畢爾才知道是自己會錯意。

這下換哥布達不知該做何回應才好。

（這傢伙在說什麼啊？）

他目瞪口呆。實在不知道對方在說什麼，最後決定當耳邊風。

出乎意料的援軍到來，讓戈畢爾取回眼觀四面、耳聽八方的餘裕。

遠方似乎出現大騷動，肯定發生什麼事了。

戈畢爾認為原因八成跟剛才的巨響有關。

哥布達知道那是什麼，是紅丸等人參戰的信號。

「哦，好像開始了。欸～你是戈畢爾先生對吧？快點重整軍力，擺出防禦陣形吧！」

「唔，我知道了。」

兩人雞同鴨講，卻不知道哪來的靈光讓他們莫名達成共識，戈畢爾開始加緊腳步行動。

無視哥布達和戈畢爾，蘭加正在跟豬頭將軍對峙。

「來搗亂嗎……你是什麼人？」

豬頭將軍拿槍指著蘭加，開口質問。

他有點動搖，不過很快就恢復了冷靜。

突然出現黑狼族固然令人在意，更重要的是得釐清剛才那陣巨響打哪來。不過，總不能把黑狼族丟著不管，所以他才會逼問對方的底細。

對此，蘭加用極具魄力的深沉嗓音低吼道。

「我是蘭加！利姆路大人忠實的僕人。」

他睥睨豬頭將軍，就此宣告。

雙方互瞪。

「利姆路？聽都沒聽過。誰來搗亂就殺了他。」

豬頭將軍對蘭加失去興趣。

不是有名的高階魔人、魔王同夥之類的，殺光也無妨。

那些都是小事，先去調查巨響發生的原因才是重點。

他粗魯地拿長槍一刺，想直取蘭加的性命。不過，蘭加以輕巧的動作退出攻擊範圍，去到一步之外。

「唔唔唔咕，耍小聰明！」

豬頭將軍直到這個時候才認真觀察蘭加。

接著他發現一件事。對手跟普通的黑狼族有些不一樣。

（明明只是隻魔獸……有什麼好在意的……）

豬頭將軍認為自己的直覺只是一時錯判。

「區區一隻畜牲，竟敢挑戰我們！」

放聲大叫後，他朝麾下的精銳們下狠令。

豬頭騎士散開，將蘭加包圍住。有條不紊，合作無間。

在豬頭將軍的指揮下，同時拿槍指著蘭加。意思在說沒興趣跟一隻野獸單挑。

蘭加嗤之以鼻。

好久沒這麼興奮了。身為狩獵魔獸的本能解放。

他盡全力發出一聲咆哮，釋放身上的妖氣。

潛伏在敬愛的頭目——利姆路的影子裡，持續沐浴在他的妖氣下，只為揣摩一種魔物。

自從頭目要他以自己的模樣為目標後，蘭加就一直努力揣摩。

如今，蘭加的本能告訴他，覺醒的時刻即將到來。

力量源源不絕地湧出。身上筋肉賁張，他逐漸長成巨大的身軀，超越原本該有的五公尺高。

爪部強化，牙變得更加銳利堅硬。

特別是額頭上還生出第二根角……

這正是先前頭目展現過的姿態。蘭加進化成黑嵐星狼了。

半獸人軍被蘭加的咆哮聲震到，卻不覺得害怕。

有豬頭將軍在旁，再加上獨有技「飢餓者」的影響，他們的心已遭到鈍化。

蘭加對那些半獸人軍嗤之以鼻，放眼朝豬頭將軍瞥去。

他不覺得對方危險。自己比敵人更強，為了證明這點，蘭加展開行動。

感受力量的流動，讓魔力集中到角上。

豬頭將軍察覺蘭加有所改變、力量增強了，知道他很危險。

雖然趕緊下令要部下散開，但一切都為時已晚。

閃光乍現，一陣聲響伴隨而來。

好幾根雷柱林立，貫穿天地。

接著，當場颳起好幾道龍捲風。

蘭加獲得「黑色閃電」技能。雖然沒辦法像利姆路那樣自由操縱雷電，卻能用兩支角調節威力和距離。

還有一樣。就是能操縱風的追加技「馭風術」。

這招可以說是利姆路獲得的追加技——「分子操作」劣化版。能讓周圍的氣壓產生高低差，藉此操縱風，跟「黑色閃電」併用將能發揮可怕的效果。

蘭加憑本能領悟這點，毫不猶豫地用在敵人身上。

先是製造急遽的氣壓波動，再導入「黑色閃電」。雷擊產生某種程度的指向性，能按自己的意思送至任意空間。上升氣流和沉降氣流發生劇烈碰撞，最後變成漩渦，逐漸纏繞在一塊兒。

龍捲風因而誕生。

好幾道龍捲風邊放電，邊在戰場上瘋狂肆虐。

簡直是呼喚死亡的暴風……

豬頭將軍瞬間炭化，周圍的半獸人軍也陸續遭風火雷電殺害。
龍捲風過境後，現場不剩半隻半獸人兵。
蘭加的大範圍攻擊技——「黑雷風暴」——在此初試啼聲。

他滿足地觀察龍捲風是如何施暴。
蜥蜴人並未受到損害，把威力跟範圍開到最大，我軍依舊毫髮無傷。
雖然魔素全空，但還不至於無法活動。
確定自己將能力發揮得淋漓盡致後，蘭加欣喜地搖搖尾巴。
「嗷嗚——————！」
他開心地做二次咆哮，在遠方觀望的半獸人軍們因此陷入恐慌。
眼看半獸人軍們腳底抹油開溜、作鳥獸散，蘭加原地就坐，努力讓魔力恢復。
戰爭尚未結束。
他還有機會殺敵，沒什麼好緊張的。
哥布達那邊似乎也很順利。
在戈畢爾的指揮下，部隊逐漸重整齊鼓。
此外，狼鬼兵部隊過來跟哥布達會合，擊退失去理智、想對蜥蜴人和哥布林下手的半獸人軍。
看樣子戈畢爾遲早能重振軍勢。
再來——
能看見紅丸等人自遠處緩緩走來。

蘭加見狀點了點頭，知道我軍已經勝券在握。

●

那個男人——喀爾謬德看著水晶球，語氣不悅地怒斥。

「一群飯桶，沒用的傢伙！」

他怒急攻心，甚至將水晶球砸向地面，讓它摔個粉碎。

水晶球跟豬頭將軍的視線同步，映出森林當前的情況。喀爾謬德透過水晶球掌握戰況，期待野心成就的那一刻。

然而事情發展到這兒，最後一顆水晶球也染得一片黑，從雇員手中接過的三顆全沒了用處。

早在這次儀式之前，喀爾謬德就耗費數年，慎重推動計畫。

也就是這次的新「魔王」誕生儀式。

喀爾謬德負責企劃。

接獲這個任務，喀爾謬德欣喜若狂。

安排得當，將能生出對自己言聽計從的魔王。打著如意算盤，喀爾謬德開始著手準備。

魔王們締結非戰條約，約定任何人都不許對朱拉大森林出手。

但那充其量只是訂好看的，事實上，常常有小規模的干涉行為。

喀爾謬德也不例外，一直暗中做諸多策畫。

他在森林裡埋下爭鬥的種子。

對森林各族裡最有力的傢伙親自進行「命名」。命名將大量消耗魔素，會衰弱好幾個月。雖然命名就是那麼危險，但被他「命名」的人會仰慕喀爾謬德、視他同再造之父，對他言聽計從。

喀爾謬德謹慎行事，逐漸在森林裡增加培育對象。某些種子還未發芽就夭折了，也有許多順利成長。例如哥布林跟蜥蜴人。除此之外，他還打算讓其他各族的命名魔物展開爭鬥。

這是一種蠱毒邪術，弱肉強食，讓最後的殘存者進化成魔王。喀爾謬德的目的在此。

一切都很順利。

這場種族戰爭原本預計在維爾德拉消失的三百年後進行。

他是遭到封印沒錯，不過，維爾德拉沒死就挑起戰爭的風險太大了。一不小心很有可能害封印解除。

所以他才會慎重其事地增加棋子，調整各大種族的勢力平衡。

然而，維爾德拉卻消失得比預料中還早，計畫因此亂了步調。

所幸幸運之神並沒有遺忘喀爾謬德。

半獸人王出現了。他的出現在計畫之外，但喀爾謬德成功招攬他到自己旗下。

這是喀爾謬德的王牌。計畫大幅變動，喀爾謬德才會決定在這個時間點使出殺手鐧。

使用蠱毒邪法，讓霸主自然誕生是最理想的，可是事情都變成這樣了，他也只好換個方式。就好比賽前暗盤，喀爾謬德變更作戰計畫，決定讓半獸人王當魔王。

到。

由於時間不夠的關係，計畫被迫提前，要支配森林裡的高端種族，光憑喀爾謬德的力量仍舊無法辦

他也想在食人魔、樹人族裡播種，可惜的是這次只能乾瞪眼。

正確說來，應該是食人魔拒絕被他「命名」才對。

他狗急跳牆地進行交涉，對方卻冷淡拒絕。食人魔是戰鬥種族，不輕易認人當主子。儘管喀爾謬德是高階魔人，食人魔卻不想追隨他。

這件事觸怒喀爾謬德，才會要半獸人王先滅了食人魔。

半獸人軍輕而易舉地蹂躪食人魔，使喀爾謬德堅信自己的計畫將會成功。

保險起見，他派一個從外頭僱來的魔人過去，不過半獸人軍根本不需要他的幫忙。

半獸人王順利成長，甚至開始出現能力分級趨近A級的部屬。

這件事讓喀爾謬德相當滿意，順便讓他一吐怨氣。

礙事的食人魔在一開始就滅掉了。

這下不安因子全沒了。別入侵樹人領域就不會有事，之後再慢慢毀滅他們就好。

一切都照計畫走。

喀爾謬德一直很怕支配自己的魔王們，這次則換他操縱大局。

距離野心實現只差臨門一腳。

最後滅個蜥蜴人族收尾，再來就只剩弱小的哥布林了。

半獸人王在森林裡稱王，接著讓他順勢毀滅一座人類都市。

如此一來，形同對世界昭告新的「魔王」誕生。
之後殺掉森林管理者樹妖精、守護對象樹人族，半獸人王就成了名符其實的森林統治者。
隨著忠於自己的「魔王」誕生，喀爾謬德也會名列一方霸主。
在他的腦海裡，清楚刻劃著將半獸人王玩弄於鼓掌的自己……

他花大筆金錢僱來一些人馬，契約結束後就沒再僱第二次。
他們是透過喀爾謬德主子介紹才僱到的「中庸小丑幫」，是一群怪人。
那夥人確實是很厲害的魔人，但計畫進展順利，後續也沒什麼事需要他們幫忙。更重要的是，其實喀爾謬德很怕他們繼續深入計畫會奪走主導權。
魔人們曾警告他要小心樹妖精，為了防範才追加魔法防禦性能優秀的裝備。
喀爾謬德認為這麼做就萬無一失。
半獸人王的軍隊順利攻略森林，只差一步就能在森林裡稱王。
然而……

半獸人王差一點就要成為魔王時，發生意想不到的事情。
突然有個水晶球的影像消失。
這表示半獸人王的五大心腹——其中一隻豬頭將軍被殺了。
喀爾謬德陣腳大亂，臉色跟著鐵青起來。
照這樣下去，別說是在霸主位子上占有一席之地了，主子很可能會肅清他。

當他意識到事情的嚴重性時，第三顆水晶球的反應幾乎在同一時間消失。
繼續放任不管，喀爾謬德的野心將付諸流水。
不僅如此，等著他的只有滅亡一途。
喀爾謬德飛奔到外頭，直接詠唱飛翔咒文，朝某個方向去。
現在已經不是管門面問題的時候了。
連擬定對策的事情都拋諸腦後，喀爾謬德朝濕地高速飛翔。

第六章

絕對吞食者

Regarding Reincarnated to Slime

話說這景象真夠驚人。

我從高空觀察濕地的戰況，說服自己接受這一切現實。

戰場一角突然有閃光迸現，伴隨轟然巨響，好幾隻半獸人兵慘遭炸飛。

轟！的一聲，黑色半球在戰場上出現，幾秒後消失，只剩下高溫摧殘後光溜溜的地表……

原本擠在那兒的半獸人軍全都被燒個精光。

雖然我在瞬間明白過來，心裡還是拒絕接受現實。

不僅如此，戰場一角突然有龍捲風吹過。

暴風大範圍肆虐，密密麻麻的雷將半獸人軍灼燒殆盡。

某處有一群身穿黑鎧的半獸人軍，不是變成焦炭就是被轟飛。

老實說我心裡只有一句話——現在是什麼情形？

紫苑隨便揮個一刀，大量的半獸人軍就倒了。

大太刀的刀刃散發淡紫色光芒。上面應該有妖氣吧。

每揮一次刀，紫色的閃光就隨之迸現，砍擊不斷將半獸人軍橫掃過去。

當然，正面中招的人根本抵擋不了。不單被砍成兩半，還炸成碎片。

單發射程可達七公尺。直線上的敵人全被砍死。

秀麗的美貌浮現豔麗笑靨，舞出一道道刀舞。

她的體力似乎沒有上限，正馬不停蹄地發動攻擊，周圍的半獸人軍根本無法靠近。強得亂七八糟。

不過，就連那樣的紫苑在某些人襯托下都不免相形失色。

那些人就是紅丸跟蘭加。

先來談紅丸，剛才的黑色半球是在演哪齣？

不，乍看之下是能理解大略的架構啦。

應該就是我的「操焰術」、「黑焰」、「範圍結界」加在一起吧。

先用「範圍結界」定位空間，再用「操焰術」加速內部的分子運動，最後讓內部的魔素轉換成「黑焰」就大功告成了。

特定空間裡充滿超高溫火焰，能將一切燃燒殆盡。

那威力足以匹敵焰之巨人的焰化爆獄陣，使用的範圍更大。雖然只有短短兩秒鐘就消失了，但有這麼高的溫度肯定沒問題。那技能擁有可怕的殺傷力。

這技能跟核爆不同，特徵在於對外部不會產生任何傷害。證據就是結界解除後，衝擊波之類的東西並沒有朝外擴散。

透過範圍指定讓內部的熱量加倍提昇，這才是該招式的目的。

因此，內部的熱量超乎想像。要是被關在結界裡，根本別想活了。

問題在於那危險到爆的技能——之後問紅丸才知道是他自行開發的，還取名叫「黑焰獄」——紅丸竟然隨隨便便就用了……

還有另一人，應該說一隻才對。

就是蘭加。

他突然進化成黑嵐星狼，讓我大吃一驚。

但問題不是這個，而是進化後一口氣放個爽的技能。

「黑色閃電」抓到訣竅、盡情發揮就會變成那樣吧。

還不只這樣，蘭加更操縱風，弄出一些龍捲風。那到底是……

《答。個體名稱：蘭加除了「黑色閃電」外還用了追加技「馭風術」，推測是利用溫度與氣壓差異造出上升氣流和沉降氣流，藉此製造龍捲風。》

原來如此，聽不懂。

簡單來說，就是為了讓攻擊範圍更廣、超越單純雷擊，蘭加才會呼喚龍捲風。

光靠這個攻擊就滅掉一塊敵方勢力，真讓人驚訝。但他好像用掉很多魔素，沒有發動第二波攻擊的打算……

假如他有辦法連發，戰爭的概念將就此顛覆。

看到這些景象，我才發現一件事。

我會在無意識中刻意踩剎車，那些傢伙卻不會。

這些招數很危險，不能隨便亂用，他們並沒有那種概念。

誰跟自己作對，他們就毫不猶豫地出招。在弱肉強食的世界裡，這麼想或許合情合理。
不，怪的人是我才對。
出招有所保留，因而害我方出現傷亡，這樣就本末倒置了。
在我生前的世界——在那個世界裡大家心照不宣，知道不能亂用火力強大的兵器。
只有嚇阻作用的武器。
不過，事情真的是那樣嗎？
花錢在沒用的武器上毫無意義。既然這樣，又為什麼要花錢開發武器呢？
不就是為了以防萬一嗎？
在民間對一般人使用武器是惡，拿到戰場上用難道就是正義？
對於被殺害之人來說，罪行並不會因為武器不同而有所改變吧。
還有……為了擁有嚇阻他人的力量，或許刻意展現自己的強大並不是壞事吧。
就好比現在，沒有人敢靠近坐在地上的蘭加。想必敵人都很怕他，不敢擅自攻擊。
或許那才是真正的嚇阻作用。
我出神地想著。

戰鬥開始後，時間已經過去兩小時。
紅丸共放了四次的黑色半球。
看樣子他也沒辦法連發，但這招不需要那麼多魔素。
蘭加就只有放一開始那麼一次。

我還想說這招的威力太強了，原來是他使出全力的結果。
基本上，光靠那一發就能讓對手產生極大的警戒心。
半獸人軍們抱頭鼠竄、被紫苑追殺的樣子也映入眼簾。
我換個心情，冷靜地指揮作戰。
不可思議，心情非常平靜。
紅丸照自己的判斷放出第一擊，接著就往我指示的地點攻擊。
我確實鎖定敵兵密集地，削弱敵方戰力。
讓紫苑順利地誘導敵人，聚起來宰殺。
白老則依令去解決敵軍指揮官或將領。
這已經不能稱之為戰鬥了。他無聲無息地靠近，眨眼間就將敵人砍成碎片。
獨有技「飢餓者」會透過進食屍體來增強成員的力量。為了以防萬一，切碎的屍體還要進一步消滅才行。
那應該是「氣操法」的一種吧？白老從手掌間釋出妖氣，將屍體燒個精光。
用燒來形容不大合適，說是融解會更貼切。
我一發現指揮官就告知白老，他則負責秒殺對方。
就這樣，我方並沒有出現傷亡，持續肅清半獸人軍。
我已經想通了，為了讓戰鬥進行得更有效率，正冷靜觀察戰場上的風吹草動。
半獸人軍盛氣凌人，但事情發展到這裡，他們也發現自己處於劣勢。敵軍並沒有魯莽地發動突擊，圖一時痛快。而是遠離紅丸跟蘭加，不拘泥於定點，大夥兒四散開來布陣。

目前半獸人軍的損傷超過兩成。根據統計數字來看，死去的半獸人已破四萬。

情況變成這樣，敵方大本營首次出現動靜。

豬頭帝（半獸人王）終於展開行動。

*

半獸人王來到前線。

他是隻醜陋的豬型怪物。

兩隻豬頭將軍跟在身邊。

層次跟之前遇到的半獸人軍明顯不同。

又黃又濁的眼珠充滿敵意，身上散發陣陣妖氣。

在妖氣影響下，半獸人軍的力量愈來愈強。

紅丸、紫苑、白老、蘭加一字排開，準備展開迎擊。

蒼影也神不知鬼不覺地站到紅丸身旁。

我方已經準備好了。

來看看半獸人王有多強吧。

他有多少能耐尚且不明。不過，可以看得出他被身上那股力量牽著鼻子走，早已迷失自我。

看他沒什麼反應就是證據，或許威脅性並沒有想像中來得強大。

話雖如此，放任他繼續變強還是很讓人頭痛。

趁紅丸他們都在這裡，快點把半獸人王處理掉才是上策。

我從懷裡取出面具，將它戴到臉上。

我準備降落地面，打算在這殺掉半獸人王，就在那時——

嘰————！

一陣刺耳的聲音傳來。

同時，我的「魔力感知」捕捉到某樣東西自遠方高速飛來。

來人降落在濕地中央——也就是兩軍之間。

他身上的妖氣非常強大。

男人一身奇裝異服，看起來怪模怪樣。恐怕是高階魔人。

我也跟著降落到地面上。

蘭加、紅丸紛紛來到我身邊。

那個男人朝這邊一望。

「你們在搞什麼鬼？竟然讓大爺喀爾謬德我的計畫付諸流水！」

他情緒激動，扯開嗓門大叫。

＊

這個男人一直在那鬼吼鬼叫，吵說計畫怎樣怎樣的。

我靈機一動——這傢伙就是犯人，肯定沒錯。

都沒人問他就主動自首，搞不好是個笨蛋。

感覺是小角色一枚。可是，以貌取人不太好。

雖然他的衣服很怪，但每一樣都很像魔法道具。絕不能大意。

以上只是根據狀況推測啦，唆使半獸人王的就是這傢伙吧。

計畫不順，自稱喀爾謬德的魔人大動肝火。

「這、這不是喀爾謬德大人嗎！您來幫我了！」

戈畢爾一看到喀爾謬德就跑向他。

見對方叫自己，喀爾謬德轉頭看戈畢爾，那眼神就好像在看垃圾一樣。接著就把他當空氣，心浮氣躁地亂吼。

「沒用的蠢材！要是你早點吃掉蜥蜴人跟那些哥布林，進化成魔王，我這個高階魔人喀爾謬德也用不著特地出馬了。」

話說得好難聽。

他是不是沒搞清楚自己在說什麼啊？

剛才說蜥蜴跟垃圾，這麼聽來，他一開始就打算拿蜥蜴人和哥布林餵半獸人王？唉，我是不清楚實情啦。

話說回來，等等喔。喀爾謬德這名字好像在哪聽過……

《答。根據情報顯示，替哥布林利格魯命名的魔人自稱喀爾謬德。》

喔對。

利格魯二世死去的哥哥被人命名為利格魯，那個人就叫喀爾謬德嘛。這麼說來，替戈畢爾命名的也是這傢伙嘍？

當疑問在我腦中盤旋時，戈畢爾對喀爾謬德的話正好有所反應。

「吃、吃光蜥蜴……？哈、哈哈哈，這笑話一點也不好笑。本人戈畢爾確實還有得學。就算喀爾謬德大人替我命名，我還是勤於精進……」

果然沒錯。替戈畢爾命名的也是這個魔人喀爾謬德。

不過，他居然特地找半獸人王來吃被自己命過名的人——不，想想也滿合理。吃下命名後變強的個體，半獸人王肯定會變得更強吧。

可是話又說回來，他幹嘛不幫半獸人王取名？這傢伙在想什麼真令人搞不懂……

「啊？什麼嘛，原來是戈畢爾喔。你怎麼不早點當半獸人王的食物呢……當一個派不上用場的廢物就算了，還死不了在那礙眼。好吧。既然我都出動了，就來看看你的死狀吧。快成為半獸人王的力量吧，戈畢爾。為我而死，這可是種光榮！」

我才在考察喀爾謬德的計畫，他就命令半獸人王收拾戈畢爾。

不過，半獸人王沒有動作。

他用混濁的眼看著喀爾謬德，開口道出疑問。

「進化成魔王……這是，什麼意思……？」

接著，他就這麼一動也不動地直視喀爾謬德。

「嘖！你這傢伙真的很蠢耶……空有一身蠻力，營養卻沒進到腦子裡。沒時間了，出手干涉是大忌……但看樣子只能由我親自出馬——」

喀爾謬德在那碎碎念，雙眼充血，朝戈畢爾伸出手掌。

緊接著，嘴裡突然爆出「去死！」，就此擊發魔力彈。

「危險，戈畢爾大人！」

「危險啊！」

戈畢爾呆站在那，蜥蜴人部下們則挺身保護他。喊著要他小心的同時，跑過去當戈畢爾的肉盾。

才一發魔力彈就將五隻蜥蜴人擊飛。

可能是人數眾多分散威力的關係，也有可能是他們運氣好，抑或這幾個傢伙意外地耐打，總之無人喪命。是身負重傷沒錯，但大家都保住一命。

「你、你們怎麼！這、這究竟……究竟是怎麼一回事，喀爾謬德大人——？」

戈畢爾丈二金剛摸不著頭腦，朝喀爾謬德高聲質問。

都在利用戈畢爾了，還不順自己的意就殺掉。喀爾謬德這傢伙挺惹人厭的。

戈畢爾遭自己信賴的人背叛，整張臉在絕望下扭曲。

「戈、戈畢爾大人，這裡很危險！請您快逃——」

儘管身上負傷，部下們還是擔心戈畢爾的安危。

他有一群很棒的部下。不……應該這麼說，是戈畢爾這個上司很好才對。

看剛才的戰況，他並沒有將哥布林當棄子用。雖然基於戰術考量拿他們當肉盾，但這麼做也是逼不得已的。

原來他是個受部下仰慕的指揮官啊。

「區區一個下賤種族還這麼囂張……既然你們那麼想死，我就一次殺個徹底！讓你們當半獸人王的養分，為我所用！」

說著，喀爾謬德打算擊出特大號魔力彈，開始在頭頂上聚集妖氣。

這不是魔法？他沒有進行詠唱，只專心地讓魔力往一點集中。

沒差，是不是魔法都不重要。

我跨步走著。來到蜥蜴人前方。

來到既混亂又狼狽卻癱坐在地不放棄保護部下的戈畢爾跟前。

他無從窺知我那藏在面具底下的表情。

不曉得看在戈畢爾眼裡，我是什麼模樣？這念頭突然在腦中閃過。

為什麼來到他面前？答案很簡單。

我中意戈畢爾，所以想救他。理由就只是這樣。

這樣的理由就夠了。

想做什麼就做什麼。我已經發誓要隨性過活了。

戈畢爾呆愣地抬頭看我。

大概搞不清楚狀況吧。事態已經超乎那傢伙的腦部處理極限了。

不過別擔心，我沒有要你報答的意思。

只是看那傢伙不爽罷了。

「利姆路大人，讓我——」

我伸出一隻手制止有話要說的紅丸，向前跨出一步。

喀爾謬德似乎沒有把我當一回事，光顧著做一顆特大號魔力彈。

「呵哈哈哈哈！讓我教教你們高階魔人有多強。去死吧，亡者行進！」

大概是想一口氣殺掉所有人，他放聲大笑，臉上掛著愉悅的表情。

接著就射出一顆特大號魔力彈，它在空中分裂成數枚，呈環狀襲來。每一顆的破壞力都相當於剛才那個魔力彈。看起來很像在列隊行進，一個接著一個地落到我們這裡來。

喀爾謬德堅信我們無路可逃，肯定會被炸得粉身碎骨。

只可惜那招對我沒用。

我輕輕地將小手往前伸。

只消這一伸，朝我們打來的魔力彈就被我的右手吸收。我用「捕食者」吸光魔力彈。

同時進行「解析」，結果立刻出爐。

這不是魔法，是技藝。凝聚妖氣後，讓它們跟魔素混合，藉此帶出破壞力。

跟白老的「氣操法」原理類似。以注入的魔素量來說，喀爾謬德那招放得更多，卻因為威力分散的關係，火力不及「氣操法」。應該是氣這方面較薄弱的關係。

若他放這招已經使盡全力，那就不是我的對手了。

「喂，你已經使出全力了？這點程度就想殺我？被打中會有什麼樣的死狀，就先拿你示範吧。」

我邊說邊灌注魔力，試著擊發魔力彈。不過，伸出的右手卻沒變出任何東西。我感覺得到體內有股魔力跟妖氣，但要操縱那些東西又是另一回事。原理是懂了沒錯，要弄出來卻沒那麼簡單。

跟魔法不一樣，光靠解析沒辦法學會嗎……是說我又沒有練習，也難怪弄不出來。

剛才在那耍帥，現在卻沒辦法放出魔力彈，讓我覺得有點丟臉。

我決定放水冰大魔槍來混淆視聽。

沒必要執著於「氣操法」。現在的我對付高階魔人不曉得能做到什麼程度，就來確認看看吧。

——玩膩了，就連你一起吃掉——

我放出的水冰大魔槍開始加速，眼看就要撞上喀爾謬德。接著，他伸出一雙手保護身體，結果那雙手都結冰了。

喀爾謬德高聲慘叫。跟想像的不一樣，魔法似乎也能傷到他。

但高階魔人可不會這樣就算了。他瞬間粉碎凍住雙手的冰，帶著憤怒的眼神放出巨無霸魔力彈。省去剛才的花招，用盡全力擊發。

「去死吧！竟敢讓本大爺吃痛……看我把你打成碎片！」

不過，他的招數沒有用。跟剛才一樣，我用「捕食者」吃個精光。

眼看自豪的攻擊再次化為砲灰，喀爾謬德嚇得大叫。

「怎麼可能！這是什麼情形，怎麼會這樣？」

他開始手足無措。

我朝慌亂的喀爾謬德射出「水刀」。

他想閃避，速度卻快得出乎那傢伙意料，所以最後沒閃成。「水刀」將喀爾謬德的側腹割開一個大口。

「咿！混、混帳……這不是魔法嗎……」

並非他來不及躲，而是他沒躲。看樣子喀爾謬德以為我的「水刀」是魔法。與其亂動讓自己失了方寸，還不如用抗魔法結界接下它，再伺機反擊。

剛才的水冰大魔槍打在他身上不痛不癢，似乎是喀爾謬德張了結界的關係。

喀爾謬德嘴裡念念有詞，拚命用魔法療傷。

哦，他還會用回復魔法。看起來怪模怪樣，沒想到多才多藝呢。

魔人的稱號似乎不是空有。既然這樣那就來多試個幾招吧。

見我這樣，紅丸跟蘭加等人似乎看出我想幹嘛，紛紛在一旁圍觀起來。

紫苑應該很期待這次有大鬧特鬧的機會，不過，現在的她看起來一點也不失望。反而睜著亮晶晶的眼神看我戰鬥。

白老跟蒼影為了在危急時刻隨時因應，正屏氣凝神地待機。這兩個傢伙真不是蓋的。

半獸人王他們也沒任何動靜，要試就趁現在。

我心平氣和地邁步，朝對我保持警戒的喀爾謬德走去。

「快拿出真本事吧。你不是要教教我高階魔人有多強嗎？」

我一腳踹飛喀爾謬德。白老應該能輕易避開這腳，喀爾謬德卻被踢個徹底。喀爾謬德的手骨似乎在我腳下折斷，那感觸回傳到我身上。

威力比想像中強……還是喀爾謬德太脆弱了？啊，有可能是……「多重結界」跟「肉體裝甲」的強身效果發動，才會變成這樣。

「你、你這、你這混帳！竟敢對我這個高階魔人——」

我還在研究自己的鐵腿威力究竟是打哪來的，喀爾謬德就大發雷霆，開始釋放先前壓抑的妖氣。

不愧是高階魔人。不過，他的魔素量頂多跟紫苑、蒼影差不多。比紅丸弱也算高階魔人？果然，他不是我的對手。

我朝地面蹬去，瞬間鑽進剛起身的喀爾謬德懷裡。

並朝他胸窩打進一拳。

我的拳頭一點也不痛，就這樣突破喀爾謬德的魔法障壁。他的障壁似乎能緩和物理攻擊，卻無法削弱我的拳頭。

喀爾謬德露出苦悶的表情。

我毫不在意，一直打得很順、猛賞他拳頭。

他無法跟上我的速度。妖氣強歸強，身體機能卻相當低落。看樣子是擅長遠距離攻擊的魔人。

如果是射擊系攻擊，大多能靠「捕食者」癱瘓。仔細想想，我似乎把遠距離射擊型的敵人吃得死死的呢。

既然這樣，我也來用遠距離攻擊打看看吧。

先拿剛才用過的「水刀」做個變化，這次弄成水球。試著在裡頭注入「毒噴霧」跟「麻痺噴霧」的毒性成分、麻痺成分。

水球做好再朝喀爾謬德丟去。

拳頭大的水球速度出乎意料地慢。跟「水刀」不同，不是靠壓力發射的，怪不得慢成這樣。

那速度喀爾謬德當然有辦法反應，他用魔力彈迎擊，將招式抵銷。大概被剛才的「水刀」教訓過了，這次完全不敢掉以輕心。

不過，他還是太嫩了。水花化成霧氣散開，不偏不倚地砸在喀爾謬德身上。

「咕喔喔喔！」

喀爾謬德發出苦悶的聲音，開始在那痛苦掙扎。

如我所料。這樣一來，我也能讓「水刀」變質。是說——

好像有種靈光一閃的感覺。跟做出水球的時候一樣……

喀爾謬德為了緩和痛楚，在那使用回復魔法，我則朝他伸出右手。

會不會成功呢？

我比照剛才製出水球的訣竅，這次不從「胃袋」吐水，而是凝聚妖氣。再朝裡頭注入魔素——一個拳頭大的氣體塊狀物出現在右手前方。到這還算成功。好了，該怎麼射出這玩意……

我想像「噴霧」的噴發方式，將那個塊狀物往前推。

輕輕的衝擊感襲上手掌，氣體團塊乘著跟「水刀」不相上下的速度向前飛出。好像成功了。

白老睜大雙眼，在那自言自語道「居然學會『氣操法』了……」接著又補上一句「雖然還很生疏——」，但我現在沒空管那個。

我成功習得魔力彈。

學會一次，之後就好辦了。用習慣後，或許還能在魔力彈裡混進「黑焰」。讓魔力燃燒，產生更強的威力。

剛才那發沒打中，但下次一定可以的。想著想著，我目不轉睛地看向喀爾謬德。

「你、你搞什麼……！臭、臭小子！竟敢對我這高階魔人做出失禮的行為——」

我擊出的魔力彈把喀爾謬德打飛了。這只是練習，並沒有認真。可是，魔力彈的威力還是比拳頭來得大。

這次發射得很順。要達到完美境界只是時間上的問題。

接下來只要勤加練習就好，打定主意後，我又朝喀爾謬德放出數枚魔力彈。

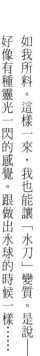

看那些魔力彈全打在喀爾謬德身上，我這才冷靜下來，覺得自己還真不留情呢。學會新的技巧就樂過頭，不小心得意忘形。

不過，他還是弱得可以。

喀爾謬德的魔素量肯定超過A級，論強度卻比不上紅丸他們。這是為什麼呢？

《答。這是以人們定義的階級區分，用魔素量當計算基準，並按魔素量排行。不過，擁有相同魔素量的人互相交戰，擁有高效率技能或技藝的較占優勢。此外，個人實力沒有計算基準，不會在反映在評等上。》

原來如此，「大賢者」的鑑定不包含個人實力嗎？

就連我自己都不清楚這身體到底有多少實力。難怪它測不出來。

這又不是遊戲，沒交手不會知道對方有多少斤兩吧。

所以嘍……實力原本就高深莫測的白老獲得強健肉體後，整個人進化成怪物。

就算擁有強大的力量，不會活用也是枉然。

我不覺得現在的自己會輸給喀爾謬德。

「在那高階魔人長、高階魔人短的，說得一副大言不慚的樣子，結果也不怎樣嘛。還是你留一手？」

我故意挑釁他。

不曉得這傢伙有多少能耐？

打起來沒什麼危機感，所以我想盡可能收集情報。

話問得很輕鬆。這並不代表我鬆懈了。其實我一直留意半獸人王的動向，他似乎沒有出動的意思。

「好，我讓你加入。總有一天本人會——」

揍他。

這傢伙，聽別人問話居然轉移焦點？

「別、別打我！等、等等！我有魔王當後盾，你做這種事遲早會——」

在嗆聲了。

這傢伙好煩啊。

「所以呢？你要怎麼找後盾哭訴？該不會還很天真地以為自己能活著逃出這裡吧？」

被我這麼一問，喀爾謬德僵著一張臉，開始發起抖來。

「咿咿咿——！別過來！你死定了！魔王大人絕不會原諒你的！」

他邊撂狠話，一面連滾帶爬地逃出。

魔王喔。

若你說的魔王叫雷昂，他就是我的獵物了。目前應該贏不了他，但我很想知道他有多強。

我知道魔王有好幾個，強度都差不多嗎？

這傢伙好像知道不少東西，所以我想深入問問。不過，被他找機會逃掉就麻煩了。為了避免這種事情發生，質問時得小心行事。最好跟剛才自行爆料自己是幕後主使者一樣，這次也當個大嘴巴把祕辛全講出來吧……

吃了他也無法弄到「記憶」。

不曉得為什麼，只能弄到魔法那類的相關知識。這部分沒有一定的規律可循，講白點就像在抽獎。

技能就每抽必中，這方面倒挺犯規的。

我用「黏鋼絲」綁住試圖逃跑的喀爾謬德。

喀爾謬德開始詠唱某種咒文，人跟著飄向天空。

他好像想用飛的逃跑，但有「黏鋼絲」綁著，想逃也逃不了。

「可惡，這玩意煩死了！」

喀爾謬德嘴裡嚷嚷，拚命想解開束縛，不過再怎麼掙扎都沒用。

我默默地靠近喀爾謬德。

「住手，別過來。喂，半獸人王！給我過來，來幫我！」

剛才還罵半獸人王沒用兼白痴，現在卻開始向他求救。

這傢伙真的很糟。

我挺喜歡受部下仰慕的傢伙，反之則否。

更覺得將部下利用完就丟掉的人不可饒恕。他好像有很多技能，就讓我接收吧。

話說……可能是能對話的關係，吃下這種怪傢伙一點也不開心。

●

眼前死屍累累，讓他心如刀割。

——肚子好餓……

——肚子、好餓……

——搞什麼，原來是豬人族的小鬼。這死不了的東西，快點死掉最好。

——大家都好餓……

魔人大人，請您發發慈悲——

——別碰我，會弄髒我的衣服。嗯，等等？

你是……

——這可以吃嗎？

——當然可以。儘管吃個痛快。吃得飽飽的，快點長大變強。

——謝謝您，魔人大人！

這份恩情——

——別這麼客氣。從今天開始就把我當父親吧。

對了，我來替你取名字。

你的「名字」叫——

他想起過去的事。

想起養父魔人收留自己的過往。

如今，為了報答養父的養育之恩，他才會聽從養父的命令。

這也是他的願望。

要改變這座豐饒的朱拉大森林，讓它變成半獸人的第二樂園。

捨棄那塊不毛之地，饑荒和疫病交錯，連魔王大人都眼不見為淨的故鄉……

只要他掌握森林霸權，養父就會成為魔王大人認可的高階幹部。養父跟自己約好，到時將會出手拯救更多同伴。

為了實現這點，他需要力量。

吃下森林的高端種族，得到更多力量——

然後，他要構築半獸人的安歇之地——構築新樂園。

只要有森林的庇護，同胞們就不會挨餓。

雖然對不起現有種族，但弱肉強食的法則任誰都無法違背，他們也只能照單全收吧。

畢竟，這是賭上種族存亡的戰爭。

……照理說是這樣。

——要是你早點進化成魔王的話——

這是什麼意思？

養父——咯爾謬德大人究竟……

他——被人稱之為半獸人王的存在，正用黃濁的眼望著養父咯爾謬德，視線遲遲未移開……

●

咯爾謬德陷入恐慌狀態，開始朝我連射魔力彈。手都被綁住了，他還有辦法在空中做魔力彈射我。

手腳靈活歸靈活，卻無法傷我分毫。
我用「多重結界」把魔力彈全都彈開。喀爾謬德的魔力彈是物理攻擊屬性，無法突破我的防禦。剛才的解析已經分析出來了。連發動「捕食者」捕食、讓魔力彈無效化都不用。
喀爾謬德露出絕望的表情。
「可惡！快幫我，半獸人王──不，蓋德！」
他開口叫出半獸人王的「名字」。
對喔，他怎麼可能漏幫半獸人王取名。雖不清楚原因，但他似乎想隱瞞自己跟半獸人王聯手的事。剛才還說不能出手干涉之類的，似乎有什麼隱情。

這時，半獸人王有動作了。
他打算救喀爾謬德嗎？沒差啦。想救就救吧。
反正我跟德蕾妮小姐有約在先，必須殺掉半獸人王。
看起來他好像被喀爾謬德操縱了，但現在說這個也沒用。只殺幕後主使者無法了結這一切。
我並不恨他，就給他個痛快吧。
眼裡看著半獸人王愈走愈近，我一面思考處置方式。
他已經不構成威脅了。沒跟他接觸過，無法偵測正確的魔素量，但大致看過去，程度跟紅丸差不多。
大概只有焰之巨人的一半，認真起來打應該不難殺才對。
沒了大將，半獸人軍會不會失控啊，我只擔心這個。
「這蠢材，總算動了……呀哈哈！我是不知道你們打哪來的，好好嘗嘗這傢伙的厲害吧！快上，蓋德！讓他們後悔與我為敵——」

咚咻！某種聲音打斷喀爾謬德的話。

有頭滾過來。

是半獸人王，他扭斷喀爾謬德的頭。

悶悶的聲音響起，喀爾謬德的身體被撕成碎片。

喀嚓喀嚓咕滋咕嚓咕滋啵喀。

嘔……他在吃喀爾謬德。

半獸人王走到喀爾謬德身邊，毫不猶豫地拿起手裡的屠刀，割斷喀爾謬德的脖子。接著就地肢解，開始大快朵頤。

總覺得，這死狀跟卑鄙小人喀爾謬德還真搭。

是說，不只是我要殺喀爾謬德，其實這隻豬也想殺他？還是出於本能？

怎樣都好，總之事情變棘手了。

黃濁的眼逐漸變得清澈，開始散發知性光芒。

吃了許多種族、獲得的力量反噬半獸人王，讓他一度呈現失控狀態，如今卻找回自我。

萬萬沒想到事情會變成這樣。沒想到，居然吃掉幕後主使者……而且不光是吃，喀爾謬德的力量還被他搜刮。

跟剛才完全無法相提並論，半獸人王開始發出強大的妖氣。

《確認完畢。個體名：蓋德（豬頭帝）的魔素量大增。開始進化成魔王種……進化成功。個體名：蓋德進化成豬頭魔王（災厄半獸人）。》

唔哇……原來這就是世界之聲。

等等，現在不是感動的時候。這下事情大條了。

我想說隨時都能打倒他，就在一旁納涼，結果事情變得一發不可收拾……

拜託饒了我吧。

肯定沒錯，這次的事我有責任。

看吧，太囂張的下場就是這樣。

喀爾謬德比想像中還弱，打倒他這個幕後主使者一切就解決了，敗筆在於我想得太天真。

早早收拾他不就沒事了，但現在想這些都於事無補。

趁能殺的時候快點殺，這是鐵則。

今後要將這點列入考量。雖然不懂得反省就沒意義了。

先別管那些……

該拿這傢伙怎麼辦才好？在這煩惱也不是辦法。

只能想辦法打倒他了。

無視我的心情，情況開始有所轉變。

現實是不會等人的。

「聽好了——！我是豬頭魔王（災厄半獸人），將吃盡世間萬物！『名』喚蓋德。魔王蓋德！」

豬頭魔王蓋德報上名號——不對，是魔王蓋德。

對蓋德來說，他只在實現咯爾謬德的霸業。

咯爾謬德希望蓋德變成魔王，他才會選擇走最快的進化捷徑。

如咯爾謬德所望。

這是對咯爾謬德再忠誠不過的表現，而我完全沒發現……

「真是個怪物……」

我只覺得他很棘手。

那雙眼睛散發精明的知性光芒。

咯爾謬德跟他完全不能比，他有種強烈的存在感。

這就是魔王——

跟剛才完全不同，魔素膨脹了好幾倍。不愧是自稱魔王的傢伙。

更正，應該是「世界之聲」說的「魔王種」才對。雖然他目前只是自稱魔王啦，不過覺醒後就會變成真正的魔王吧。

這傢伙——現在不殺他，未來一定會變成災厄級魔王。我很確定。

紅丸等人準備迎戰。

他們也看出魔王蓋德很危險。

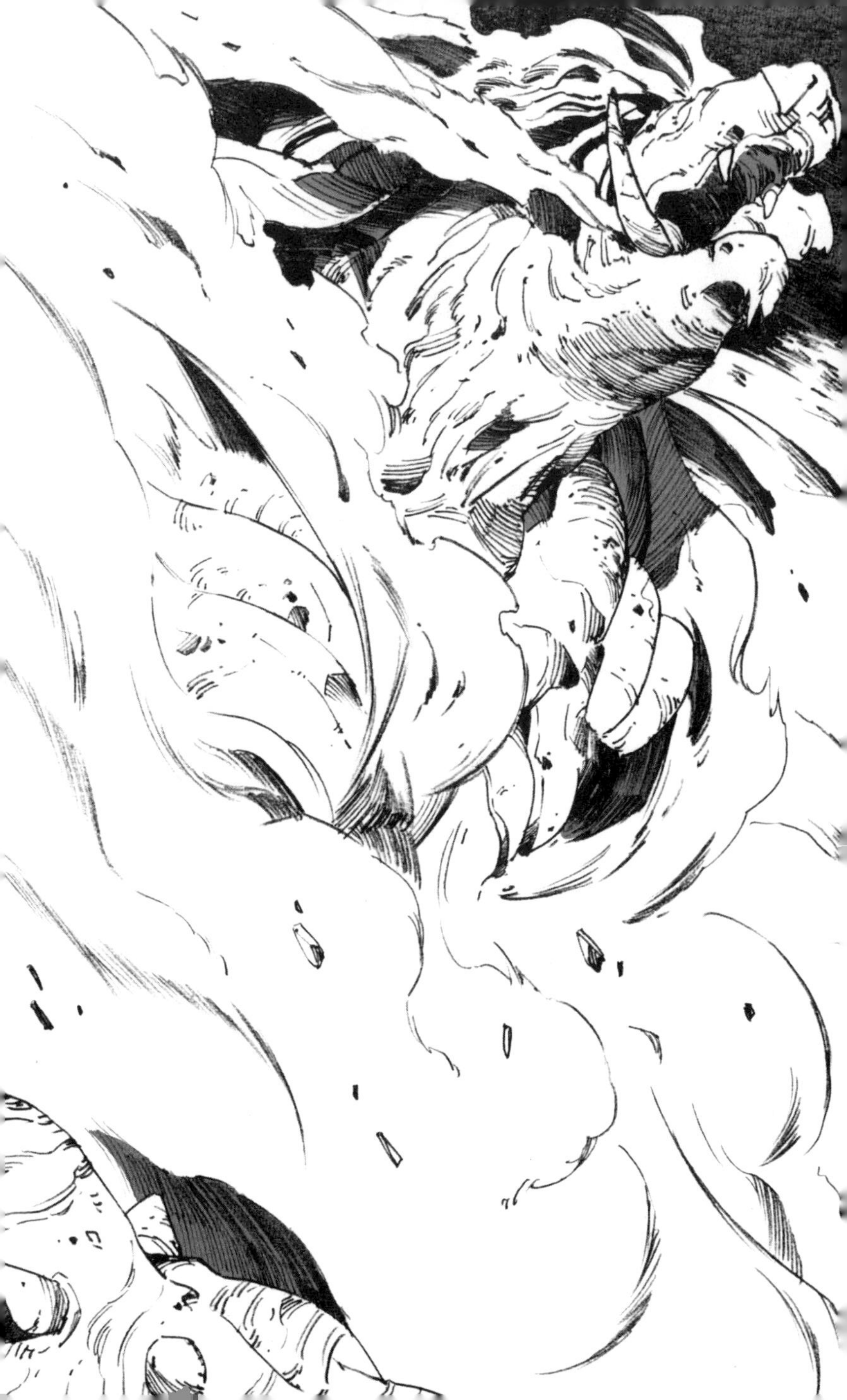

掛在臉上的悠哉笑容逝去，換上認真的表情。

「利姆路大人！這裡就交給我們吧！」

不等紅丸下令，紫苑搶先採取行動。

刀光迸現。

她揮舞大太刀，朝對方劈出一擊。

這一擊劈得火爆、用盡全力——在追加技「怪力」跟「身體強化」加持下，攻擊力道瘋狂提昇，魔王蓋德打算單手拿屠刀接下劈砍。

單手當然不夠力。他連右手都用上，開始對抗紫苑的猛砍。

「就你這骯髒的豬想當魔王？少臭美了！」

在紫苑的吼叫聲中，那把大太刀開始染上妖氣，再從敵人頭頂上高高揮下。黑兵衛鍛造的寶刀正散發妖異霧光。

雙方先拉開距離，緊接著再度展開激戰。

大太刀跟屠刀互砍，劇烈的火花在戰場上閃動。

一開始雙方還勢均力敵，但隨著時間流逝，差距逐漸顯現。

魔王蓋德一身筋肉賁張，鎧甲似乎與之同化，開始跟著打出陣陣脈動。

在角力戰中獲勝的是——魔王蓋德。

那身蠻力超越平常就力大無窮，現在又多了「怪力」、「身體強化」技能的紫苑。看樣子他的身體機能也大幅進化，讓人銳氣大挫。

紫苑被彈飛，蓋德的追擊緊接而來。

她知道危機將至，一面用大太刀抵擋、一面跳向後方，試圖削弱威力，但剛才那記攻擊似乎讓她受了頗大傷害。

紫苑的臉寫滿懊惱，要讓身體恢復行動力似乎得花上一小段時間。

不過，現場不單只有紫苑一人。

魔王蓋德打算追殺紫苑，殊不知背後早就站了一名壯年武士。

是白老。

連我的眼力要跟上都很勉強，白老光速拔出預藏的刀。刀身在洗鍊的鬥氣下散發微光。這些光堅定沉著，說明白老的鬥氣有多精純。

別說是接刀了，連要避開攻擊都不可能。

魔王蓋德的身體被刀劃開，軀體一分為二。白老又迴刀砍下他的首級。

這下不死也難——我是那麼想的啦，沒想到這想法太過天真。

魔王蓋德遭人一刀兩斷，形似觸手的黃色妖氣卻定住它們。接著那具身體若無其事地蹲下，撿起掉落在地的頭顱、將它裝回原來的位子。

很像恐怖電影會有的景象，大夥兒全都吃驚到說不出話來。

白老也驚訝地瞪大雙眼。

這下我總算明白了。

魔王蓋德的可怕之處在於——那駭人的復原能力。

他目前還不具任何抗性。卻有如此可怕的回復力。假如這怪物獲得各種抗性，到時肯定殺不了他。

這時——

「操絲妖縛陣！」

蒼影用「黏鋼絲」綁住魔王蓋德。

他潛入白老的影子裡，算準時機困住魔王蓋德。

「上吧，紅丸！」

不等蒼影喊完，紅丸就展開行動了。

在毫無預警的情況下釋放黑焰獄。

或許是先前那四發的消耗已讓魔素量所剩無幾，抑或這是針對單一個體而設，小型半球體繞著蓋德成形。魔王蓋德已經被「黏鋼絲」綁住，逃也逃不了。完全被囚禁在「結界」裡。

結界內部吹起高溫暴風，看起來相當猛烈，打算將魔王蓋德燒成灰燼。溫度似乎不受半球的大小左右，確實引領蓋德邁向死亡。

但——

數秒後半球消失，魔王蓋德依舊悠哉地站在原處。

眼看自己的必殺技不管用，紅丸的臉色變得很難看。

的確，黑焰獄很強。不過，這技能著重效能運用，沒辦法像焰之巨人那樣，用自身熱量制敵。講究的是靠瞬間高溫燒光標的。

能靠少量魔素催生媲美焰之巨人的高溫，這方面是很優秀沒錯，但防禦力高的對手可以透過全力防衛撐過去。

若黑焰獄再燒久一點，魔王蓋德肯定來不及再生、無從抵抗，會徹底燃燒殆盡……

也可以換個方法，讓火力更加集中，創造能燒盡一切的超高溫——

這方法或許可行。魔王蓋德似乎沒有耐熱能力，皮膚已經燒爛了。不過這些並不構成致命傷，全因蓋德釋放妖氣抵擋。

只要命還在，他就能發動不久前展現的可怕復原力。

史萊姆之類的特殊魔物有「自動再生」能力，他八成連這個都弄到手了。燒爛的皮膚逐漸再生。不僅如此，蓋德還念念有詞，一口氣提高回復速度。

似乎連咯爾謬德的回復魔法都學會了。這兩種效果相輔相成，復原力逼近我的「超速再生」。

在我分析蓋德時，戰鬥依舊持續進行。

紅丸對蓋德造成的傷害尚未痊癒，蘭加就對他發動追擊。

跟我以前實驗時一樣，他讓「黑色閃電」集中於特定一點打出。沒耍多餘的花招，盡全力出擊。

魔王蓋德直接遭雷擊中，被電得渾身僵硬。

他化成黑炭、當場軟倒下去，這下肯定是我方贏了。

會死也難怪。連我都沒自信能在黑色閃電中撐住。「分身」肯定會變成焦炭。

看起來很像大家卯起來凌虐他，希望蓋德別恨我們。

不管是哪個鬼人，一對一單挑應該都贏不了他。

蘭加因為剛才那記攻擊讓魔素歸零。「黑色閃電」耗魔素耗很大，他又火力全開攻擊，才會變成這樣。都蹲到地上去了，完全動彈不得。

一般來說保留點餘力會比較好，但這次實在不方便放水，就由他去吧。

是說，這樣一來戰鬥終於結束了……事情就在這念頭掠過腦海時出現轉折。

「——這就是，痛楚嗎？」

還以為魔王蓋德已經炭化見閻王了，沒想到他又重新站起。

看樣子，戰鬥尚未結束。

＊

「不會吧……」

我不禁喃喃自語。

這怪物未免太超乎常理了，現實中哪來這種發展。

仔細一看，他把自己的手扯掉，正在大快朵頤。

豬頭將軍跑向進食中的蓋德。

「吾王，請讓屬下與您同在——」

雙方互看彼此並點點頭，接著魔王蓋德就朝豬頭將軍伸手。

他毫不猶豫地殺了豬頭將軍，將他拆吞入腹。

居然有這種人……每吃一口，炭化的皮膚就隨之剝離，生出新的皮膚。

之後，被他拆掉的手自根部重生。

進食補足失去的細胞，「自動再生」跟回復魔法將讓他無限重生。

回復力真的很驚人。

我說真的，沒辦法一招斃命就殺不死他。

不然就得徹底抹殺才行……

老實說，就算我底下這五名最強部屬同時圍堵蓋德，應該也打不贏他。

這時，魔王蓋德突然嘶聲大吼。

「不夠。更多、我想要更多——讓我吃更多！」

他扯著嗓門狂叫，黃色妖氣從他身上爆出。

「將一切吞噬殆盡，混沌吞食！」

黃色妖氣就像有生命的觸手，朝周遭的屍體殺去。

所及之處全遭到侵蝕，被觸手吃掉。那些黃色妖氣肯定是魔王蓋德的關鍵能力。

事實上，這招伴隨獨有技「飢餓者」的能力「腐蝕」，擁有腐蝕效果，任何物質都會在觸碰下腐爛。防禦力不足就會遭到腐蝕，生物則會面臨死亡。好可怕的技能。

本能這麼告訴我，所以我命令大家避開。

「大家快散開！」

一聽到我的命令，紅丸等人便跟著退到後方。

「去告訴哥布達、戈畢爾跟那些蜥蜴人，叫他們別靠近這裡。」

「那利姆路大人呢？」

紅丸接獲命令後開口回問。

我正要回他——

「你們也來當我的食物吧。去死，餓鬼行進！」

是咯爾謬德剛才用過的那招。不同的是，餓鬼行進比它凶殘數倍。不只魔素量增加，每顆魔力彈還具備「腐蝕」效果。

要是被這東西打中，鬼人們肯定無法全身而退。
所以我——必須想想辦法。

我的身體在顫抖，一直停不下來。
這些震顫出自本能。
糟糕。一直抖個不停。

——我在害怕嗎？
不，不對。
這是——愉悅的表現。
原來如此，我很開心。
是嗎——

我無可自拔地沉浸在本能挑起的狂喜之中，那感覺來自身體深處。
最強的五名部下同時圍攻也不一定贏得了這傢伙。
我卻不覺得害怕。
一開始困擾我的憂鬱已在這個時間點飛到九霄雲外。
原來是這樣。我認為這傢伙配當自己的對手。
抱歉，剛才還嫌你煩。

從現在開始，我要認真對付你！

魔力彈分裂成好幾顆，全都朝我這撲來。
我用「捕食者」吞下魔力彈，黃色的觸手開始襲上身體。
魔王蓋德的魔力彈——餓鬼行進，它們似有自主意識般踩著瘋狂舞步，開始對我展開侵蝕行動。
散發黃色妖氣，釋放混沌吞食的本能。
黏濁的觸感逐漸覆住身體。
隔著「多重結界」依然令人作嘔。

——是嗎，你打算把我吃了？好啊。吃得了就吃！

愈來愈高昂的本能作祟，在我臉上刻出淡淡的笑容。
既然你要吃我，我就先吃掉你。
我靜靜地拿掉面具，將它收到懷裡。
就這樣，我跟魔王蓋德展開激鬥。

＊

平心而論，要我戰勝魔王蓋德，可能性微乎其微。

我沒有甩開身上的黃色妖氣，緩緩拔出刀子。

雖然感覺很噁，卻沒有太大的殺傷力。我沒有「腐蝕抗性」，但這攻擊是物理屬性。是有一點點損傷產生，但用「超速再生」就回復了。

我一鼓作氣朝魔王蓋德衝去，揮刀出擊。不過，他的屠刀輕易擋下這一刀，我反而被蓋德彈飛。

想想也是。

紫苑比我還有力，仍舊敗給對方。

更何況白老的劍技比我強上好幾倍，連他都打不過蓋德。

我再次開高速移動攪亂敵人，一面嘗試出刀。

從各個角度尋找他的弱點。

明知這樣沒用，我還是執意出擊。

就算被敵人擋下、遭他彈飛，我還是老實地將各種攻擊試過一遍，然後我終於明白一件事。

我很弱。

回想起來，我手下的主力共計五名。算算還有朱菜跟黑兵衛。

大家都從我這學會某種技能，行使手法比我還要精湛。

蘭加的「黑色閃電」、「馭風術」。

紅丸的「黑焰」、「操焰術」。

白老的「思考加速」。

紫苑的「怪力」、「身體強化」。

蒼影「影瞬」、「分身術」。
朱菜的「解析者」。
黑兵衛的「研究者」。
看看這些代表性技能，不難明白其中差異。
他們繼承我的劣化版技能，又只分到一部分，肯定比不上我這個原版。在技能的使用上卻比我更有效率。
假如一對一、拿出全力作戰，我能打得過他們。但跟他們同時對打肯定會輸。我的部下們就是這麼強。
儘管如此，魔王蓋德卻能同時對付他們五個主將。而且必勝無疑。
這是「大賢者」分析的戰鬥結果。
他們五個沒辦法使出致命一擊戰勝敵人，打到最後皆會因魔素見底而敗北。
若他們認真起來跟我打，我根本打不贏。
沒錯，認真起來就打不過。
紅丸他們比我更會操縱能力。
這是為什麼？
白老單純只是久經鍛鍊、實力堅強，其他人卻不一樣。
答案就是他們讓技能跟技藝融會貫通，順從自己的本能，自由自在地達到完全解放狀態。
他們已跟能力融為一體，使用上比我更有效率。

所以才這麼強。

不管我用「大賢者」模擬多少次，同時對付他們都勝算低迷。

但結果真的是這樣嗎？

不，應該這麼說……我真的很「弱」？

答案是——

先預設前提。

我的能力多半來自魔物。

不是與生俱來的力量，第一步要先熟悉能力。

會開車不代表有駕照。更不可能贏過職業車手。

說得更白點，一個門外漢拿到賽車也不見得會開。

但有一點不同。

我轉生到這個世界時，身上已經有某種能力了。

那是我與生俱來的能力。

能讓我運用自如，對它熟悉到不行。

如果是這個技能，我應該有機會發揮得淋漓盡致吧。

所以我說出那句話，對它下令。

「該你上場了，『大賢者』，把敵人打倒！」

《了解。進入自動戰鬥狀態。》

——這就是剛才那個問題的答案。

●

魔王蓋德滿心歡喜。

眼前有五隻強力魔物，個個都很有骨氣。

既然他們強到能讓自己吃痛，肯定是稱職的食物。吃的獵物愈強，他這個魔王就能進化得愈厲害。

正當蓋德要把他們吃乾抹淨時，有隻魔物挺身而出。

蓋德很餓。

他傷得很重，為了再生必須吃肉。

正因如此，這隻礙事的魔物激怒蓋德。

那是隻戴了面具的怪異魔物。

看起來不怎樣。蓋德心想。

完全沒有妖氣，外觀怎麼看都像人。但他剛才長翅膀飛，肯定是魔物沒錯。

既然都要宰掉那五隻食物了，就順便解決這隻。

然而不可思議的是，他的攻擊完全傷不了對方，還讓五隻獵物逃掉。

這隻魔物單槍匹馬地對付蓋德。

他緩緩摘下面具，露出如月光般美麗的銀髮、神似少女的可愛臉龐。

表情跟那份可人形成強烈對比，掛著邪惡的笑容。

看上去——就像在說他很期待接下來的戰鬥……

一摘下面具，受到壓抑的妖氣就傾巢而出。

蓋德隱約察覺事有蹊蹺。

（是我多心了嗎？這些妖氣似乎深不見底……）

然而蓋德的警覺心根本是多餘的，那隻魔物持續發動不痛不癢的攻擊。

所以蓋德認為自己果真多慮了。

（先把你吃了！）

這隻魔物膽敢打擾自己進食，不可饒恕。

再說他的魔素量比想像中要來得豐富，是個上等貨。

將窮追不捨、持續出刀的魔物架飛，蓋德拿起屠刀，準備把他宰了。

然而，就在那時——

一直持續進行笨拙攻擊的敵人突然間靜止不動。

（他想幹嘛？）

看起來像少女的魔物斂去臉上神情，變成毫無感情的能面（註：能樂演出者戴的面具）。

接著，他的眼看向這邊。

那雙眼閃著金色光芒，似在打量蓋德——

這念頭才剛閃過腦際，一隻左手就飛到眼前。

（——！）

他知道發生什麼事了，卻遲遲無法接受現實。

自己的左手自肘部以下遭人砍飛，事情就發生在剎那間……

被砍斷的左手在「黑焰」燃燒下屍骨無存。

魔物手裡拿著一把刀，刀身沐浴在黑色火焰中。那些火不帶半點熱度，刀身隨之放出淒然火光。可是遭砍的左手在眨眼間碳化，由此可知刀的溫度高得驚人。

（——敵人？）

沒錯，他是敵人。

剛才還一直當對方是食物。不過，現在不同了。那隻魔物改頭換面，變得判若兩人。

進化後，他還是第一次把某樣東西當成敵人看待。這讓魔王蓋德開始繃緊神經。

接著就有種不對勁的感覺。

（奇怪——手沒有再生？）

他趕緊確認手部情況，只見一直沒有熄滅跡象的「黑焰」在那持續燃燒。那股熱度遏阻手部再生。

黑焰的妖氣與敵人同步。也就是說，沒殺死施術者，火焰就不會消失。

蓋德眼中爆出怒火。

他自肩口將手拆下，再把手吃掉。讓手從根部再生。

接著他開始思考。

對方用技能填補實力差距。

速度雖快，論力量卻是蓋德占上風。既然這樣，他就拿出真本事打倒敵人，剝奪敵人的速度和能力

——

那隻魔物用比剛才更快的速度來襲，蓋德則跟上他的腳步，拿屠刀接下刀砍。

然而，就在兩刀相噬的剎那，屠刀不敵對手刀上的熱度，在「黑焰」肆虐下熔解。

（這怎麼可能！）

魔王蓋趕緊撤身。

敵人？不對。他是威脅。

必須盡全力殺掉這個傢伙，把他給吃了。否則被吃的就會是自己，蓋德總算領悟事情的嚴重性。

他的妖氣大漲，朝四周放射衝擊波。

瞥見魔物擋掉衝擊波，蓋德又毫無保留地發動餓鬼行進。

魔力彈在空中分裂成八顆，逐一朝標的物撲去。每一個魔力彈都經獨有技「飢餓者」強化，帶著「腐蝕」效果。

對手輕快地避開魔力彈，將這些導彈陸續吸收。

蓋德見狀一嗤。

（現在就把你吃了！）

剛才那五隻魔物的事早就被拋到腦後，他只想吃掉眼前這隻魔物。

蓋德逼近忙著對付魔力彈的魔物，打算抓住他。

敵人也及時發現，雙方正面交鋒。

蓋德的力量較強。看我擰碎你——才這麼打算，蓋德就重心不穩地蹲倒。

他發現魔物踢碎自己的膝蓋。從那楚楚可憐的少女外貌根本無從想像，這記重踢來得又快又猛。

即便如此，蓋德依然沒有鬆手。

（嘎哈哈哈哈！有趣，我要直接把你吃了！）

獵物已經在自己手中，接下來只剩吃這個動作。

他再怎麼掙扎也沒用。些許攻擊對蓋德來說不成問題。就連剛才碎掉的膝蓋也差不多再生完成了。

蓋德的手溢出黃色妖氣，開始侵蝕獵物。

這是獨有技「飢餓者」的能力，能直接「腐蝕」標的物。還能徹底奪去對手的生命，將他變成自己的養分。

蓋德一心只想吃掉對方，將所有力量都注入「腐蝕」中。

最後——對方終於無力抵抗，身體逐漸融解……

●

事情進展如我所料。

獨有技「大賢者」全面輔助，助我運用技能作戰。

雖然將技能用得淋漓盡致，本體實力卻沒有上升。迎戰的不是我本人，是「大賢者」才對。

之所以能用最正確的手法作戰，都仰賴「大賢者」全面支援。果然不出所料，「大賢者」完美地操縱技能。

它看出這具身體無法跟蓋德硬碰硬，連刀都覆上「多重結界」，在「黑焰」纏繞下攻擊。這樣不僅能防止刀身耗損，攻擊力也大幅上升。

那些能力在我手上無法徹底活用，交給「大賢者」就運用自如。它通盤分析情報，連續出最合適的招。就像在下棋時針對王棋出招、直搗黃龍，「大賢者」將魔王蓋德玩弄於鼓掌間。

話雖如此，還是不能大意。魔王蓋德開始跟上我的速度，繼續戰鬥下去，他很有可能進一步進化。一旦他獲得「對熱抗性」，到時就慘了。

不，或許他已經——

此外，魔王蓋德應該跟我半斤八兩。他才剛進化，還無法活用技能。隨著時間流逝，我可能會喪失優勢。

就跟我一樣，魔王蓋德仍在持續進化。

正因如此，才要像這樣設計他。

一切都是「大賢者」刻意安排的。

很難光靠「黑焰」燒光魔王。他的再生能力太強，要徹底抹殺他得花上一段時間。如果能用焰化爆獄陣困住他，關個幾分鐘的話，是有打倒蓋德的機會，為了引蛇入甕，必須像這樣牽制他。

故意在短時間內痛宰對手，誘他拿自己的看家本領作戰。

魔王蓋德順利中計，打算以力量決勝負。

一切都如「大賢者」所料。

魔王蓋德打算就此「腐蝕」我，將我吃掉。不過，若能趕在他吃掉我之前發動焰化爆獄陣，這仗就算我贏了。

「大賢者」料事如神，只能說它真的很神。

不過，我有想過某種可能性——也就是「大賢者」斷定發生機率極低的可能性——它在這成真了。

「嘎哈哈哈！火焰對我一點也不管用喔！」

「範圍結界」將我跟魔王蓋德封在一起，我發動焰化爆獄陣。魔王蓋德應該在數千度的超高溫中燃燒殆盡，他卻放聲大笑，嘴裡不忘吐出這句話。

果然，最壞的預想還是發生了。

《——！警告。已確認敵方個體具對焰抗性。緊急修正計畫——》

「大賢者」用一如既往的語氣告知。但我聽得出它很吃驚。

糟透了。事情居然朝最壞的方向發展。

才要在最後一刻擒王卻整個大翻盤。

不過，這是為什麼呢。奇怪的是，心中並未感到不安、動搖。彷彿在說事情發展正合我意。

「是嗎？被火燒死或許還比較幸福喔！」

回答時，一抹壞笑就掛在我的嘴邊。

魔王蓋德的妖氣——混沌吞食——衝破這身「多重結界」，開始向內侵蝕。身體不覺得痛，但強烈的不適感開始竄上皮膚。

然而，都這種情況了——我卻覺得欣喜。

沒錯，這樣才對。

你是我認同的敵人，當然要有這等能耐了。

我跟「大賢者」說，接下來換手吧，取回身體的主導權。

「大賢者」代替我出面作戰，我才有閒工夫觀察魔王蓋德。在這段時間裡活用思考千倍加速技，想想該怎麼以防萬一。

電腦在思考上準確無誤，用機率判斷一切。講求效率，剔除沒效率的選項。

也因為這樣，才會有我出現。

我前世是人，簡直就是沒效率的聚集體，思考模式一點也不完美。

——所以說，夥伴，別那麼悲觀。你很完美啦。接下來就交給我吧——

我在心裡說著，開始瞪視魔王蓋德。

這傢伙想吃掉我。我想得沒錯。

既然這樣，那招就能拿來用用。

樂觀點看，只要我搶在魔王蓋德之前吃掉他就行了。

我是史萊姆。原生技能是「融解」、「吸收」、「自動再生」。

如今這些技能都被整合了，沒剩半樣，變成強化版獨有技「捕食者」。跟史萊姆的能力很像，也是最好用的技能。

進化技「超速再生」應該不比魔王蓋德的復原力差。這樣一來，互吃肯定是我贏。

《——警告。搶先「捕食」的機率是——》

機率不重要。

我不是說了嗎，要你別擔心，接下來就交給我吧？

魔王蓋德會先把我「腐蝕」掉，還是我會先吃掉魔王蓋德。
這對決簡單扼要。
就算獲勝機率是零，我也要出此下策。
這是因為——
我跟魔王蓋德一樣，打一開始就準備吃他。

魔王蓋德似乎認為自己勝券在握，正得意洋洋地融解我。
我反過來利用這點，故意讓他以為腐蝕攻擊順利融解我，一面操縱崩解的身體。接著在敵人沒有察覺的情況下纏上他。
慢慢地蹭、順著他的手掌爬到手上……
等對方發覺時，早就中我的招了。
我依循本能，利用史萊姆特有的戰鬥方式制伏對手。
魔王蓋德這才慌了手腳，試圖將我剝除，但我已經爬遍全身，要剝是不可能的。
「剝也沒用吧？很可惜，你自豪的怪力在這種情況下一點用也沒有嘍？」
「唔唔，怎麼可能！你有什麼打算……」
「哼。吃人可不是你的專利。」
我說得超好。魔王蓋德被我的話激得一臉不甘。
不過呢，我目前的立場也不算有利。
戰況陷入膠著。

我發動「捕食」攻擊，他則拿復原力回敬。還同時賞我「腐蝕」技，但不敵我的「超速再生」。

我們兩個吃來吃去。這現象跟銜尾蛇有異曲同工之妙。奉行完美主義的「大賢者」八成想不到事情會變成這樣，不過，跟我的想法卻不謀而合。

先吃光對手的人就贏了。

這對決方式簡單明瞭。

一開始為了取勝才落到這般田地，正好是致勝關鍵。並不是想來防範「大賢者」失策才有的，只是遵循本能後靈光一閃的對策罷了。

我不依賴無法運用自如的技能，而是遵循最原始的本能，直接找可用的能力，再付諸行動。

我有這些能力。

史萊姆特有的「融解」、「吸收」被整合成「捕食者」。所以遵循本能就會發動「捕食者」的能力。

我本來就是捕食者（Predator）。

魔王蓋德，你的獨有技「飢餓者」的確是個強力技能。

但我要說一下。你是腐蝕者（Scavenger）才對。

什麼都能吃是很強啦，但我的能力特化成殺了再吃，在這種情況下就強過你了。

只要我們馬不停蹄地互吃，先獲得新能力的肯定是我。

用我的能力——獨有技「捕食者」！

對手活著的情況下，我依然能解析能力並奪取它，相反的，魔王蓋德要在對手死後才能獲得能力。

事情發展到這個地步，勝負就已經決定了。

*

究竟過了多久。
我們持續互吃。
我占盡上風、專心一意地「捕食」，這時有個不可思議的聲音傳來。

我不能輸。
我吃了同胞。
我不能輸。
必須當上魔王才行。
因為我吃了喀爾謬德大人。
我不能輸。
同胞都在餓肚子。
我不能輸。
要填飽肚子！

一些思緒源源不絕地湧來。
這是魔王蓋德的思緒吧。

哼。你白痴喔——！
想再多都沒用，我已經贏了。

可是，我不能輸……
我吃了同胞們。
我……罪孽深重……
所以，我不能輸。

沒用的。
告訴你吧。
這個世界就是弱肉強食。你輸了。
所以，你會死。

可是，我不能輸……
要是我死了，同胞就得背負罪孽。
我一個人罪孽深重沒關係。
為了不挨餓，我已經做好不擇手段的覺悟了。
我要成為魔王。
為了讓大家不再挨餓，我要承受這個世界上所有的飢餓！

沒錯。
我是豬頭魔王（災厄半獸人）。
要吃盡世間萬物。

但你還是會死。
放心吧。
我會把你的罪孽全都吃掉。

你說……什麼？
要將我的罪……吃掉？

對。

不只是你——
我還要把你那些同胞們的罪一起吃掉。
連我的同胞……都不放過……要將大家的罪吃掉嗎……
你真貪心。
對啊。

我很貪心喔。

這樣你放心了吧？

放心的話，你就讓我吃掉，乖乖沉睡吧。

好……

我不能輸。

可是……

好想睡。這裡……好溫暖。

貪婪的傢伙啊。

你選的路並不好走。

但你還是願意承擔我的罪孽——

謝謝你。

我終於不再覺得餓了——

豬頭魔王（災厄半獸人），蓋德。

如今，他的意識已在我體內消失無蹤。

《確認完畢。豬頭魔王（災厄半獸人）消失。獨有技「飢餓者」被獨有技「捕食者」吸收、整合。》

是我贏了。

肚子餓的傢伙怎麼可能贏過我這個吃飽飽史萊姆。

接著，我睜開眼睛。

就此背負那傢伙跟他的同胞——半獸人的罪。

*

「我贏了。你就安心長眠吧，豬頭魔王蓋德——」

現場一片寂靜，我在這做出勝利宣言。

瞬間，哥布林跟蜥蜴人陣營傳出歡呼，半獸人軍則哀鴻遍野。

半獸人的侵略行動就此劃下休止符。

當初互吃時擷取了半獸人王的思念，我才知道喀爾謬德的野心是始作俑者。

但我更在意另外一件事，那就是喀爾謬德背後是否還有幕後黑手。

剛才打到一半，那傢伙說溜嘴，說有「魔王」當後盾。這是誇大其辭抑或真有其事，現在已經無從確認。

算了，目前的情報不夠，沒辦法判斷誰是該警戒的對象。

再說，又不能把半獸人軍丟著不管。

問題還沒解決。

隔天。

在那之後，讓朱拉森林大同盟成立、在歷史上留名的重要會談即將展開。

ROUGH SKETCH

第七章

朱拉森林大同盟

Regarding Reincarnated to Slime

一個男人在奢華的房間裡隨性地就座。

他戴著刻有笑容的面具。

舉止優雅地揮手，要隨從們退下。隨從們動作俐落，不發一語地行禮，接著就從房間離去。

牆壁旁有張長椅，椅子上從頭到尾都空空如也，此時卻傳來愉悅的嗓音。

「咯爾謬德真咩用。窩都已經幫他那麼多忙了，到頭來還是在關鍵處功虧一簣。」

說這句話的人是一個奇裝異服怪怪面具男——拉普拉斯。

拉普拉斯無所謂地說著，邁步來到坐姿隨性的男人面前。

「呵。他沒有洩漏我們的關係就死了，沒問題。」

「素沒錯啦。可是咧，好不容易才安排好，新魔王卻沒有誕生，這樣不是很虧嗎？那魔王不光要跟窩們聯手，還要對窩們言聽計從，這次的作戰重點不就是這個嗎？」

拉普拉斯邊說邊坐到椅子上，跟那個男人面對面。

男人朝拉普拉斯親暱地點點頭。

「若你可以當魔王，我們就不用這樣大費周章了。」

「不行啦。當魔王很麻煩，窩可不想接這爛攤子。魔王都是些怪物，一個不小心，窩也會面臨危險。像最後誕生的魔王就是——」

「魔王雷昂。人類的『魔王』，雷昂．克羅姆威爾。」

「——對啊就素他。」

在那瞬間，兩人四周的溫度突然驟降，吹起陣陣寒氣。

魔王最需具備的素質就是實力。

在這個世界上沒人笨到敢自稱魔王。

隨便稱自己魔王，很有可能惹毛當今的魔王們，被他們宰掉。

不過，也有人觸怒魔王後遭魔王討伐，還對魔王還以顏色的。這種人大可憑自己的實力逼大家認可他當魔王……

但這數百年來，一直都沒有出現那種實力派魔王。最後誕生的魔王是雷昂．克羅姆威爾，原本只是個凡人。

他靠那妖異的魅力招攬魔人們當部下，在邊境地帶自立為魔王。

另一名魔王對此大感不滿——咒術王因此發動戰爭，卻被雷昂打得落花流水。

還是雷昂一個人對付他們。

知道這件事後，其他魔王終於承認他是新的魔王。

可是，像這樣靠實力誕生的魔王少之又少。

一般來說，新人要當魔王至少須有三名以上的魔王當後盾。要對新進魔王出手形同跟後盾為敵，這種機制是為了讓人心生警惕。

有個魔王相中這點。

與其跟其他魔王互探底細、交涉聯手事宜，還不如生個隨自己意思起舞的魔王更快。不過，要生出新的魔王，其他魔王絕不會坐視不管。所以他們才會審慎計劃，要讓這次的魔王看起來像自然誕生。

刺激下屬咯爾謬德的野心、隱瞞他們雙方有所牽扯的事。

男人對掉到冰點的氣氛毫不介意，開口說著。

「無妨，雷昂的事先擺一邊。問題在於我們已經跟另外兩名魔王打過招呼了。沒想到……計畫居然在那個節骨眼上失敗。」

事實上，這個計畫預定在維爾德拉消失的三百年後進行，花了幾十年慎重布局。看計畫以失敗告終，說沒悔恨是騙人的。

「對了，你要不要看看這個？畫面很驚人呢。」

說著，拉普拉斯拿出四顆水晶球。

其中三顆記錄豬頭將軍的視角，最後一顆記錄咯爾謬德的視角。給咯爾謬德複製品時，他趁咯爾謬德不注意，偷偷認證第四顆水晶球。

看到水晶球裡的影像，男人也不免露出有些吃驚的表情。

那是來自豬頭將軍視角的水晶球，映出半獸人軍大肆活躍的模樣。但最後卻出現一群疑似擁有強大力量的魔人，然後畫面就沒了。豬頭將軍八成被這些魔人殺了。

他們是鬼人族——

這種高階魔人數百年才會出現一次，由長生的大鬼族（食人魔）進化而成。實力有可能跟豬頭帝（半獸人王）不相上下。

他們的力量非常強大，據說能撕天碎地。這樣的鬼人出現三個。

接著他又看到從未見過的大型魔獸。

魔獸能操縱雷與風，可見是超高階魔獸。看起來很像牙狼族的特異進化體，但畢竟是水晶球的影像，無法確定真偽。不過，至少可以確定他的實力超越A級。

有四隻魔物，個個都在A級以上。不是喀爾謬德有辦法對付的。

問題在於最後那顆水晶球播送的影像。

有個人類擋在喀爾謬德面前。

他看起來像人類孩童，還戴著面具。

應該不是普通人。肯定是魔物變的。

如果不是的話，代表新的「勇者」就此面世。

召喚者、異界訪客不乏能力值高的傢伙，區區孩童卻無法將那些能力發揮得淋漓盡致。因為精神尚未成熟，能力才無法發揮到極致。

但話又說回來，勇者應該不會插手魔物的紛爭。用消去法判斷，八成是魔物的擬態。

根據影像所示，四名高階魔人似乎都聽他號令。

接著影像就切換至戰鬥畫面，喀爾謬德明顯贏不了他。

最後水晶球一暗，影像播到一半就中斷了。想必是喀爾謬德因某種攻擊喪命。

看完這串影像，男人深深地嘆了一口氣。

對方憑一己之力完封A級的高階魔人喀爾謬德，還是個小孩子。更有四名高階魔人追隨他。

男人挺在意半獸人王的下場，敵方實力堅強，勝算應該很渺茫。

對方的戰力強到足以殺死半獸人王，讓人無法忽視。

「怎樣，很厲害吧？」

「是啊，這下有趣了。不過，接下來……該怎麼辦呢？」

男人開心地笑著，進一步思索起來。

有兩個魔王跟男人同格。這次的事——也就是新魔王可能會誕生的消息，他已經透露給那兩人知道，男人想起這兩個傢伙。

「你好好努力吧。有什麼需要幫忙的，窩會算你便宜點。保重啦，克雷曼。」

拉普拉斯說完就丟下獨自沉思的男人揚長而去。

男人——魔王克雷曼在他離去後又重播影像數次，持續沉浸在個人思緒裡。

●

戰爭結束了。

這傢伙真的很難對付。

若他進化完全……可能就沒辦法打倒。

因為他還沒進化徹底，我才贏得了。

強到讓我更希望在進化前打倒他，這樣還比較輕鬆。

這方面算我自作自受。別那麼自以為，趁還能輕鬆殺他時殺一殺就好了。雖然最後還是想辦法打倒他，但這只是我運氣好吧。

不過呢，某個獎品還是將反省全踢到九霄雲外。

沒錯。我弄到獨有技了！

我從魔王蓋德那弄到第四種獨有技。說是這樣說，那招卻被我的「捕食者」整合。

《宣告。獨有技「飢餓者」被獨有技「捕食者」吸收整合，獨有技「捕食者」進化成獨有技「暴食者」。》

戰鬥結束後，「大賢者」朝我發送上述訊息。

類似能力被整合在一起，進化成更高端的技能。

為了解析能力，我輕輕地閉上雙眼。

獨有技「暴食者」的能力如下。

亦即——除了「捕食」、「胃袋」、「擬態」、「隔離」外，多追加「腐蝕」、「吸收」、「供給」，擁有七大能力。

腐蝕：能腐蝕標的。賦予腐蝕效果。生物會出現腐敗現象。吸收魔物的部分屍體時，能獲得一部分的能力。

吸收：有魔物受招式影響時，能擷取其獲得的能力。

供給：對象為受影響或靈魂相繫的魔物，向該魔物授予部分能力。

這些就是新招的性能。

我稍微調查一下，只能說新招好強。

「胃袋」在整合後容量倍增。

我已經體驗過「腐蝕」的可怕了。深入探索後，那招似乎還能破壞防具。

問題在於「吸收」跟「供給」這兩招。

看起來，紅丸跟蘭加等人進化並獲得新能力時，我也可以弄到那些能力？還能將我的能力分給部屬？

《答。想法本身並無矛盾。不過，分享能力有條件限制。分享者不會失去能力，授予對象無法發揮能力的真實性能將無法獲得能力。》

是喔……

總之我的能力一強化，部下們也會跟著強化，反之亦同。

授予能力對我沒有任何壞處。但收受者天資不夠就白給了。也就是說不是誰都能獲得我給的能力，沒問題我懂。

從某個角度來看，這能力其實超強的。

雖然沒辦法分享知識、魔法等等。

靠自己磨練實力自然不在話下。每天要努力不懈地鍛鍊。

但是呢，可以獲得的能力無窮無盡。

不愧是豬頭魔王。看他先把咯爾謬德吃掉，我當下很失望啦，但魔王蓋德的能力更棒。好到不能再好。

補充一下，原本歸屬於「捕食者」的「解析」功能似乎被「大賢者」收去用了。

咦？我不記得有准它收啊，也不記得它問過我……

不，應該是我想太多吧。

「大賢者」只是技能，怎麼可能擅自作主。

搞不好我從一開始就誤會「捕食者」有「解析」功能。

做了總結後，我決定不去多想這件事。

畢竟戰爭才剛結束。

戰場上有喜有悲，充斥著絕望，那些情感尚未平復。

好啦。

我每次都不免這麼想，跟作戰相比，戰後的收拾更累人……

*

扳倒魔王蓋德的隔天。

濕地中央設了一個帳篷，各種族代表齊聚一堂。

我們這邊由我跟紅丸代表。此外還有紫苑、白老、蒼影。

蘭加在我的影子裡。就跟平常一樣。

我變回史萊姆坐在紫苑的膝蓋上。

反正打倒魔王蓋德時都豁出去現出真面目了，如今也沒什麼好隱瞞的。

德蕾妮小姐代替無法移動的樹人族出席。我都還沒用「思念網」跟她報告殺死半獸人王的事，她就自動現身。

是不是早就感應到我跟魔王蓋德作戰的波動……

這個人還真不是蓋的。似乎藏著深不見底的實力。

蜥蜴人族由首領、親衛隊長及副隊長出席。

戈畢爾因叛亂罪被捕，目前正在牢裡蹲。雖然他們是親子關係，但不殺雞儆猴實在說不過去。

那傢伙很白痴，卻有逗人的一面。目前氣氛不適合插嘴，我也不好插手其他種族的內部問題。無法替他說情也是沒辦法的事。

小鬼族（哥布林）各族的族長也出面參加。不過，他們好像被高階種族嚇到，一直縮在後方的席次裡。

對他們來說有如天上神仙、搆也搆不著的樹妖精都參加了，難怪會怕成這樣。

豬頭族（半獸人）派出唯一生還的豬頭將軍。還有部族聯合代表，也就是十大族長。

大家都臉色凝重、神情鬱悶地低著頭。

引起這次騷動的元凶就是半獸人，就算他們被半獸人王操縱，還是難辭其咎。

他們似乎明白這點，臉色才會這麼難看。

帶來的糧食快要見底也是原因之一。

根據蒼影的稟報，他們沒有準備太多兵糧。魔王蓋德的「胃袋」也沒有裝兵糧。也就是說，他們真的沒有食物可吃。

在獨有技的影響下同類相殘，就算肚子餓也能行軍。沒了技能的影響，他們根本不可能去吃同類。

不僅如此，逃離技能陰霾後，甚至還有人因營養失調倒下。

他們已經面臨絕境，讓氣氛一度沉重。

為戰爭的事向他們究責也沒用，半獸人根本沒那個能力賠償。

雪上加霜的是，他們無法解決同胞的飢荒問題，才會挑起這次的戰爭。

雖然他們人數不比以往，目前還是有十五萬士兵殘存。糧食存量肯定無法讓所有人吃飽、讓大家免受挨餓之苦。

明明有這麼多的兵力卻無法繼續作戰，由此可見半獸人真的走投無路了。

若是沒有獨有技「飢餓者」的影響，他們真的會餓死。

此外，我稍微窺探蓋德的記憶，因而了解得更加透徹。

半獸人軍有十五萬兵力沒錯，但倖存者之中還混了女人和老人、孩童。

也就是說他們全族集體出動——

原因都出在大饑荒。

魔大陸是片豐饒的大地，受到魔王的庇護，待在那裡很安全。

就算有強力魔物或魔獸出來作亂，魔王底下的魔人也會出來維護治安。

相對的要付出代價。也就是高額稅金。

想住在這片豐饒的土地上，必須繳納大量的農作物。

半獸人繁殖力強，對魔王來說是必要的勞動力，能去礦山工作，下田耕種。

但事情仍有變數。繳不出稅的人只能等死。

魔王不會親自下手。

魔大陸是很危險的地方。許多魔物為了豐饒的資源來襲。魔王不會保護沒繳保護費的人，讓他們免於受魔物侵擾。

所以這片土地注定成為險惡之地。

繁殖力強的半獸人就算死一大半也能立刻回填人數。

人口過剩的時候必須殺些嬰孩，話雖如此，放著不管也沒問題。

在大饑荒肆虐下，他們繳不出足額稅金。

加上條件惡劣。

半獸人自治區跟三位魔王的領土相連。進攻擁有強大力量的魔王領土，無疑會害種族走上毀滅之路。

然而，失去魔王的庇護，他們也無法在這片乾枯的大地上生存。

所以半獸人才會被迫尋求安歇之地，來朱拉大森林尋找食物。

他們徬徨地逃到朱拉大森林近郊。

半獸人王在這場饑荒中誕生，但他當時沒什麼力量，無法對付魔物。

就在這時，喀爾謬德朝他們招手。

無人知曉喀爾謬德的心思，他們紛紛抓住朝自己伸來的援手。

就這樣，在喀爾謬德的支援下，半獸人掀起這場事變。

就我所知，差不多就這些。

我是不清楚更深層的真相啦，蓋德消失時還存有一點意識，讓我從中獲取這些情報。

知道來龍去脈後，不曉得我能幫上什麼忙……

會議在沉重的氣氛中展開。

白老當主持人。

一開始，我們希望蜥蜴人族的親衛隊長主持會議，但她拒絕了。

「我不夠格擔任！」

她用這句話一口回絕。

又不能從戰敗者中挑選，所以我就把工作推到看起來很適任的白老頭上——不，是拜託他擔任主持人。

白老宣布會議開始後，在場眾人全都不發一語。大夥兒只顧著看我。

好麻煩。說老實話，我很討厭開會。

曾經聽說會開得愈多，公司就倒得愈快，想得出有用的結果還是拜託專家比較合適。

沒辦法。

「在開會討論前，我想先跟大家分享手上的資訊。麻煩聽一下。」

我丟出這句話。就因為這樣，大家才會神色嚴肅地看我。

我回望所有人，向大家報告從魔王蓋德那看來的真相及蒼影的調查結果。

也就是半獸人軍出兵的原因和當今現狀。

半獸人代表似乎沒料到我會說出這種話，正吃驚地凝望我。

隨著我娓娓道來，有些人開始流下眼淚。半獸人代表肯定認為我們不會接受任何說詞，就算被殺也毫無怨言。

話聲告一個段落。

接著我就朝白老使眼色，要他主持會議。

「咳哼！那麼，我們先來確認這次半獸人進攻帶來的損害。」

白老起頭了。

接著，會議隨之展開。

蜥蜴人首領開始匯報該族的損傷情況。

半獸人代表們低頭傾聽，全都不發一語。

「首領大人，你對半獸人有什麼要求嗎？」

確認受損狀況後，我們開始討論相應的補償措施。

我沒有經歷過真正的戰爭，所以不清楚那是怎麼一回事，但贏的人肯定比較有力，到哪裡都一樣。

我實在不擅長開這種會。

「沒有什要求。這次之所以能獲得勝利並不是靠我們的力量。全都多虧利姆路大人幫忙。」

首領這話等同放棄求償。

基本上，半獸人也沒什麼東西好拿出來賠啦。

好了。這次換聽半獸人怎麼說吧？我懷著這念頭朝半獸人的族長們看去。

「懇請聽小的一言！這次的事，希望能拿我的命贖罪……這對大家來說當然是不夠的，但我們已經沒有東西可賠了！」

豬頭將軍大聲喊著，說話時頭都磕到地上去了。

他拚了命地訴說——

自己是A⁻魔物，殺了自己可以獲得不少魔素量，希望你們放過族人！

但我並不打算做這種事，問題癥結也不在那裡。

開會真的很麻煩。什麼手續啦形式啦，都占去講重點的時間了。不管了。我要照自己的意思行動。

「等等。利姆路大人似乎有話要說！」

白老好像看穿我在想什麼了，開口要大家肅靜。

豬頭將軍也沉默下來，開始盯著我看。

其他人也一樣，視線都落在我身上。

我很不擅長應付這種氣氛，話雖如此，該講的還是要講。

「那個──我第一次參加這種會議，不太清楚該怎麼做才好。所以，我就直接說說個人看法。希望大家聽完再做進一步討論。」

我先這麼說了後，這才將內心的想法道出。

「先跟各位講白，我不打算問半獸人的罪。」

我說了。接著，又針對理由說明。

光就好壞來分，侵略是一種惡劣的行為。他們是被喀爾謬德利用沒錯，不過，一旦做出侵略決定就跟喀爾謬德同罪了。

說是這樣說，他們的確只剩來森林裡求生的路可走，假如換其他種族站在相同的立場上，或許也會做出這種判斷。

一個人拜託別人收留，事實上就等同介入他人的生活圈。肯定沒有人願意輕易接納他。

如果是跟人類不同、弱肉強食的魔物就更不可能這麼做了。

木已成舟，現在談這個也沒有任何意義。討論重點應該擺在今後的安排上。

在那談謝罪、賠償，光顧著回首過去根本無濟於事。

最重要的是，我已經跟魔王蓋德約好要承擔半獸人的罪孽了。說我強硬也沒關係，一定要讓他們接受我的看法才行。

「這是我的想法。我想大家都有自己的看法，但我不會處罰半獸人。這是我跟魔王蓋德的約定。我會承擔半獸人所有的罪，有什麼意見大可跟我說！」

我這麼說了。

半獸人成員都面色驚訝地看著我。

我無動於衷，接著說下去。

「紅丸，你們的村莊被滅了，你有意見嗎？」

「沒有。想必死者們也沒有意見。弱肉強食就是我們魔物之間共通的唯一鐵律。當我們選擇面對戰爭、不去逃避，就表示我們已經做好覺悟了。還有——我們對利姆路大人決定的事不會有意見。」

詢問紅丸後，他給了非常乾脆的答案。

其他鬼人也都點頭表示贊成。看樣子大家都沒有異議。

接著，我朝蜥蜴人們看去。

我都還沒詢問他們的意願，首領就靜靜地問我。

「我們對這個決定也沒有意見。不過，我有個疑問想請教您……」

沒有意見？我還以為他會發牢騷呢。

蜥蜴人首領的發言比想像中還要來得識大體，是說他想問什麼？

「有什麼疑問？」

「不問半獸人的罪，這想法很好。我們也受利姆路大人拯救，沒有擺架子發話的資格。但有件事，無論如何都想確認一下——」

首領的話說到這兒一頓，接著就直視我續道：

「利姆路大人，您的意思是——要接受所有半獸人人成為森林的一分子嗎？」

——來了。他會這麼問情有可原，這也是關鍵所在。

「沒錯。」

我大方地點點頭。

在我承認的瞬間，會場一口氣騷動起來。

半獸人成員驚訝萬分，開始交頭接耳，對於通融方案的可行性感到疑惑。

哥布林更是口沫橫飛地嚷嚷。

蜥蜴人族大叫他們無法接受。

德蕾妮小姐睜大雙眼觀望這一切。

就只有我的同夥鬼人依然保持平常心。

「稍安勿躁！」

白老放聲一喝，過了一會兒，會場內總算歸於寂靜。

他在等大家抒發內心想法、心情較為平復的那一刻到來。

「我明白你們的心情，也知道你們有多不安。這想法行不行得通確實是個未知數。不過，我認為那是可行的。剛才已經說了，希望大家先聽聽我的想法。」

說完，我開始說明自己的看法。

看在一般人眼裡不過是痴人說夢，這構想就是朱拉大森林同盟計畫。

＊

基本上，就算我們今天沒處罰他們、直接解散，剩下的半獸人還是會餓死。
那些殘存者群龍無首，肯定會擅自襲擊蜥蜴人或哥布林村落。
畢竟沒有食物、沒有容身之處才是這場戰役發生的導火線。不解決根本問題是沒用的。
所以我才會想成立同盟。
蜥蜴人提供優質的水資源跟魚類食物等。
哥布林提供居住場所。
我們的城鎮則提供加工品。
半獸人再提供孜孜不倦的勞動力當作報酬。
大夥兒會住在不同的地方，但可以找個人當傳信員。
森林裡不存在能同時收容十五萬人的住處。只能讓他們分散居住，像是去山岳地帶、山麓、溪邊或森林裡。
我們會負責提供住家建設之類的技術支援。不過，他們要自己蓋自己的房子，負責自己的事。
因為我們鎮上的人口也少的可憐，無暇處理的事多如牛毛，沒空照顧其他人。我還打算鐵了心壓榨半獸人，一口氣追加勞動力呢。
食人魔們支配的區域目前空空如也，改天有時間要在這裡蓋個城鎮。山麓那邊有片廣闊的森林，似乎能採集到豐富的資源。

雖然這些都要先等我們的城鎮蓋完。

希望到時半獸人已經學了一身技藝，能夠自食其力建造城鎮。那樣一來，四散各處的同胞就能住在一起。

我依序說明這些想法。

大家都專心聽我說明。

最後我說出這句話——

「以上是我的想法。希望朱拉大森林各族締結大同盟，彼此互相幫忙。若能創造一個種族多元的國家應該很有意思。」

話說到這結束。

一掃剛才的氛圍，現場充斥著很不一樣的雀躍氣氛。與會者的心情化成陣陣熱流傳來。

內心的不安逝去，我心中燃起希望。

奇怪的是紫苑抱著我，一臉傲然地挺起胸膛，讓我有點不解。

是說胸部頂到我了，好有彈性！

算了原諒她吧。我心胸寬大得很。

「我、我們……要蓋城鎮……？讓我們參加那個同盟真的可以嗎？」

豬頭將軍惶恐地問著。

「你們沒故鄉可回，又沒地方可去不是嗎？這就替你們安排棲身之處，要好好工作喔？不能偷懶喔？」

「——是！當然了、當然不會。我們會賣命工作的！」

半獸人成員一同起身，當場跪了下來。淚流滿面，感激涕零。

「我們沒有異議。應該說，請務必讓我們幫忙！」

蜥蜴人族首領也跟著用力地點點頭。看樣子有加入計畫的打算。

才想到這裡，他們就效法半獸人跪在我面前。

轉眼一看，連哥布林都加入跪拜行列。

咦？原來締結同盟要先經過這種儀式？

「您想做什麼？」

我打算下到地面跟大家一起跪，此時用力抱緊我的紫苑出聲質疑。

「咦，就一起行跪拜儀式啊？應該是儀式吧？」

「沒那種儀式。利姆路大人真是的……」

不知為何，紫苑的反應很傻眼。這次換鬼人們學她目瞪口呆，還投來關愛的目光。

接著紫苑跟大家一樣從座椅上站起，將我放到椅子上。然後加入紅丸他們的行列，在我面前跪下。

大夥兒演這齣是想幹嘛？某人替我解惑——

「好。本人德蕾妮以森林管理者身分宣誓。認可利姆路大人為朱拉大森林的新盟主，以利姆路大人之名成立『朱拉森林大同盟』！」

德蕾妮小姐高聲宣言道。

說完毫不猶豫地跪在我面前。看樣子樹人族也樂意加入同盟。

不過，我希望他們暫停一下。都沒事先討論過，何時決定的啊。
為什麼我變成領頭羊了。
怎麼會變成這樣！才想大吐苦水，眼前那些熱切的視線害我把話硬生生地吞回去。
好啦，我當就是了……
反正半獸人的命運都掛在我身上了。管他是森林盟主還什麼鬼，我照單全收就是了。
「就這樣吧。各位，今後請多多指教。」
我無奈地應聲，大夥兒似乎對這一刻引頸企盼，全都趴在地上行叩拜之禮。
「「「是！」」」
跟我自暴自棄的聲音相反，大家熱情洋溢地應允。
完全不把冷汗直流的我當一回事，朱拉森林大同盟就此成立。

不過呢，還有問題懸在那兒。
這問題可大了，讓人苦惱不已。
大夥兒還很興奮，現在談這個實在不好意思，但我依舊拋出這個問題。
「肅靜。接下來要談別的。同盟剛成立，有個最嚴重的問題急需解決！就是糧食問題。不能讓倖存的十五萬半獸人挨餓。希望大家能集思廣益！」
如此這般，最後的難題橫在眼前。
半獸人持有的儲備兵糧不到兩週份。獨有技「飢餓者」的效力不再，有限的糧食一旦枯竭，他們就死定了。

現在才種農作物根本來不及，改成捕魚好了，要餵飽他們會害魚群絕種。

這問題真的很難解決。

蜥蜴人的儲備糧食只夠一萬人吃半年。就算將那些糧食盡數釋出，還是無法助十五萬半獸人過兩個星期。

也就是說，四個星期是極限。

該怎麼辦呢……

這問題一出，大夥兒就開始絞盡腦汁。

無人置身事外，看得我有點開心。

這樣一來，同盟肯定能夠順利維持下去。

此時——

「糧食不夠嗎？那麼，我來想想辦法吧。由我守護的樹人族也是同盟成員，他們馬上就有機會表現了。」

德蕾妮小姐笑容滿面接下重擔。

果然沒錯，她們是真心想加入同盟。還打包票，很有自信地說糧食問題包在她身上，所以我們就決定靠她了。

反正我們也擠不出好法子，沒道理拒絕。

議題到這全數討論完畢，漫長的會議也迎向尾聲。

這天，我的名字初次登上歷史舞台。

*

大同盟成立，對魔物來說這天是難忘的日子，值得紀念。
可以來替大家取名了。

這樣說是很帥氣啦，但你們以為誰要取名啊……
光半獸人就有十五萬人……實在太亂來了。之前幫五百隻哥布林取名時，整整花了三天呢！
幫十五萬人取名要花幾天啊。
這次我真的想逃，話雖如此，還是得吃掉半獸人的罪。
原本處於D級的半獸人強化，變成C+，但不到一個月就復原了。
理由很簡單。因為半獸人王的影響不再。
我可以吃半獸人的魔素，再將那些魔素轉換回他們身上。這樣一來，我替大家「命名」就不會累了。
可是呢，問題在於想名字。人這麼多，光字母根本不夠取。
將幾大種族分類、替他們冠族名，這樣管理起來又很麻煩。
只剩最後一種方法了，這招肯定無敵。只能請出可能性無限大的最強排序法。
沒錯，就是數字。
這玩意叫國民統一編號，對管理人員來說，數字最好管理了。
有鑒於此，我要半獸人人去濕地那列隊。
名字亂取會不會引起反彈？我是有這麼想過，但半獸人王分魔素的效果沒了，體力低迷的他們很有可能死去。搞不好還會變成無法無天的暴徒。

這次的騷動主因就是個體數增加——簡單一句話，他們人口過剩。為了避免相同慘劇再度上演，替他們取名相對有效。

進化後會變成更強的魔物，繁殖率降低，哥布林族已經證明這點。

別說那麼多了。對了，紅丸曾經說過，若本人討厭取名可以自行拒絕，不想有名字大可省去排隊工夫。

這樣我也比較輕鬆，不過，大家聽我這麼說還是沒有離隊的意思。

只好硬著頭皮上了。

如此這般，痛苦的取名大會開跑。

各大部族授予族名，分別是山、谷、丘、洞、海、川、湖、森、草、砂。

拿山族來說，名字就變成「山——一Ｍ」。女生叫「山——一Ｆ」。之後的名字以此類推。

我沒那個精神管到後面的名字去。太麻煩了。

往後生下小孩可以叫「山——一——一Ｍ」。中間隨便加個名字、字母都行。

不同的部族通婚生下小孩或許會很難取名，那個問題就留給當事人煩惱吧。我用不著管到那去。

就這樣，我從半獸人身上吃下魔素，再用那些魔素取名。

半獸人按部族分門別類，男女各別列隊，這樣一來取名字就順多了，但還是很花時間。話雖如此，幸好不用一個接著一個地絞盡腦汁想名字，順著唸下去就能完成命名工作。

照排隊順序取名就對了。裡頭似乎有親子穿插，那不干我的事。

只要他們往後都能認親就好。

就這樣，我毫不猶豫地進行命名工作。
由各部族代表負責登記。他們手上沒紙，頂多只能確認名字是否取錯。
事實上操這種心是多餘的，獲得名字的當事人會永遠記得自己的名字。所謂的名字對本人來說就是那麼特別。
他們跟人類不一樣，名字已經刻進靈魂裡了，彼此都會知道對方的名字。
命名工作持續進行下去。
一個人花不到五秒鐘。
再怎麼短還是免不了花些時間，命名下來整整花了十天之久。
之所以能在沒睡的情況下硬撐都拜「大賢者」之賜。這陣子聽到數字八成會覺得煩躁。

當然，在我不眠不休命名的這段期間，總不能放紅丸他們逍遙。
我要他們跟隨德蕾妮小姐前往樹人聚落。
拜託大夥兒幫忙搬運食物。
雖然我很擔心拿來的食物夠不夠吃……
樹人是靠水、光、空氣、魔素生存的魔物，不需要進食。多餘的魔素會結果，卻沒人吃那些果實。
他們只能在聖域裡移動，結出來的果子會集中管理。
果實是魔法食物，曬乾就不會腐敗。
我後來才知道一件事，那就是曬乾的果實叫乾魔實，是很稀有的水果，在市場上有一定的行情。產量極低，被當作一種收藏品高價買賣。這種特產出自不跟其他種族交流的樹人，怪不得在市場上很少見。

會賣這麼貴還有另一個原因。乾魔實保有濃厚的魔素。吃一顆能頂七天。還不會覺得肚子餓，這就是它厲害的地方。

簡直就是上天恩賜的珍果。

他們這次大方提供那種果實。這樣一來，半獸人就能免受飢餓之苦了。

我不擔心搬運問題。

打戰時最讓人頭痛的就是補給。讓前線作戰的士兵挨餓就等著吃敗仗。搬運大量軍糧不是件容易的事。

但這次的果實並沒有那麼多。

問題在於路程花費的時間……

這方面就要看嵐牙狼族的表現了。

正確說來是從嵐牙狼族進化的星狼族。

蘭加進化成黑嵐星狼，眷屬嵐牙狼族也跟著進化成星狼族。

每隻都有B級。實力相當於高階魔獸。

目前約有百來隻，之後應該會增加更多。

蘭加還召喚A的將級個體星狼將擔任代理人。應該是類似「分身」的東西。蘭加能憑自己的意思變出星狼將，或讓他消失。

是說你不惜用這招也要避免從我影子裡出現就對了……

先不管這個。

值得一提的是，星狼全都能進行「影瞬」。

雖然沒辦法像蒼影、蘭加那樣來無影去無蹤，搞得好像瞬間移動，還是能用極快的速度前往目的地。用了「影瞬」後，他們就能通行無阻地朝目的地一直線突進。

可以想成用一般人兩倍的速度在點對點最短距離間移動。

星狼的肌肉力量也不容小覷，所以我要他們去樹人的聚落將糧食背回來。

如果用馬車搬運就要繞遠路，單趟可能要花兩個月以上的時間，他們卻能當天來回，實在很厲害。

還想說未來得修馬車可走的道路，幸好問題在這解決了。

不過，身為騎手的哥布林無法同步移動。一起進行「影瞬」的時間只限閉氣這段期間。

視今後的練習狀況而定，能不能一起影瞬還是個未知數，可以的話希望他們找到方法學成。

哥布林無法一起過去，我就叫他們幫忙管理半獸人的隊伍。

我在那工作卻放這些傢伙玩樂，這怎麼可以。

就這樣，最難解決的糧食問題總算順利擺平。

＊

十天後。

雖然累個半死，我還是把事情做完了。

數字一直在腦中盤旋。好累人。

話又說回來。我覺得很滿足，有種成就感。

是十五萬人喔。光數就煩死人。

這時糧食也分配完了。

一個人五十顆。弄丟就要餓肚子，所以大家都接得小心翼翼。

命名後，豬頭族（半獸人）進化成豬人族（高等半獸人）。這次命名並不是用我的魔力，彼此之間沒有支配與聽令關係。

他們加入同盟純粹出於己意，希望能夠幫上大家的忙。

以魔物的強度來說，剛命名時狀態接近C+，穩定後掉到C級。不過，半獸人原本是D級魔物，這樣算很不錯了。

此外，他們的智能也跟著上升，先前獲取的特質如實保留。進化成能夠適應各種狀況、懂得臨機應變的種族。

他們向我道謝，接著就四散到各地去了。每批高等半獸人分派十名狼鬼兵隊員護送。要過去確認落腳情況，幫忙搭帳篷等等。接著再進行技術指導，協助他們建造自己的聚落。

未來的路還很長，他們總有一天會落地生根、生活得愈來愈好吧。

未來居住地周邊有其他的種族，德蕾妮小姐已經事先跟他們知會過了。她似乎也會用魔法移動，沒三兩下就打點完了。

有森林管理者出面說話，大家表面上似乎都沒什麼怨言，希望不會出什麼大問題。居住地特地選在非高智慧種族的地盤，應該不至於出亂子。

就這樣，高等半獸人出發前往各自的移居地。

不過，事情還沒辦完。

我朝最後一搓人看去。

豬頭將軍跟他的手下異口同聲，說無論如何都想在我底下工作。

這樣不太好吧……我為此煩惱了一下，最後還是決定接受他們。

仔細想想，我們這邊確實很需要人手。負責城鎮建設工作的人力缺乏，只要人數沒多到害糧食不夠吃，收留他們應該可行吧。

就這樣，我二話不說地接納他們。

這些成員穿著黑色的覆身鋼鎧，人數上看兩千。是豬頭親衛隊的倖存者。正因為他們體力充足，才有辦法撐到最後。

要跟我們共事，總不能用剛才那種地形配數字的叫法命名。

好吧，該怎麼辦呢……

他們身上有黃色的妖氣，我決定用顏色區分，再加上數字。

大致「解析鑑定」一下——現在的我跟朱菜一樣，光看就能解析某種程度的情報——我用那個看豬頭親衛隊。接著要他們按我的指示列隊。

不分男女，由強到弱依序排數。

後來的黃色軍團就在這瞬間誕生。

最後是豬頭將軍。

我有一種預感，好像命中註定要將自己的魔素分給他。

名字已經想好了。

希望他能繼承半獸人王——魔王蓋德的遺志——

「你要繼承豬頭魔王蓋德的遺志，名字就叫『蓋德』！」

「是！」

我們四目相對，只見他熱淚盈眶。

一取完這個名字，豬頭將軍的身體就包在黃色妖氣裡，開始出現進化現象。我的身體同時流失大量魔素。糟糕，果然變成這樣。

往日戲碼再度上演，我又進入休眠狀態。

——我做錯了。可是，心裡很滿足。死而無憾。

——蓋德大人，我——我會繼承您的意志和「名字」。請您安心地走吧。

——好。你也別掛懷了。當初無法勸諫父親的事，不會有人怪你的。正因為當時能存活下來，才會有我。再說……你已經沒有罪孽了。

——是。我要賭上這個名字，守護承擔一切罪孽的那個人。

——好……就交給你了。

魔素果然流掉不少，這次也睡得很沉。

魔素消耗量不同，意識深淺似乎也有所差異。

剛才好像作了很奇怪的夢，我不記得內容是什麼。變成史萊姆後不需要睡覺，難得有機會作夢。但我實在想不起來，還是放棄吧。

起床一看，果然不出所料。

那兩千人都進化了，變成高等半獸人，還保留C⁺等級的實力。大概是他們原本就比散落各處的同胞還強吧。

來看看蓋德——

「屬下定會對您盡忠！」

我整個人還睡眼惺忪，他則跪在我面前上奏。

感覺是個老古板，這件事就別跟他說了。

至於進化情況……

居然有這種事，蓋德進化成跟半獸人王同等的豬人王了。

嗯。之前就有這種預感。

只是去掉詭異之處，其他部分跟半獸人王幾乎如出一轍。

此外，他還獲得獨有技「美食者」。「美食者」的效果是「胃袋」、「吸收」、「供給」。「吸收」跟「供給」的影響對象只限同族，但能跟兩千名部下共享「胃袋」。

這樣是不是就能往較遠的地方運送物資？別說是軍隊補給站了，那犯規的能力甚至顛覆運輸常識。不過，看得不是物體質量，而是體積。收納容量跟我不相上下，可是他沒辦法裝太大的東西。裝的東西不能大過身體。裝鎧甲已經是極限了。順便補充一下，我的「胃袋」沒這種限制。

讓同族啃食屍體的能力則不復存在。想必是動機消失的關係。技能會受當事人的內心願望影響。

他的魔素大量增加，變成跟紅丸同等的A級。

如果魔王蓋德沒有發狂，八成會像這個曾經是豬頭將軍的傢伙，他已經變成理智與威嚴兼具的魔人了。

有力的部下增加固然讓人開心，但過來追隨我真的沒問題嗎？

我有點擔心，還跟他挑明說這邊付不出薪水。不過，蓋德一直端著沉穩的笑容，告訴我那不成問題，對此一笑置之。

既然他本人都說沒問題了，應該就沒問題吧。基本上會保障他吃飽穿暖有地方住啦。

若他之後打算獨立，那也算好事一樁。

雖然蓋德好像沒有獨立的意思。

總之，壯烈的命名作業終於宣告結束。

回村之前，我跑去跟蜥蜴人首領打聲招呼。

「前陣子忙得七葷八素，一直抽不出空跟你打招呼，今後也請你多多指教，首領大人。」

「這不是利姆路大人嗎！快別叫我首領了，聽起來多彆扭。這樣一叫反而害我很緊張呢。」

聽我這麼問候他，首領整個人變得坐立難安。

是說，魔物似乎能透過奇怪的思念波還什麼的識別個體，但那種精密技藝對我來說太難了。沒名字真的很不方便。

「你這麼說我也不知道該怎麼辦才好……對了，聽說首領是戈畢爾的父親，你要不要改叫『艾畢爾』看看？」

一不小心，心直口快說溜嘴的壞習慣又出籠了。

「您說什麼？」

他又驚又喜。

就這樣，我打個招呼順便替首領取名。

是不至於替全體蜥蜴人取名啦，這個任務就交給首領包辦吧。希望他今後能將替戰士命名看成是一種殊榮，讓名字更加普及。

在那之後，蜥蜴人族中會出現龍人族，但我目前對這些一無所知。

如此一來，所有的問題都解決了。

實際上只過了三個星期，我卻覺得這場仗打很久。

我真的認真地打了一仗。過度勞動有夠辛苦的。

快點回去放鬆一下吧。

這場森林騷動就此平息。

●

戈畢爾被帶到父親那，也就是首領——艾畢爾跟前。

戰鬥一結束，戈畢爾就被打入大牢。

就只有早晚兩次供餐，沒人搭理他。這樣的生活持續了兩個星期。

他起兵反叛是不爭的事實，所以戈畢爾欣然接受處置。他自作主張還搞砸，差點害蜥蜴人滅族。

戈畢爾知道，所有的責任都在他。

他無法辯駁，也不打算那麼做。甚至認為自己會被判死刑，但他並未感到不滿。

只是一閉上眼，那些事情就一一浮現。

喀爾謬德在最後一刻背叛自己。遭一直以來信賴的對象背叛，這些事變得不值一提，全因令他震驚的景象當前。

一個人型魔人把喀爾謬德修理得落花流水，還跟魔王硬碰硬。

他想起銀髮飄逸、楚楚可憐的魔人──想起那抹背影。

那人挺身而出保護自己，戈畢爾對此相當感動，吹散遭喀爾謬德背叛的哀傷及悔恨。

他身上只剩崇拜。不過，最令他吃驚的是那個魔人變成史萊姆。

這個魔人正是戈畢爾看不起的卑賤史萊姆。

那是種低等魔物。他一直這麼認為。

這個想法並沒有錯，也不完全是正確的。

那隻史萊姆很特別。超越所謂的特殊、命名個體，是更特別的魔物。

可以的話，他希望在死前問問對方。

問他：「為什麼要救我？」

自己沒有任何價值，一直被人耍得團團轉，照理說那個叫利姆路的史萊姆沒理由幫他。

沒理由幫如此愚昧的自己……

這兩個星期以來，戈畢爾一直在想這件事。

他站到首領面前。

氣氛很沉重，戈畢爾緩緩地抬起臉龐。

父親嚴厲的身影映入眼簾。

他身上蓄滿強大的力量，充斥著活力，這讓戈畢爾瞪大雙眼。

父親是那麼樣的強大，自己卻仗著有名字就忤逆他……他知道自己瞎了狗眼，內心滿是懊悔。

不過，父親好像變得比記憶中更強了……不，應該是自己想太多吧，戈畢爾打消念頭。接著筆直看向立於眼前的父親，跟他四目相對。

父親威光四射，臉上面無表情。

（啊啊——果然沒錯，我死罪難逃……）

看父親帶著冷酷指導者特有的目光，戈畢爾立刻了然於心。

一個族群的統治者絕不會示弱。不按規章走就無法殺雞儆猴。

他不恨。這是一開始就訂好的規則，嚴厲的法綱。

戈畢爾已經做好心理準備，打算默默地接受制裁。

此時首領開口了。

「我在此宣讀判決！戈畢爾，你不再是我們的族人。不准你再次自稱蜥蜴人。也不准回來這裡。給我滾出去！」

咦？

他說……什麼？

戈畢爾被父親的親衛隊架住雙腕，帶到洞窟外。

就這樣被人硬生生地拋到外頭去。

他愣在原地，父親又朝他說「這是你忘的東西。拿去吧！」，接著丟某樣東西給他。

那個東西跟行李綁在一起，是個細長的包裹。

拿在手裡的重量讓戈畢爾恍然大悟。這是蜥蜴人的至寶——魔法武器「水渦槍」。

淚水在戈畢爾的眼眶中聚集，他欲言又止地看著父親。

但是，嘴裡連半句話都說不出來。他已經被除籍流放了。

心裡百感交集，戈畢爾朝父親一鞠躬。

——戈畢爾，只要我「艾畢爾」還活著，蜥蜴人族就會安居樂業。你就隨心所欲地過活吧。可是，絕不能半途而廢。要好好記住——

戈畢爾低著頭，彷彿聽到父親在對自己說話，但他應該聽不到才對。

——是！我會成為了不起的戰士，讓你刮目相看。追隨那位大人——

一陣無聲的回應後，戈畢爾轉身離去。

他頭也不回地走了。

心裡蘊藏堅定的決心，雖然感到迷惘，戈畢爾還是選出自己該走的道路。

走了一陣子，他被一群眼熟的傢伙擋住去路。

「我們等您很久了，戈畢爾大人！」

他們是追隨戈畢爾的百人戰士。

「你、你們在這幹嘛？我已經被流放了喔？」

「沒關係。我們是戈畢爾大人的部下，既然您被趕出來，我們就要追隨您的腳步。」

「「「沒錯沒錯！」」」

部下們相視而笑。

都是些笨蛋，戈畢爾心想。

聽得他一雙眼都快飆淚了，但戈畢爾靠意志力沖淡想哭的衝動。

怎麼能在這種地方哭。

他學父親艾畢爾擺出威嚴架勢，豪爽地笑了。

「真拿你們這些傢伙沒辦法！好吧。跟我來！」

就這樣，戈畢爾跟夥伴一起踏上旅程。

腳步跟剛才完全不同，走起來自信滿滿。

戈畢爾他們即將跟利姆路碰面，但那是一個月之後的事了。

終章

安歇之所

Regarding Reincarnated to Slime

我在自己的房間裡消磨時間。

從戰場上歸來後，時間已經過去三個月多。

之後又發生很多事。

我開始回想這次騷動的種種。

＊

跟蜥蜴人族首領艾畢爾打過招呼後，一方面是想說順便練習，就先用「影瞬」回鎮上。這個能力真的很方便，移動速度出乎意料地快。

一群人圍著我、很高興看到我回來，我告訴大家，派出去的人都平安無事。

接著又對擔心不已的人說明事情原委。

知道城鎮即將增添新的居民，大夥兒趕緊加快腳步張羅。

內心的不安一掃而空，鎮上居民開始活力滿點地做事。還為即將到來的新同伴準備睡床。

無人對此不滿，迎新工作如火如荼地進行。

在這段期間裡，紅丸他們也回來了。狼鬼兵部隊將高等半獸人送往各地，他們也陸續回到鎮上。

大夥兒各自回去忙自己的工作，小鎮又找回往昔祥和。

城鎮在短時間內逐漸成形。

才一個月不到的時間，高等半獸人們就來了，在矮人、熟手哥布林的指導下，很快就學會工作技巧。

凱金還說：「多加鍛鍊的話，或許會擁有不下矮人工作兵的技術！」

城鎮增添新的勞動力，之前停滯的部分加派人手，一口氣加快建設腳步。

在此同時，物資的搬運也按部就班進行。

大夥兒拆解我們不要的帳篷，運往各高等半獸人聚落。

四散各地的狼鬼兵部隊似乎指導有方，讓他們順利地扎根、打下生活基礎。他們往返於城鎮及居住地，協助聯繫工作或搬運物資。

甚至催生讓各族特產互通有無的流通網絡。

很像古早的以物易物形式，但他們靠自己的力量思考並付諸行動，這樣真的很棒。

也是啦，照目前的樣子看來，還無法進行大規模的農耕作業，這方面也要慢慢布下基礎吧。

目前種類還不多，但我們已經培育出韌性強的薯類種苗了。即使環境惡劣，它還是有辦法長大。營養價值也很高，不挑剔的話肯定能靠這個生活。

後來我們逐步分發種苗給他們，還教他們栽種技巧。

再過個兩年，他們應該就能在某種程度上自給自足了吧？我期待這天到來。

蓋德在帳篷和種苗搬運上幫了不少忙。

獨有技「美食者」的「胃袋」可以用來搬運小型物資。說搬運不大貼切，應該更接近傳送才對，我們已經確立通往高等半獸人居住地的搬運路徑了。

雖然有諸多限制，這能力還是很犯規。

蓋德本人則負責搬運「胃袋」無法傳送的大型物資。他自告奮勇當搬運工，先將帳篷、資材解體，再裝進「胃袋」配送到各個地方。

星狼族也在搬運工作裡插上一腳。他們利用「影瞬」這種便利的技能，在各地間來去自如。蓋德相中這招，打算加緊練習，希望有朝一日能配合他們的「影瞬」出動。

他練得很認真，是頭一個有辦法搭「影瞬」便車的高等半獸人。他本人不會使用這招，卻能搭星狼族的便車。

這樣一來工作就進展得更迅速了。

畢竟，徒步搬東西至山岳地帶得花好幾個月。現在可以在一天以內往返，通行各聚落就方便多了。

很像在當郵差。

好比在木板上記載一些東西，於各聚落間傳閱。

這裡沒人會寫字，所以他們光靠口耳相傳，感覺滿驚恐的……

看樣子之後得設計文字之類的聯絡手段。一旦距離太遠，「思念網」就不能用了。

這成了日後的課題。

各部族聚落間的聯繫網逐步確立，生活也開始變得安定。

就這樣，時光飛逝。

忙了一陣子後，哥布林們帶了一群族人過來。

看來也替他們取名會比較好吧。

我曾經說過，要大家對其他種族一視同仁，該盡的責任就是要盡。光只是接他們來住，很有可能催生能力弱就不算老幾的風氣。

他們的皮膚是綠色的，所以我用綠加數字命名。

不過，取名的事一直以來還真讓人吃不消……

喀爾謬德那傢伙曾對我用亡者行進，真正的效果或許遲至現在才發作。搞不好他其實是個狠角色。

腦中閃過些有的沒的。

對了，這些哥布林就是之後的綠色軍團。跟豬人的黃色軍團相互輝映，變成我們的主力軍團，但我根本沒料到會變成這樣。

當我取完名、人也被榨乾時，住在城鎮裡的魔物們總算都有家了。

哥布林他們一起住在類似宿舍的建築物裡，話雖如此，還是比帳篷好吧。

水利系統早在先前就修建完畢，但還是來不及將水引到每戶人家去。所以我們在城鎮各處設了汲水井，為城鎮增添文明氣息。

廁所會自動沖水，這方面也很不賴。

雖然用廁所需要用手動的方式用水桶補井水，但那些活兒對身強體健的魔物來說不算什麼。

某些人甚至不需要排泄。好比是我。

但城鎮裡臭氣熏天又是另一回事。我個人認為這方面不能馬虎，絕不能妥協。

許多地方尚未落成，今後要繼續努力，讓城鎮更加欣欣向榮。

＊

就這樣，儘管大夥兒手忙腳亂，還是把居住地搞得有模有樣。

如今在這塊土地上，住了前來投靠我的魔物，總數超過一萬。大家共同努力，將這裡打造成更棒的地方。

打造我們的——安歇之所。

屬於魔物的城鎮總算誕生了。

PRESENT STATUS

蓋德

Gerudo

種族 Race —— 災厄半獸人 豬頭魔王

加護 Protection —— 魔王種

稱號 Title —— 魔王候補

魔法 Magic —— 回復魔法

獨有技 Unique Skill —— 飢餓者

追加技 Extra Skill —— 魔力感知　外裝統化　怪力

通用技 Common Skill —— 威壓　強化　魚鱗裝甲　自動再生

抗性 Tolerance —— 火焰攻擊抗性　電流抗性　物理攻擊抗性　麻痺抗性

PRESENT STATUS

利姆路・坦派斯特

Rimuru Tempest

種族 Race	史萊姆（能擬人化）
加護 Protection	暴風紋章
稱號 Title	魔物統帥
魔法 Magic	元素魔法…水冰大魔槍
獨有技 Unique Skill	大賢者 異變者 暴食者
追加技 Extra Skill	音波感知 影瞬 黑雷 黑焰 怪力 身體強化 多重結界 超嗅覺 超速再生 熱源感應 黏鋼絲 萬能變化 分子操作 分身術 魔力感知
通用技 Common Skill	威壓 思念網 肉體裝甲 毒噴霧 麻痺噴霧
抗性 Tolerance	痛覺無效 熱變動無效 腐蝕無效 電流抗性 物理攻擊抗性 麻痺抗性
擬態 Mimicry	焰之巨人 黑狼 黑蛇 蜈蚣 蜘蛛 蝙蝠 蜥蜴 哥布林 半獸人

後記

好久不見，或者該說初次見面，我是伏瀨。

這次也有後記篇幅，我一直在想該寫些什麼。

我個人喜歡先看後記，有時也會光憑後記就決定是否買這本書。

大家別誤會，我很少打退堂鼓不買，心想「就買這本！」的次數多到數不清……

所以說，雖然這是第二次寫後記，我卻很緊張。

關於這個第二集，其實是補足網路版描寫不足的地方，幾經修改後的產物。

這次原本也跟上次一樣，預計加入番外篇，但本篇增加太多內容了，頁數擠到大爆滿，多到只能放棄番外。

故事大走向比照網路版，劇情發展則不盡相同，不知道各位覺得如何？

若能讓網路版的讀者看完有感而發，認為故事更有深度就太好了。

網路版《關於我轉生變成史萊姆這檔事》順利完結。

還想多寫番外篇跟外傳的，之後再說吧……

接下來的目標是書籍版完結，今後也請大家繼續支持！

國家圖書館出版品預行編目資料

關於我轉生變成史萊姆這檔事 / 伏瀨作 ; 楊惠琪譯
. -- 初版. -- 臺北市 : 臺灣角川, 2015.10-
冊 ; 公分. -- (Kadokawa fantastic novels)
譯自 : 転生したらスライムだった件
ISBN 978-986-366-753-7(第1冊 : 平裝). --
ISBN 978-986-366-954-8(第2冊 : 平裝)

861.57 104017245

Kadokawa
Fantastic
Novels

關於我轉生變成史萊姆這檔事 2

（原著名：転生したらスライムだった件 2）

2016年2月3日 初版第1刷發行
2024年5月20日 初版第13刷發行

作　者：伏瀨
插　畫：みっつばー
譯　者：楊惠琪

發 行 人：台灣角川股份有限公司
總　監：呂慧君
總 編 輯：蔡佩芬
主　編：林秀儒
文字編輯：黃怡珮
設計指導：陳晞叡
美術設計：宋芳茹
印　務：李明修（主任）、張加恩（主任）、張凱棋、潘尚琪

發 行 所：台灣角川股份有限公司
地　址：104台北市中山區松江路223號3樓
電　話：（02）2515-3000
傳　真：（02）2515-0033
網　址：www.kadokawa.com.tw
劃撥帳戶：台灣角川股份有限公司
劃撥帳號：19487412
法律顧問：有澤法律事務所
製　版：尚騰印刷事業有限公司
ISBN：978-986-366-954-8